呼吸鞦韆

荷塔・慕勒◎著

吳克希◎譯　胡昌智◎審校

Herta Müller

Atemschaukel

在羅伯特．伯許基金會的贊助下，奧斯卡．帕斯提歐爾*和荷塔．慕勒，得以於二〇〇四年前往烏克蘭的前勞役營地探訪。作者特此申謝，同時也感謝德國文學基金會在小說撰寫時所給予的支持。

*奧斯卡．帕斯提歐爾（Oskar Pastior，1927-2006），德裔羅馬尼亞詩人、翻譯家。十七歲被遣送烏克蘭勞役，五年之後才回到羅馬尼亞。一九六九年逃抵西伯林，從事寫作。生平得過不少文學獎項，包括德國的畢希納文學獎。

目錄

關於行李打包

我帶上我所有的一切。

或者說：我把我的東西都帶在身邊①。

我帶上我所擁有的每樣東西。那其實不是我自己的。它們原先要不是別有他用，不然就是別人的。豬皮皮箱原先是留聲機的箱子。風衣是父親的。那件領口有絲絨鑲邊的時髦大衣是祖父的。燈籠褲是我叔叔艾德溫的。皮綁腿是鄰居的，卡爾普先生的。綠色的毛手套是菲妮姑姑的。只有酒紅色的絲圍巾和盥洗包是我自己的，上個聖誕節的禮物。

那是一九四五年的一月，仗還在打。我卻得在隆冬中到俄國人那邊去，誰知道在哪裡，驚慌之中，每個人都想送我點什麼，或許還能派得上用場的，儘管什麼都幫不上忙。因爲這世上根本沒啥幫得了啥忙。因爲我被俄國人列入名單，更改不得，所以人人各懷心思，都送了我一點東西。我收下了，而且十七歲的我認爲，這趟遠行還來得眞是時候。也不一定非得是俄國人的名單不可，只要情況不會太糟，對我來說甚至是好事。我只想逃離這個像頂針一樣令人窒息的小城，這裡連石頭都長了眼睛。與其說是害怕，我反而有些迫不及待。不過又有點良心不安，我居然頗能接受那分令親戚絕望的名單。他們擔心我到了外地會遭遇不測。可是我只想去一個沒人認得我的地方。

我已經遭遇不測了。禁忌的不測。它畸怪，骯髒，無恥而美麗。事情發生在艾爾連公園的深處，短草丘的後方。回家的路上，我走到公園中央那個圓形涼亭，假日會有樂隊在此演奏。我在那裡坐了一會兒，陽光刺穿精雕細琢的木工。我看到中空的圓形、方形和菱形，白色的藤枝蔓爪串連其間。那是我迷亂的圖案，我母親臉上驚恐的圖案。我在這個亭子中對自己發誓：我再也不來這個公園了。

但我越是自禁，就折回去得越快——兩天之後。去約會，公園裡這麼說。

我去跟第一個男人約第二次會。他叫**燕子**。第二個是個新來的，叫**冷杉**。第三個叫**耳朵**。之後來了**絲線**。再來是**黃鶯**和**帽子**。後來是**兔子**、**貓**、**海鷗**。接著是**珍珠**。只有我們知道誰叫什麼名字。公園裡狂野換伴，我讓自己人手相傳。那是夏天，樺樹皮白，接骨木莓和茉莉叢中長著密不透風的綠色葉牆。

愛情有它自己的四季。秋天給公園畫下了句點。樹木光禿禿的。約會帶著我們轉進了海神浴池。大鐵門的旁邊掛著橢圓形的天鵝池徽。每個星期，我都和那個年紀大我一倍的人見面。他是羅馬尼亞人。已婚。我不說他叫什麼，也不說我叫什麼。我們錯開時間入場，鑲嵌玻璃票廂裡的售票小姐、光可鑑人的石板地、圓形中柱、睡蓮圖案的瓷牆、雕花木梯都不該意識到我們約好了。我們先去池子裡和其他人一起游泳。到了蒸汽室才碰頭。

那時候，去勞役營②的前夕，而且在我返鄉之後直到一九六八年去國爲止，情況也一樣，每次約會都可能換來一次牢獄之災。如果被逮到了，至少五年。有些人就被抓了。他們直接從公園或公共浴池被抓去嚴刑審訊，丟進大牢。從那裡再被送到運河邊上的訓戒營。今天我知道，沒有人從運河那邊活著走出來。就算走得出來，也成了一具遊屍。老朽而殘敗，對世上的愛情而言，再也不堪使用。

至於勞役營時期——要是在營裡被活逮了，我必死無疑。

五年的勞役生涯之後，我日復一日在街頭的騷亂中遊蕩，腦中一再演練萬一被捕時的最佳形容：**當場活逮**——針對這項指控，我想出了千百種託辭和不在場證明。我背負著沉默的重擔。我把自己包在沉默之中太深太久了，再也不能用言語打開來。即便說話時，我也只不過是換種方式把自己包起來。

最後那個約會的夏季，爲了延長從艾爾連公園走回家的路程，我偶然走進了大圓環那裡的聖三一教堂。這個偶然命中注定。我看到了即將來臨的時光。側壇旁邊的柱子上，立著一個身穿灰色大衣的聖人，頸背上圈了一隻羔羊充當大衣豎領。這隻頸背上的羔羊就是緘默。有些事情，你就是不能說。當我說頸背上的緘默和口中的緘默有所不同時，我知道我在講什麼。在我的勞役歲月之前、之中、之後，整整二十五年，我活在恐懼之中，怕國家又怕家人。我害怕這雙重的崩毀，國家把我當成罪犯關起來，家人把我當成恥辱摒棄在外。在街頭的騷亂中，我往櫥窗、車窗、門窗、噴泉和水窪的鏡面裡瞧，滿腹狐疑，我到底是不是透明的。

我父親是畫圖老師。而我滿腦子的海神浴池，一聽到他提起**水彩**這個詞，整個人像被踢到似地抽了一下。我去了多遠，這個詞都知道。我母親在餐桌上說：不要用叉子叉馬鈴薯，會碎掉，用湯匙，叉子是用來叉肉的。我的太陽穴砰砰跳。她幹嘛講肉啊，明明在說馬鈴薯跟叉子。她講什麼肉啊。我的肉已經被約會攪得神魂顛倒。我是我自己的賊，字詞突如其來就把我逮個正著。

我母親，特別是我父親，就像小城裡所有的德國人一樣，相信金髮辮子和白長襪才叫美。他們相信希特勒的小四角鬍，相信我們七城薩克森人③是亞利安人。我的祕密，純就身體而言，已經無恥之極。又跟一個羅馬尼亞人，再罪加種族恥辱④。

我只想離家出走，就算去勞役營也無妨。只是我替母親難過，她不知道她多不了解我。一旦我走了，她會經常想我多過我想她的。

在那位頸子上扛著沉默羔羊的聖人旁邊，我還看到教堂的白色壁龕上寫著：**上天啓動時間**。打包行李時我心想：白壁龕靈驗了。現在就是啓動的時刻。我也慶幸自己不必再去冰天雪地的前線打仗。我打包打得既愚勇又甘願。我不再抗拒任何事情。皮綁腿和綁線、燈籠褲、大衣和絲絨鑲領——沒有一樣適合我。但重要的是啓動了的時間，不是衣物。不管是透過這些事還是那些事，人總會長大的。我想，儘管世界不是一場化妝舞會，但必須在隆冬中去到俄國人那邊的人，絕不會是可笑的。

巡邏小組由兩名警察組成，一個羅馬尼亞人一個俄國人，拿著名單挨家挨戶搜人。我已經不記得他們在我家有沒有提到**勞役營**這個詞。如果沒有，我也不記得他們除了**俄羅斯**之外還提到哪個詞。如果有，那麼勞役營這個詞也沒嚇到我。儘管是大戰期間，儘管頸子上背負著約會的緘默，十七歲的我，依然還活在一種明朗而愚騃的童年之中。水彩和肉這兩個詞刺中我了，但**勞役營**這個詞，腦袋倒聽不見。

在馬鈴薯和叉子那個餐桌上，母親用肉這個字把我逮個正著，我突然想到，小時候在樓下中庭玩，母親從廊台窗口喊：你再不馬上上桌，還要我再叫一次的話，那你就待在那裡好了。我又在下面待了一陣子，上來時她說：

你現在可以背包收一收，去闖天下啊，想幹什麼隨便你。她同時把我拉進房裡，抓了小背包，把我的毛帽和外套都塞進去。我反問：可是我要去哪裡，我是你的小孩呀。

許多人認爲，打包是件熟能生巧的事情，就像自行學會唱歌或祈禱。不過我們既沒練習過，也沒有行李箱。我父親被徵召到前線去當羅馬尼亞兵那時候，根本沒什麼好打包的。當兵什麼都拿得到，那是制服的一部分。除了知道要離鄉、要禦寒之外，我們根本不知道該爲什麼狀況打包。不知道什麼是對的，所以只好即興行動。錯的也成了必要的。必要的就成了唯一對的，只因爲那是手邊所有的。

我母親把留聲機從客廳搬到廚房桌子上。我拿螺絲起子把留聲機的盒子改裝成行李箱。先拆下輪軸和轉盤。然後用木塞把搖柄的洞塞住。內裡就讓它留著，紅褐色的絲絨。連那個三角型商標，一隻狗坐在喇叭前，下面印著**牠主人的聲音**，我也沒拆下來。箱底我放了四本書：麻布精裝的《浮士德》、《查拉圖斯特拉如是說》、薄薄一冊魏賀伯⑤和一本八百年詩歌精選。沒有小說，因爲小說讀了一遍就不會再看第二遍。書上放了盥洗包。裡面有：一小瓶古龍水、一小瓶**塔爾**刮鬍水、一塊刮鬍皀、一把刮鬍刀、一支刮鬍刷、一塊明礬石、一塊肥皀、一支指甲剪。盥洗包的旁邊放了一雙毛襪（棕色，補過的）、一雙及膝長襪、一件紅白格子的法蘭絨襯衫、兩件條紋布內褲。最上面是新的絲圍巾，以免弄皺。它是酒紅色的，本身有格子紋，亮平交錯。箱子就滿了。

接著是綑包：一塊沙發罩布（毛料，淺藍和米色的格子，好大一塊——卻不怎麼保暖）。裡面裹著：風衣（椒鹽斑點，已經穿得很舊了）和一雙皮綁腿（超舊，第一次世界大戰傳下來的，瓜黃色，附皮帶）。

再來是乾糧袋，內有：一只斯堪地亞牌⑥的火腿罐頭、四片抹了奶油的麵包、幾塊剩下來的聖誕節餅乾、一個裝滿水的軍用水壺和杯子。

接著祖母把留聲機行李箱、綑包和乾糧袋放到門邊去。兩位警察說子夜會來帶人。打包好的行李就立在門邊。

然後我穿上衣服：一條衛生褲、一件法蘭絨襯衫（米色和綠色格子相間）、一條燈籠褲（灰的，之前提過，艾德溫叔叔的）、一件接了針織袖子的布料背心、一雙毛襪和一雙高筒鞋。菲妮姑姑的綠手套擱在桌上，隨時可以拿了就走。我在繫高筒鞋鞋帶時，想到好幾年之前在文奇⑦度暑假，我母親穿了一件自己縫的水手服。在草地上散步時，她倒在深深的草叢裡裝死。我當時才八歲。這一嚇，天空都掉進草叢裡了。我緊緊閉上眼睛，不去看天空怎樣把我吞下去。母親一躍而起，搖著我說：你喜歡我嗎，我還活著喲。

高筒鞋繫好了。我坐在桌旁等著子夜來臨。子夜來了，但巡邏隊卻遲到了。應該過了有三小時，簡直令人難以忍受。然後他們出現了。母親幫我把黑色絲絨鑲領大衣撐開。我套了進去。她哭了。我戴上綠手套。在木板走道上，正好就在瓦斯表那裡，祖母說：**我知道你會再回來**。

我並沒有特別留意這個句子。卻不小心把它帶去了勞役營。我根本不知道它一路陪著我。但這樣一個句子是獨立自主的。它在我心中發揮的功效，遠遠超過所有我帶去的書。**我知道你會再回來**，這句話成了心鍬的共謀，飢餓天使⑧的敵手。因爲我活著回來了，所以我可以說：這樣一句話會撐著人活下去。

時間是一九四五年一月十五日凌晨三點，巡邏隊把我帶走。寒氣凜凜，溫度下探攝氏零下十五度。

我們坐在帆篷卡車裡，穿過空無一人的城市去市集大廳。那裡原先是薩克森人的節慶大廳。如今卻成了集合大營。廳中大概擠了三百個人。地板上放著床墊和乾草袋。整個晚上車子一輛接一輛，把集合來的人卸下來，也有從附近村莊開過來的。到了清晨，大約有五百人。那個夜裡，所有的清點都徒勞無功，根本無法掌握概況。市集大廳整晚亮著燈。大家跑來跑去找相識的人。有人說，車站那邊在徵調木工，在牲口車廂裡釘上剛劈好的載貨板。另一些工人則在列車上安裝砲管火爐。其他的則在車廂地板上鋸排泄孔。大家睜大眼睛，細聲說個不停，又閉上眼睛，小聲哭個不止。空氣裡充斥著舊羊毛、汗濕的驚恐、油滋滋的煎肉、香草餅乾和燒酒的氣味。有個女人把她的頭巾解下來。她顯然是從村子裡出來的，辮子在後腦勺盤了兩盤，用一枚半圓形的角梳在頭頂中央高高插住。角梳的梳齒沒入髮中，圓弧形的邊上露出兩個尖，像豎著兩只小耳朵。小耳朵再加上粗厚的髮辮，整個後腦勺看起來就像一隻坐著的貓咪。我像觀眾一樣坐在林立的大腿和行李堆中。有那麼幾分鐘昏昏欲睡，還做了個夢：

母親和我站在墓園裡的一座新墳之前。墳的中央長了一株植物，葉子毛絨絨的，大概有我一半高。莖上長了個帶著皮革把手的果莢，一個小小的行李箱。果筴爆開一指寬，內部襯著紅褐色的絲絨裡子。我們不知道誰死了。母親說：把大衣口袋裡的粉筆掏出來。我沒粉筆啊，我說。我把手伸進口袋，卻摸到了一塊裁縫用的畫粉。母親說：我們得在行李箱上寫個簡名。那我們寫**安芯**好了，不過我們卻不認識有誰叫這個名字的。我寫下的是**安息**⑨。

在夢裡我很清楚，我死了，但我不願意告訴母親。我驚醒過來，因爲有個有點年紀的男人，帶著一把雨傘坐到我身邊的草袋上，在我耳邊說：我妹夫也想來，不過大廳四周都有人看守。他們不讓他進來。我們還在城裡吔，但他卻進不來，我也回不去。他西裝外套的每顆銀釦子上都有一隻鳥在飛，也許是野鴨或信天翁。還有他胸章上的十字，我湊前去才看清楚，原來是一副錨。雨傘立在我和他之間，像一把散步用的枴杖。我問道：你帶著它呀。他說，那邊的雪下得可比這邊多。

沒人告訴我們，應該何時又如何從大廳移到車站去。我的意思是才能去，因爲我終於想出發了，就算拎著留聲機行李箱，脖子上圈著絲絨鑲邊，坐在牲口車廂裡去俄國人那裡也無所謂。我不知道我們是怎麼到達車站的。牲口車廂很高。怎麼攀上去的我也忘了，因爲我們在牲口車廂裡日以繼夜坐太久了，彷彿我們一向就待在那裡頭似的。到底開了多久，我也記不得了。我認爲車開得越久，就離家越遠。只要我們往前開，就不會有事。只要我們往前開，就沒問題。

男的女的，老的小的，隨身攜帶的行李靠在貨板的床頭。講話和沉默，吃東西睡覺。烈酒瓶子一手傳過一手。坐車一旦坐成了習慣，就有人開始溫存。大家只好睜一隻眼閉一隻眼。

我坐在圖如蒂．佩立岡的身邊說：我覺得這好像要去喀爾巴阡山上的布雷雅小屋⑩滑雪哦，有半個班級的女中學生在那裡被雪崩給埋了。這才不會發生在我們身上呢，她說，我們根本就沒帶滑雪裝備。你帶了一個留聲機行李箱，那就可以騎呀，騎呀，騎過白天騎過夜晚騎過白天⑪，你一定知道里爾克的，圖如蒂．佩立岡這麼說，她身穿鐘罩式大衣，長長的皮草袖口爬到了手肘上。那兩隻棕色的皮草袖口，像一隻小狗的兩截。圖如蒂．佩立岡有時會將兩隻手插進對邊的袖籠裡，兩隻半狗於是結合成一隻完整的小狗。當時我還沒見過俄羅斯草原，不然我一定會想到土狗。圖如蒂．佩立岡聞起來像溫熱的桃子，甚至連呵出來的口氣也像，甚至在牲口車廂裡過了第三天、第四天也一樣。她端坐在大衣中，像一位搭著電車要去辦公室的女士，她告訴我，她在鄰居花園的地洞裡躲了四天，在庫房的後邊。後來下了雪，住屋、庫房和地洞之間每一步都清清楚楚的。她母親不能再偷偷帶食物給她。人家會從整座花園的腳印中看出蹊蹺來。積雪會告密，所以她只得從窩藏的地方自願走出來，在積雪的強迫下自願現身。這點我永遠也不會原諒雪，她說。初下的雪是無法仿造的，你不可能把雪弄得像沒被動過一樣。如果是土的話就可以，她說，沙呀甚至草啊也可以，只要費點心力。水的話會自己復原，因爲它什麼都吞，而且吞了之後又會自行闔上。還有空氣也是永遠完好如初的，因爲根本看不見。除了雪之外，一切都會閉嘴，圖如蒂·佩立岡說。厚厚的積雪是罪魁禍首。它在城裡落下，好似它知道自己身在何處，好似就在自己家中一般。它立刻就當了俄國人的幫兇。因爲雪的背叛，所以我才會在這裡，圖如蒂·佩立岡說。

火車開了十二天還是十四天，不知道多少個小時，停也不停。然後它又停了不知道多少個小時，動也不動。我們不知道身在何方。除了上層貨板有位仁兄，從推窗縫裡看到車站站牌上寫著：**布澤烏**⑫。車廂裡的砲管火爐呼嚕作響。烈酒瓶子傳來傳去。所有人都醉茫茫的，有些是喝出來的，有些是因爲不確定。或是二者兼而有之。

被俄國人帶走，這幾個字的含意，一個人儘管心知肚明，卻未必能感同身受。只有當我們到了，他們才會叫我們抵在牆上，但我們還沒到。都這麼久了，我們卻還沒被叫到牆邊槍斃，像我們在老家聽到的納粹宣傳那樣，這讓我們幾乎要無憂無慮了。在牲口車廂中，男人學會了沒頭沒腦地喝。女人學會了沒頭沒腦地唱：

瑞香開在森林裡
白雪躺在壕溝中
而你寫給我的
那封小信，傷煞我心⑬

同樣的歌一唱再唱，直到沒人搞得清楚，到底眞的是人在唱，還是空氣在哼。這支曲子在人的腦中晃盪，應和著火車的行駛——在啓動了的時間裡，它成了牲口車廂的藍調和公里之歌。它也成爲我生命中最長的一首歌，女人們唱它唱了整整五年，把它唱得跟我們一樣思鄉情切。

車廂的門是從外邊封起來的。裝了輪子的拉門，一共開過四次。有那麼兩次，我們還在羅馬尼亞的土地上，半隻從頭到尾橫鋸開來的山羊被丟進車廂裡來。牠被凍得硬邦邦的，砰一聲砸在地板上。第一隻我們拿來當材燒。我們把牠的每個部位剁開來，丟進火裡。牠乾得一點都不臭，燒得很好。第二隻的時候，**「帕斯塔拉馬」**（PASTRAMA）⑭這個字開始口耳相傳，拿來吃的風乾肉。笑鬧夠了，我們也把第二隻給燒了。牠跟第一隻一模一樣，凍得又僵又紫，死骨頭一把。我們笑得太早了，自命不凡到鄙夷兩隻羅馬尼亞的善良山羊。

隨著時間過去，親密也跟著滋長。狹仄的空間裡總有些小事，坐下來，站起來。在行李箱裡東翻西翻，拿出來，塞進去。到用兩塊布遮起來的排泄孔去上廁所。每件小事都會扯出另外一樁。在牲口車廂裡，一切個人特質都縮了起來。人夾在其他人之間的時候要比獨處多太多。體貼根本沒有必要。大夥就像在家裡一樣，彼此互相照應。也許我今天這麼說，只是在說我自己而已。也許根本不是在講我自己。也許牲口車廂的狹仄把我給馴服了，反正我也想出走，而且行李箱裡也還有足夠的東西吃。我們還無法想像，在不久之後，狂野的飢餓會如何襲擊我們每一個人。無法想像接下來的五年裡，每當飢餓天使來訪時，我們和這幾隻僵紫的山羊是多麼類似。又多麼悼念牠們。

那已經是俄羅斯的夜晚了，羅馬尼亞在我們的身後。在一次長達數小時的停車中，我們感覺到了一陣劇烈的拉扯。車廂輪軸在換輪子，這樣才能繼續行駛俄國的寬軌，駛入俄羅斯草原的寬闊。無邊無際的雪把外面的夜照得亮晃晃的。這個荒原上的夜晚是第三次停車。俄國哨兵大喊「**烏勃爾那亞**」（UBORNAJA）[15]。所有車廂的所有門都打開了。我們一個個跳進深深的雪地中，雪深及膝。雖然聽不懂，不過我們都知道烏勃爾那亞是集體上廁所的意思。在天上，高高的天上，掛著一輪圓月。閃閃發白的氣息從我們臉上噴出去，如同腳下的積雪。四周是瞄準我們的機關槍。現在：脫褲子。

這等難堪，簡直就是全天下的羞愧感。好在我們置身的這片雪地孤零零的，沒人盯著它看，看見我們如何被迫排排站，做同樣一件事。我不用上廁所，不過也把褲子褪下來蹲著。沒人看見這片夜的大地是如何地下流而寂靜，要我們排泄出醜。我左邊的圖如蒂·佩立岡如何速速撩起鐘罩大衣，夾在掖下，把內褲褪到腳踝上，我們又如何聽到她鞋子之間的噓噓聲。我後面的律師保羅·迦斯特如何邊擠邊呻吟，他太太海德倫·迦斯特又如何拉到腸子咕嚕咕嚕叫。周遭溫臭的沼氣又如何在半空中急凍閃爍。這片雪地給我們下了一帖猛藥，讓光著屁股的我們在下半身的嘈雜聲中孤立無援。在這樣的一致性之中，我們的內臟變得貧賤不堪。

也許在這個晚上，一夜熟成的並不是我，而是我體內的恐懼。也許一致性只有以這種方式才能顯示出來。因爲所有人，我們所有人蹲著排泄時，無一例外全都自動面朝著鐵路路堤。月亮高掛在所有人的背後，我們不讓敞開的牲口車廂門離開視線，我們仰賴它就像仰賴著一扇房門。我們怕得要命，怕車門不等我們就關上，怕火車不等我們就開走。

我們之中有個人對著空曠的夜大喊：看吧，你們這些大便薩克森人，全部擠做一堆。水往低處流，流下去的不只是水啊。不是嗎，你們都想活下去啊。他笑得跟鐵皮一樣空洞。大家都退開一步離他遠一點。空間騰了出來，他像個演員似地跟我們鞠躬，用高亢隆重的聲音重複說：不是嗎，你們都想活下去啊。

他的聲音裡響起了回聲。有些人開始哭，空氣像玻璃般凝結不動。他的臉沉浸在幻覺之中。西裝外套上的唾液凍成發亮的釉。這時候我看到那枚胸章，他就是那個鈕釦上有信天翁的男人。他一個人站在那裡，像小孩子一樣啜泣。身邊只有踩髒的雪。背後是凍僵的世界和一輪明月，像張X光片。

火車悶悶地嗚了唯一的一聲。那是我聽過最低沉的一聲嗚——。每個人又推攘著擠回自己的車門。我們上了車，繼續往前開。

就算少了胸章，我也認得出那個男人。在勞役營裡，我沒再見過他。

譯註：

① 開篇這兩句德文是拉丁文名句"omnia mea mecum porto"的兩種譯法。

② 此處「勞役營」的原文Lager，即Zwangsarbeitslager（強迫勞役營）或Arbeitslager（勞役營）的簡稱。德文中的Arbeitslager意指「執行強迫勞役的營地」，語意範圍比「勞改營」要來得廣泛，目的並不限於「勞」動「改」造，如集中營也屬於勞役營的一種。

③ 七城薩克森人（Siebenbürger Sachsen）爲羅馬尼亞境內的少數德語族裔，分布於羅國中西部外西凡尼亞一帶。德文稱外西凡尼亞一帶爲Siebenbürgen，意爲「七城」。根據民間傳說，日耳曼人在十二、三世紀時因逃避饑荒和疫情大舉移入，建立赫爾曼城（Hermannstadt）、克隆城（Kronstadt）、克勞森堡（Klausenburg）、磨河（Mühlbach）、薛斯堡（Schäßburg）、梅地亞許（Mediasch）和比斯提茨（Bistritz）等七座城市。十六世紀宗教改革時，七城因享有信仰自由，德語族裔再次大量移入。

④ 「種族恥辱」一稱「血統恥辱」，納粹宣傳用語，指德國人或亞利安人與猶太人的性結合。後來歧視對象更擴及吉普賽人、黑人及其他混血人種。

⑤ 約瑟夫·魏賀伯（Josef Weinheber，1892-1945），奧地利詩人及散文家，納粹黨員。生命晚期爲酒精中毒和憂鬱症所苦，自殺身亡，以詩集《介乎諸神與眾魔》（*Zwischen Göttern und Dämonen*）留名於世。

⑥ 斯堪地亞（Scandia），羅馬尼亞的肉品罐頭公司。

⑦ 文奇（Wench，羅：Venchi），位於羅馬尼亞中北部穆列什縣（Mureş）的東南端。

⑧ 「心鍬」和「飢餓天使」都是後文中會出現的意象。

⑨ 原文中的「安息」爲Ruht，常見於墓碑文。前面寫下的女子名則是與Ruht拼法接近的Ruth（蘆特），在此改寫爲與「安息」音似形近的「安芯」。

⑩ 位於南喀爾巴阡山布雷雅（Bulea，羅：Bâlea）湖畔的觀光景點，海拔二〇三四公尺，原爲提供登山客休息過夜的山間小屋，一九〇四年由七城喀爾巴阡山協會大舉改建爲休憩山莊。

⑪ 語出萊納·瑪利亞·里爾克一八九九年的散文詩〈騎兵旗手克里斯多夫·里爾克的愛情與死亡之歌〉（Die Weise von Liebe und Tod des Cornets Christoph Rilke）。該詩敘述十七世紀奧土戰爭中，貴族青年里爾克遠征匈牙利遇襲身亡的事蹟。開篇第一句便是「騎啊，騎啊，騎啊，騎過白天，騎過夜晚，騎過白天。」

⑫ 布澤烏（Buzău），位於羅國東南的布澤烏縣，縣治所在，也是羅國東南部的鐵路樞紐。

⑬〈瑞香開在森林裡〉（Im Walde blüht der Seidelbast）爲赫曼·赫塞詩作，多位作曲家都曾爲該詩譜曲。

⑭「帕斯塔拉馬」（PASTRAMA），羅馬尼亞語，「燻肉」或「臘肉」。

⑮「烏勃爾那亞」（UBORNAJA），俄語，「廁所」。

榆錢菠菜①

我們在勞役營這裡拿到的東西，沒有一樣有鈕子。內衣、長內褲都是用兩條帶子繫住的。枕頭兩邊各有兩條繫帶。夜裡，枕頭是枕頭。到了白天，枕頭就成了亞麻袋，什麼場合都可以隨身攜帶，好比偷竊或乞討。

我們在上工前偷，在工作中偷，在下工後偷，就是不在乞討時偷——我們管它叫挨戶兜售——，此外也不偷寮房裡的鄰人。放工回家穿過廢棄堆，走進草叢裡把枕頭塞滿，那也不叫偷。鄉村來的女人們早在三月就已經搞清楚，那種鋸齒葉的雜草叫「**洛菠大**」（LOBODĂ）②。春天的時候，在老家也會拿它當野菠菜吃，名字就叫做**榆錢菠菜**。我們也會摘一種羽狀複葉的草，那是野生蒔蘿。不過前題是要有鹽。鹽必須拿東西去市集上換才有。它又灰又粗跟碎石子一樣，還得先把它敲碎。鹽可值錢得很。榆錢菠菜我們有兩種料理方式：

榆錢菠菜的葉子可以生吃，當然要撒鹽，像野萵苣那樣。把野蒔蘿弄碎，撒在上頭。或是將整株榆錢菠菜放進鹽水裡煮。拿湯匙從水中撈出來，就是令人陶醉的代用菠菜。煮菜的湯水可以邊吃邊喝，當成清湯或綠茶。

春天的榆錢菠菜比較嫩，整棵只有手指高，呈銀綠色。初夏就長到了膝蓋，葉子跟手指似的。每片葉子可以看起來都不一樣，像形形色色的手套，但拇指一定在最底下。榆錢菠菜如此銀綠，性喜寒涼，是春天的食材。到了夏天就得當心，榆錢菠菜會抽得很快，莖條茂密，梗硬而木。嘗起來苦苦的，像黏土。這種植物可以高到腰際，以粗大的主莖爲軸，長成一叢疏落的灌木。盛夏時節，莖葉變色，先是粉紅，接著由血色轉紫，入秋暗沉，直到變爲靛藍色爲止。所有分枝的尖端跟蕁麻一樣，結著珠粒構成的圓錐花序。只不過榆錢菠菜的花序並不往下垂，而是斜斜地刺向上方。顏色同樣也由粉紅轉爲靛藍。

奇妙的是，當榆錢菠菜開始變色，早就不能吃的時候，它才眞的漂亮。然後便在這種美的保護下，佇立路旁。吃榆錢菠菜的時節已經過去了。但飢餓還沒過去，而且總是比人自己還要巨大。

關於經年累月的餓，還能夠說些什麼呢。可以這樣說嗎，有一種餓，會讓你餓病了。人已經夠餓了，但還會有更餓的餓再疊上去。不斷的新餓無饜滋長，再跳進勉強緩和下來的永恆舊餓之中。一個人要是除了說他很餓之外，沒有其他的東西好說，他要如何在世上遊走呢。如果他再也無法想其他事情的話。上顎比頭腦還要大，它是一彎頂進頭顱中的圓拱，高聳而敏銳。人要是餓得受不了了，上顎就會起風，彷彿有張新剝下來的兔皮綳在臉後風乾。於是臉頰枯槁，長出一層灰白的絨毛。

我不知道是否該責備苦澀的榆錢菠菜這一點，人不再能夠吃它，就因爲它變柴了，拒絕被吃。然而榆錢菠菜明白嗎，它不再爲我們爲飢餓服務，而是爲了飢餓天使。紅色的圓錐花序是飢餓天使的頸飾。從早秋開始，第一次霜降來臨，榆錢菠菜每天都把自己裝點得更濃艷一些，直到天寒地凍爲止。它的顏色美得發毒，扎人眼目。那些花序就像數不盡的紅項鍊，每道路邊都在妝點著飢餓天使。祂戴著祂的首飾。我們卻托著如此空洞的上顎，以至於走起路來腳步聲會在口中迴蕩。甚至連頭顱都變透明了，彷彿吞了太多的亮光。那樣一道流光在口腔裡兀自端詳，甜蜜蜜地滑向懸壅垂，直到漲了起來，沒入大腦。直到頭中無腦，只有飢餓的回音。沒有適當的字句能夠描繪飢餓的痛苦。就算到了今天，我還是得對飢餓證明，我從它的掌心中逃了出來。自從不必挨餓開始，我簡直就是以生命爲食。吃東西的時候，我被吃的興味囚住了。從勞役營返鄉之後，我吃了六十年來抵抗餓死。

我看著不再能吃的榆錢菠菜，便試著想些別的事情。想著冰封的冬天來到之前，夏末最後一絲疲憊的溫暖。接著卻又想起吃不到的馬鈴薯。想到住在集體農場的女人，大概已經在每天的菜湯裡吃到新鮮馬鈴薯了。要不然人家不會羨慕她們。她們住在地洞裡，每天又還要操勞更久，從日出到日落。

勞役營的春天，對我們這些穿越廢棄堆的榆錢菠菜傳令③來說，就意味著榆錢菠菜料理。**榆錢菠菜（MELDEKRAUT）**④這個詞實在過分，根本什麼意思也沒有。MELDE對我們來說，是一個沒有弦外之音的詞，一個不會來招惹我們的字。它的意思不是**報個到吧**（MELDE DICH），它不是集合草，而是一個路邊詞。總之它是一個傍晚集合之後的詞——一種後集合草，但絕對不是集合草。料理榆錢菠菜時，大家常常等得不耐煩，因爲馬上又要集合數人頭了，數個沒完沒了，因爲什麼都不確定。

我們的營裡有五個RB——「**拉伯契·巴塔里翁**」（RABOTSCHI BATALION），五個勞動大隊。單一支勞動大隊叫ORB——「阿杰爾尼·拉伯契·巴塔里翁」（Odelnyj Rabotschi Batalion），由五百到八百人組成。我的勞動大隊編號是一〇〇九，我的勞動代號是七五六。

我們列隊排排站——對五支由渾濁眼珠、高突鼻梁、凹陷臉頰所組成的悽慘軍團來說，排排站還眞是個好形容。肚子和大腿，是用營養不良的體液泵起來的。不管是嚴寒還是酷熱，整個晚上就是罰站站過去的。只有蝨子才可以碰我們。無止無休的點人頭，牠們正好可以喝個飽，在我們殘敗的肉體上大肆遊行，從頭上爬到陰毛爬個幾小時。通常蝨子吸飽了，就窩在棉外套的衣縫裡睡大覺，而我們卻還得立正站好。營區司令西西特凡紐諾夫還在破口大叫。他的名字我們不知道，只知道他叫托瓦里希其⑤・西西特凡紐諾夫。光這幾個音，就已經長到令人害怕而結巴。托瓦里希其・西西特凡紐諾夫這個稱呼，總讓我想到遣送列車的空隆空隆響。還有家鄉教堂白色壁龕上的那個句子，上天啓動時間。或許我們立正幾個小時，就是爲了要反抗白色壁龕。骨頭沉重得像鐵塊。一旦身上的肌肉消失不見，光要撐起骨架就是一副重擔，是會把人壓進地底去的。

集合的時候，我練習在立正中忘掉自己，不把呼氣和吸氣斷開來。又在不抬頭的情況下，眼睛儘量往上翻。在空中找到雲的一角，把骨架掛上去。當我忘了自己又找到天鉤時，它總能穩穩地定住我。

經常天空無雲，只有一碧如海的蔚藍。

經常烏雲罩頂，一灰到底。

經常浮雲流奔，沒有靜止不動的天鉤。

經常雨水灼眼，又把衣衫黏在皮膚上。

經常寒霜咬得我肝腸寸斷。

在這樣的日子裡，眼珠子轉向天空，卻又被點名拉了下來——骨頭無處可懸，只能掛在體內。

隊長徒爾・普里庫力奇在我們和西西特凡紐諾夫司令之間昂首闊步，點名簿在他的指間滑來滑去，一疊縐巴巴的紙。每次當他喊出一個號碼，胸脯就像公雞那樣震一下。他還一直有雙小孩子的手。我的手在勞役營裡長大了，方方正正又硬又平，像兩片板子。

傍晚集合過後，要是我們當中某個人鼓起全部勇氣，膽敢向任何一位隊長，甚至向營區司令西西特凡紐諾夫提問，我們什麼時候可以回家，他們只會簡短答道：「司克羅．達母依」（SKORO DOMOJ）⑥。這意思是：你們馬上就走了。

這個俄國式的馬上，偷走了我們世界上最長的時間。在修臉師傅歐斯瓦．恩耶特那裡，徒爾．普里庫力奇還要他替自己剪鼻毛剪指甲。修臉師傅和徒爾．普里庫力奇是同鄉，都是從烏克蘭喀爾巴阡山的三國交界區⑦來的。我問修臉師傅，通常在三國交界區那邊，理髮店是不是會幫好一點的客人剪指甲。修臉師傅說：才不呢，三國交界區不來這一套。那是徒爾要求的，不是老家的規矩。在我們老家那邊，第九之後是第五。這什麼意思，我問。修臉師傅說：就是有點「巴拉木克」（Balamuk）。這又是什麼意思，我問。他說：就是有點亂七八糟啦。

徒爾．普里庫力奇並不像西西特凡紐諾夫是俄國人。他會講德語和俄語，但屬於俄國幫而不跟我們在一起。儘管他也被拘留在此，卻成為營區指揮部的副官。他在紙上把我們編成勞動大隊，也翻譯俄語命令。再用德語加上他自己的意思。他在紙上把我們的名字和勞動代號填在大隊編號之下，一目瞭然。每個人從早到晚，都必須注意自己的代號並銘刻在心，我們是被編了號的，不再有私人身分。

徒爾．普里庫力奇在我們姓名旁的欄位裡，注記上了集體農場、工廠、清垃圾、運砂石、修鐵路、建築工事、運煤、車庫、煉焦爐組、爐渣、地窖。姓名旁邊的注記決定一切。決定我們到底會很累，跟狗一樣累，還是累斃了。決定我們放工之後，是否還有時間和精力去挨戶兜售。是否還能神不知鬼不覺摸到食堂後面，去廚餘堆裡撈點吃的。

徒爾·普里庫力奇從來不上工，既不屬於大隊，也不屬於小隊，更不必輪班。他統治，所以他靈滑而不可一世。他一微笑，就是個圈套。如果你對他的微笑做出回應，其實也只能如此，那麼你就糗大了。他之所以微笑，是因為他在你姓名欄裡加了新料，更糟的注記。在營區大道上的寮房之間，我避開他，寧可保持一個不能說話的距離。他趾高氣昂，在人行道上展示那兩只漆皮小皮包似的晶亮皮鞋，彷彿空虛的時間也從他身上穿透鞋底流出來。他什麼都注意到了。大家都說，就算他忘了的事情，也會變成命令。

在理容室裡，徒爾·普里庫力奇也騎到我頭上。他說他想說的，怎樣都不會有危險。如果他傷到了我們，那甚至更好。他知道，他得瞧不起我們才能維持下去。他總是拉長脖子，向下說話。他有一整天的時間去自我感覺良好。他也滿吸引我的。運動員的身材、銅黃色的眼睛、水汪汪的目光，服貼的小耳朵像兩枚胸針，下巴像白瓷做的，鼻翼是菸草花的淡紅色，脖子像燭蠟澆出來的。他從來不把自己弄髒，那是他的幸運。而他的幸運又讓他比該得的更俊美。不識飢餓天使的人，才可以在集合場上指揮，在營區大道上闊步，在理容室裡偽善微笑。但他不能跟我們聊天。我知道徒爾·普里庫力奇的事，比他願意讓人知道的還要多，因為我跟貝雅·查克爾很熟。她是他的相好。

俄語命令聽起來就像是營區司令的稱呼，托瓦里希其·西西特凡紐諾夫，一串由希、西、其、希其連綴而成的嘁嘁嚓嚓。反正我們也聽不懂命令的內容，不過蔑視倒是聽得出來。人會習慣蔑視。久而久之，那些命令聽來只像清痰、咳嗽、噴嚏、擤鼻涕、吐痰——像要把黏液咳出來。圖如蒂．佩立岡說：俄語是一種感了冒的語言。

當大家傍晚集合立正受罪時，那些不必參加點名的輪班工人，就已經在水池後方的營區角落升起火來了。火上的鍋子裡放了榆錢菠菜或其他稀有食材，還得用蓋子蓋上，別讓人家看見。如果交易時狡猾一點的話，還會有蘿蔔、馬鈴薯，甚至黃米——一件外套換十顆蘿蔔，一件毛衣換三升黃米，一雙羊毛襪換半升糖或鹽。

想煮一頓額外的吃食，鍋子一定要有個鍋蓋。但鍋蓋並不存在。或許就用一片鐵皮湊合著，或許這也只是假想而已。不過不管怎麼樣，每次總可以找到些什麼來充當鍋蓋。而且大家還講得斬釘截鐵：要蓋上鍋蓋。儘管根本就沒鍋蓋，只有鍋蓋的講法。如果人不再知道鍋蓋是什麼做的，如果從來就沒鍋蓋，卻總能找到什麼來充當鍋蓋的話，那麼也許記憶就自行蓋上了。

不論如何，黃昏一到，水池後方的營區角落便亮起點點炊火，十五到二十處圍在兩塊磚頭之間的火光。其他人除了食堂大鍋菜之外，並沒有東西可以拿來私下煮。煤煙滾滾，鍋主手上拿著調羹，聚精會神守著鍋子。煤一向不缺。鍋子是從食堂裡拿來的，當地製造的破爛炊具。上了釉的灰褐色鐵皮容器，上面滿滿的麻點和窟窿。院落的炊火上架著鍋子，食堂的桌子上擱著盤子。一旦有人煮好自己的吃食，其他的鍋主就等著接手炊火。

當我沒東西好煮時，炊煙便蛇進我的嘴裡。我把舌頭向內捲，空空地咬。我吞下混合了傍晚炊煙的口水，心裡想著煎香腸。當我沒東西好煮時，我就走到鍋子附近，假裝在水池邊刷牙，準備就寢。不過在把牙刷伸進嘴裡之前，我先吃它個兩口。我用眼飢來吃澄黃的火光，用顎飢來吃裊裊的炊煙。我吞吃的時候，周遭萬籟俱寂，煉焦爐組的隆隆響從廠區那邊穿越黃昏。我越想快點從水池邊走開，動作就越緩慢。我不得不把自己從炊火旁拉走。在煉焦爐組的隆隆聲中，我聽到自己的胃在咕嚕咕嚕叫，整個傍晚全景都餓了。天空黑沉沉壓著大地，我蹣跚走回寮房，走進燈泡昏黃的光線中。

沒有牙膏照樣可以刷牙。從家裡帶來的牙膏早就用完了。而鹽又太寶貴，沒人會捨得吐出來，那可是一筆財產。我還記得鹽和它的價格。卻完全不記得小牙刷。盥洗包裡我也帶了一支。但它沒辦法撐到四年。後來我又買了一支新牙刷，如果眞有那麼一回事，那也要等到第五年也就是最後一年，手上有了現金之後才有可能，那是我們勞動的報酬。不過我的新牙刷，要眞有那麼一支的話，我也記不得了。或許我更想拿錢買新衣服而不是新牙刷。我千眞萬確從家裡帶來的第一條牙膏，是**可登可登**⑧的。這個牌子會記得我的。至於牙刷嘛，千眞萬確的第一支和可能買過的第二支，我已經記不得了。梳子也是同樣的情形。我應該有過一把。我還記得**巴克力特**⑨這個字。大戰結束時，我們家裡的梳子都是巴克力特梳子。

有可能是我比較容易忘了從家裡帶去的東西，而更記得在營裡拿到的。如果眞是這樣，那是因爲前者是跟著我一起被帶過去的。因爲我擁有它們，一直用到壞，壞了還在用，彷彿拿著它們就不是出門在外，而是在家。也有可能是因爲我得借用別人的東西，所以才更記得它們。

我很記得營裡的鐵皮梳子。它們是在蝨子作祟期出現的。車床工和鉗工在工廠裡打造這種梳子，送給營區的女人。它們是鋁片做的，梳齒有不少缺口，拿在手上或梳起頭皮，感覺濕濕涼涼的，因爲它們有一股冷氣。握上一陣子，梳子會迅速吸收體溫，聞起來有蘿蔔的苦味。就算已經扔下一段時間，那種氣味還是會在手上盤桓不去。鐵皮梳會梳得頭髮打結，得邊拉邊扯。梳齒上勾著的頭髮往往比蝨子還要多。

不過還有一種兩邊都有梳齒的四方形角梳，也拿來梳蝨子。那是鄉村姑娘們從家中帶來的。梳齒較粗的一邊拿來分髮或劃髮線，梳齒較細的另一邊則用來梳蝨子。角梳很堅固，掂在手中沉沉的。頭髮梳起來也柔順有光澤。角梳可以問那些鄉村姑娘借。

六十年來，我夜裡會想要回憶一下那些勞役營裡的東西。它們是我夜晚行李中的品目。從勞役營歸來之後，失眠的夜宛如一只黑皮行李箱。箱子就在我的額頭裡。只是我六十年來從沒搞清楚過，我是因爲想回憶這些東西而睡不著，還是剛好倒過來。因爲睡不著，所以才跟著它們自尋煩惱。不論是哪一種情況，夜晚總是自顧自地打包它的黑色行李箱，完全違背我的意願，這點我非得強調一下不可。我必須違背我的意願去回憶。就算不是必須，而是想要，那我也寧可不必想要。

有時候，勞役營的東西並不一件接著一件，而是成群結隊地來襲。於是我明白了，這些浮現在腦海中的東西，牽涉到的絕對不是或不只是我的記憶，而是折磨。我勉勉強強才想起，盥洗包裡也塞了針線的，跟手帕混在一起，我也忘了手帕長什麼樣子。還有一把指甲刷，不知道帶上了沒有。此外還有一面小鏡子，也不知道有沒有。還有一支手錶，也不知道淪落何方，如果我有帶去的話。還有一些東西，也許跟我無關，卻會來找我。它們想在夜裡遣送我，再把我抓回勞役營。因爲它們來得成群結隊，所以不只在腦中逗留。我胃裡一陣糾結，直衝上顎。呼吸鞦韆盪過了頭，我只能喘氣。這一把牙梳針剪鏡刷子是一隻怪獸，就像飢餓也是隻怪獸。要是飢餓不是作爲東西而存在，那麼那些東西就不會來襲。

每當那些東西在夜裡襲擊我，阻絕我脖子裡的空氣時，我就猛地推開窗，把頭探出去。天上的月亮猶如一杯清冷的牛奶，沖洗我的眼睛。我的呼吸找回了它的節奏。我吞著冷冽的空氣，直到不再身處勞役營。然後我闔上窗子，又躺了回去。床上的寢具什麼都不知道，又暖了起來。房中的空氣望著我，聞著像溫熱的麵粉。

譯註：

① 榆錢菠菜（Meldekraut），濱藜屬植物，俗稱洋菠菜、法國菠菜，在德國也叫西班牙菠菜，或依學名 Atriplex hortensis 稱之爲「園藜」（Gartenmelde）。

② 「洛菠大」（LOBODĂ），榆錢菠菜的羅馬尼亞語。

③ 「榆錢菠菜傳令」原文爲 Meldegänger，本義爲「傳令兵」，但字形上又可解爲「榆錢菠菜行者」。

④ 榆錢菠菜（Meldekraut）一字，由 Melde（藜）和 Kraut（草）兩字組合而成。Melde 與動詞 melden（通話，通報，報到）字形相似，但字源不同。作者據此加以發揮。

⑤ 「托瓦里希其」（Towarischtsch），俄語的「同志」。

⑥ 「司克羅．達母依」（SKORO DOMOJ），俄語，原意爲「馬上回家」。

⑦ 三國交界區指羅馬尼亞、烏克蘭與匈牙利交界處的喀爾巴阡山地。

⑧ 可登可登（Chlorodont），來自德勒斯登的知名牙膏品牌。

⑨ 巴克力特（Bakelit），酚醛樹脂的商標名，電器用品常用質材，也稱爲膠木或電木。

水泥

水泥永遠不夠。煤倒是取之不盡。爐渣磚塊、碎石和砂也夠用。但水泥總是入不敷出。它自然而然就越來越少。人可得當心水泥，它很可能變成惡夢一場。水泥不僅會自動變少，甚至會憑空消失。然後一切都沾上了水泥，水泥也就不見了。

小隊長大喊：當心水泥。

領班大叫：水泥省點用。

一旦起風了：別讓水泥飛啦。

一旦下雨或下雪：別讓水泥潮掉了。

水泥袋是紙作的。只要一裝滿，袋紙就嫌薄了。水泥袋可以一人抬或兩人一起抬，抱著抬或抓著四個袋角抬——然後就破了。袋子一破，就別想再省水泥。乾了的破水泥袋再拿來用，一半的水泥會漏在地上。濕掉的水泥袋再拿來裝，一半的水泥會黏在紙袋的內壁。不過這也莫可奈何，越是節省水泥，水泥就用得越快。水泥是一種詐騙，就像街塵、霧氣和飛煙一樣——它在空中飄，在地上爬，它黏在皮膚上。到處都看得到，就是抓不住它。

水泥必須省著用，然而跟水泥打交道，人卻得當心自己。搬水泥袋要憑感覺，只不過水泥還是會越來越少。他們會罵你是經濟害蟲、法西斯、搞陰謀破壞、水泥賊。你只好跌跌撞撞穿過詈罵，裝聾作啞。你把砂漿車推上鷹架的斜板，運上去給泥水匠。板子一晃，趕快抓緊推車穩住。你很可能一晃就人飛車翻，因爲空空的胃會頂入你的腦袋。

水泥監工疑神疑鬼的，到底想幹什麼呢。身爲勞役犯，我們身上只有一套「普佛艾卡」（Pufoaika），一種棉裝，寮房裡只有一只皮箱和一張床位。偷水泥能幹嘛。人身上夾帶的水泥不是贓物，而是糾纏不休的髒東西。我們天天都在瞎餓，可是水泥不能吃。我們不是挨凍就是流汗，可是水泥既不保暖又不清涼。它讓人心生疑竇，因爲它會飛、會溜、會黏，因爲它灰如兔毛，細如絲絨，又會無形無狀憑空消失。

建築工地在營區後方，馬廄的旁邊，廄裡早就沒馬了，只剩下秣槽。他們告訴我們要給俄國人蓋六棟房子，六棟雙拼住宅。每棟房子只有三間房。但我們估計，每棟起碼會擠進五戶人家，因爲我們在挨戶兜售時見識過他們的窮，還有很多瘦巴巴的學童。女生跟男生一樣剃著光頭，穿著淡藍色的翅膀圍兜①。總是倆倆手牽手，唱著英雄歌曲，列隊穿過工地旁的泥濘地。前後各由一名圓滾滾不說話的保母押隊，看上去很兇，屁股搖得跟船似的。

建築工地上有八個小隊。他們挖地基，拖爐渣磚和水泥袋，攪石灰漿拌水泥，給地基灌漿，爲泥水匠調砂漿，用背筐抬，用推車推上鷹架，給牆上抹灰泥。六棟房子同時破土開工，搞來搞去，亂七八糟，有做幾乎跟沒做一樣。我們看得到泥水匠、砂漿和鷹架上的磚瓦，就是看不到長高的牆。這是蓋房子詭異的地方——如果整天盯著看，是看不到築牆的進度的。但是三個星期之後，牆壁突然聳立在那裡，就這樣長高了。也許是一夕之間的事，就跟月亮盈虧一般天經地義。水泥怎麼令人費解地消失，牆就怎麼令人費解地長出來。我們被指揮來指揮去，才開始動工又被趕跑了。我們被甩耳光、被踢。心裡執拗而鬱悶，表面上卻懦弱而卑屈。水泥是會咬傷牙齦的。人只要一開口，嘴唇就像水泥紙袋那般撕裂開來。所以只能緊閉雙唇，唯命是從。

猜疑會長得比任何一面牆還要高。在這種建築工地的鬱悶中，每個人都在懷疑其他人，他那邊的水泥袋是不是比較輕，他是不是又在損人利己。每個人都被喝斥羞辱，被水泥矇騙，被工地欺瞞。頂多是有人死了，監工才會說一聲：「賈爾寇，阿欽．賈爾寇」②，很遺憾。隨後馬上又換了個腔調說：「夫尼馬尼也」（Wnimanje），注意。

大家又開始作牛作馬，聽到自己的心跳聲，還有：水泥省點用，當心水泥，別讓水泥潮掉了，別讓水泥飛啦。可是水泥隨風而散，對自己浪費，卻對我們吝嗇到了極點。水泥想怎麼樣，我們就得怎麼活。它是個賊，他偷我們，不是我們偷它。非但如此，水泥還要人互相仇視。水泥把自己撒漏殆盡，好散播猜忌，水泥是個陰謀家。

每晚回家的路上，只要離水泥離得夠遠，背朝工地，我就知道不是我們在相互欺騙，而是被俄國人和他們的水泥給矇了。不過到了隔天，猜忌又折了回來，懷疑我所知道的，懷疑所有人。這點所有人都感受到了。所有人也都在懷疑我。這我也感受到了。水泥和飢餓天使是共謀。飢餓扯開毛孔鑽進來。當它進去了，水泥便把毛孔封起來，人就被水泥填死了。

在水泥塔中，水泥是會要人命的。塔有四十公尺高，沒有窗，中空。幾乎中空，不過人會溺斃其中。和水泥塔的巨碩相較之下，水泥像剩下來的，四處亂攤，沒有裝袋。我們赤手把水泥掬進桶子裡。雖然說是舊水泥，不過卻卑鄙又機靈。水泥生龍活虎，埋伏著準備突襲，它灰撲撲靜悄悄地滑過來，我們根本來不及抽腿或開跑。水泥會流動，而且流得比水還要快，還要平。人是會被水泥抓住而溺斃其中的。

我得了水泥病。好幾個星期，我觸目所見，只有水泥：晴朗的天空是抹平的水泥，烏雲密布的天空是一堆堆的水泥。串天連地的雨絲，也是水泥。我的灰斑鐵皮碗，還是水泥。警犬披著水泥毛皮，食堂後面廚餘堆裡的老鼠也一樣。寮房之間爬來爬去的蛇蜥，穿的是水泥長襪。桑樹上的毛蟲窩是生絲和水泥織成的漏斗。陽光刺目的時候，我想把它們從眼中抹去，但它們又不在那裡了。集合場上的水池邊，每晚都有一隻水泥鳥坐在那邊。牠的歌聲刺耳，一首水泥小調。律師保羅．迦斯特在我們老家看過這種鳥，草原百靈。我問他：那在我們那裡，牠是不是也是水泥做的。他遲疑了一下，然後說：在我們老家那裡啊，牠是從南方過來的。

其他的我就不問他了，因爲我在值勤室的畫像中看到了，從擴音器裡聽到了：史達林的顴骨和他的聲音是鋼鐵打造的，不過他的八字鬍卻是純水泥灌出來的。在營裡，人總是被各種勞動搞得很髒。不過沒有一種髒比得上水泥的糾纏不清。水泥就像塵埃一樣躲不掉，看不見它從哪裡來，因爲它已經在那裡了。人類的腦袋裡，除了飢餓之外，就只有鄉愁跟水泥一樣快。鄉愁也像水泥一樣偷人，人也一樣會在其中溺斃。在我看來，人類的腦袋中只有一樣東西比水泥還快——恐懼。也只有如此，我才能夠對自己解釋，為什麼初夏時在工地上，我不得不在一小片薄薄的褐色水泥袋紙上寫下：

太陽高高薄紗中
黃玉米，沒時間

我沒寫更多，因為水泥要省點用。其實，我想記下來的完全是另外一些東西：

深深而斜斜而紅紅地潛伏著
半輪月亮在天空
已經要退下了

我把這首小詩送給自己，在口中對著自己默念。但它馬上就碎了，水泥在我的牙齒之間沙沙作響。於是我沉默了。

紙也要省著用。而且要藏好。誰要是持有寫了字的紙張，一旦被逮到了，那就下禁閉室去——那是一口水泥井，深入地下十一階，窄到人只能用站的。屎尿的臭氣還有滿滿的蟲。頭上用鐵欄杆封死了。

傍晚歸營的路上，我常常拖著腳步對自己說：水泥會越來越少，它會自行消失。我也是水泥做的，也會越來越少。我為什麼不能消失呢。

譯註：

①翅膀圍兜（Flügelkleidchen），早期的簡便無袖童裝，胸前一片如圍兜，兩側後襬連延成對肩的肩帶，在背後重疊交披，狀若翅膀。一說是飛在肩外的小短袖狀如翅膀。

②「賈爾寇，阿欽・賈爾寇」（Schalko, otschin Schalko），俄語，「遺憾，非常遺憾」。

石灰女

建築工地上八個小隊中，有一支隊伍是由石灰女組成的。她們先把滿載石灰塊的馬車拉上馬廄邊的陡坡，再下到工地旁邊的熟石灰坑那裡。馬車車體是一個梯形的大木箱。石灰女的肩上和腰上套著皮帶，綁在車轅上，每邊各有五名。一名戒護在一旁押隊。由於拉車很費勁，所以她們的雙眼浮腫潮濕，嘴巴半開。

其中一名石灰女就是圖如蒂・佩立岡。

當雨水好幾個星期都忘了俄羅斯草原，熟石灰坑的泥巴乾得像皮草花時，泥地蒼蠅就猖狂了起來。圖如蒂・佩立岡說，泥地蒼蠅聞得到眼睛裡的鹽和上顎的甜。人的身體越是虛弱，眼睛就越會流淚，唾液也越甘甜。圖如蒂・佩立岡被套在最後面，因爲她太虛了，沒辦法在前面拉。泥地蒼蠅不再叮眼角，而是直戳瞳孔，不再叮嘴唇，而是直鑽嘴裡。圖如蒂・佩立岡被叮得踉踉蹌蹌。她倒了下來，石灰車就從她的腳趾上輾過去。

外來客團

圖如蒂・佩立岡和我，雷歐珀德・奧伯格，我們兩個都是從赫爾曼城①來的。在爬上牲口車廂之前，我們彼此並不認識。不像阿徒爾・普里庫力奇和貝雅特麗切・查克爾，所以簡稱為徒爾和貝雅，他們是青梅竹馬。他們倆來自一個名叫魯吉的山村，在烏克蘭喀爾巴阡山的三國交界帶那邊。修臉師傅歐斯瓦・恩耶特是從拉奇夫②來的，也在那一帶。還有手風琴師孔拉德・豐也是三國交界區那邊來的，他來自小城蘇霍洛③。我的貨車伙伴卡里・哈爾門是從小貝其克勒克④來的，後來和我一起在爐渣地窖做工的艾伯特・吉翁是阿拉德⑤來的。手上長了細毛的莎拉・考恩次是從伍姆洛赫⑥來的，另外一位無名指上長了肉疣的莎拉・凡史奈德，則是從卡斯敦霍次⑦來的。她們來營之前彼此並不認識，不過卻長得像姊妹。營裡就管她們叫兩位齊麗⑧。伊爾瑪・普菲佛是從小城德他⑨來的，聾女米奇，本名叫安娜瑪麗・伯格，是梅地亞許⑩人。律師保羅・迦斯特和他的妻子海德倫・迦斯特是從歐柏維肖⑪來的。鼓手科瓦其・安東是巴納特⑫那邊的人，來自小城卡朗色貝許⑬。卡塔琳那・塞德爾，我們叫她值勤卡蒂，是巴可瓦⑭來的。她智障，整整五年不知道自己身在何處。喝煙煤燒酒喝死了的機工彼得・席爾，他是波迦洛許⑮來的。唱歌的羅妮本名叫伊羅娜・米希，來自盧戈許⑯。裁縫羅伊許先生則是古騰布倫

⑰來的。等等等等。

我們都是德國人，從家裡被帶來這裡。但可琳娜·馬爾古不是，她入營時一頭管筒式鬈髮，皮草大衣，漆皮皮鞋，絲絨襯衣上還別了個貓咪胸針。她是羅馬尼亞人，在布澤烏的晚上被押送我們的衛兵逮到了，塞進牲口車廂裡。她大概是被抓來頂替名單上的缺額，有個女人在遣送途中死掉了。她第三年在鐵道邊鏟雪時凍死了。還有大衛·洛姆，大家叫他齊特琴洛姆，因爲他會彈齊特琴，他是猶太人。他的裁縫店被人家侵吞了，所以當起了雲遊各地的裁縫師，還出入過不少豪宅。他不懂他身爲德國人，爲什麼會上了俄國人的名單。他老家在摩爾道⑱那一帶，在多羅侯伊⑲。他的雙親、老婆和四個孩子躲法西斯逃難去了。逃去哪裡他也不知道，他們也不知道他人在何方，早在他被遣送來此之前就已經如此了。他被抓走當時，人在格羅斯柏德⑳，正在爲一位軍官夫人縫製毛料套裝。

我們所有人都沒打過仗，不過對俄國人來說，只要是德國人就得爲希特勒的罪行負責。連齊特琴洛姆也不例外。他得在勞役營裡待上三年半。某個早上，一輛黑色汽車在建築工地前停了下來。兩個頭戴高級卡拉庫爾羊毛帽的生面孔下了車，和工頭說了幾句話。然後就把齊特琴洛姆塞進車裡帶走。從那天開始，齊特琴洛姆在寮房裡的床位就一直空著。他的行李和齊特琴，八成被貝雅·查克爾和徒爾·普里庫力奇拿去市集賣了。

貝雅·查克爾說，那兩個戴卡拉庫爾帽子的是基輔來的黨幹部。他們應該是把齊特琴洛姆帶去敖德薩，再從那裡用船送回羅馬尼亞。

修臉師傅歐斯瓦·恩耶特仗著自己是同鄉，斗膽問了徒爾·普里庫力奇，爲什麼是去敖德薩。徒爾說：洛姆不該待在這裡，從那裡他可以愛去哪就去哪。我對著修臉師傅而不是徒爾說：他該愛去哪裡呢，家裡都沒人了。徒爾剛好憋了一口氣，避免晃動。修臉師傅正用一把生鏽的剪刀幫他剪鼻毛。等到第二個鼻孔也剪完了，他把那些毛渣從他下巴像螞蟻那樣刷下來，側轉過來避開鏡子，免得普里庫力奇看到他在對我眨眼睛。你還滿意嗎，他問道。徒爾說：鼻子的話可以了。

外頭大院雨停了。麵包推車在大門口哐啷哐啷輾過水窪。每天都是同一個人，拉著滿載方塊麵包的推車，穿過營門到食堂後院去。麵包上總是蓋了一層白色的亞麻布，像屍堆。我問了一聲，那個麵包男是什麼職等的。修臉師傅說，什麼職等都不是，他那身制服噢，不是接收的就是偷的。那麼多麵包，那麼多飢餓，他需要那身制服才能得到一些尊重。

那台推車有兩個高高的木輪子，兩根長長的木把手。就像家鄉那些磨刀師傅上街攬生意的大推車，一地推過一地，推過整個夏天。麵包男走起路來一瘸一瘸的，每拉一步車就拐一下。修臉師傅說，他有一隻腿是木腿，是用幾把圓鍬柄釘起來做成的。我很羨慕麵包男，儘管少了一隻腿，不過他有很多麵包。修臉師傅也盯著麵包推車看。他只知道半餓的滋味，顯然不時跟麵包男做點交易。就連肚滿腸肥的徒爾．普里庫力奇也盯著麵包男，也許是在監視他，或者心不在焉掃到而已。我不知道爲什麼，但就是有這種感覺，修臉師傅有意把徒爾．普里庫力奇的注意力從麵包車上引開。不然我無法解釋，爲什麼我正要坐到凳子上時他會說：我們在這個營裡，眞像一群外來客團。各種人從四面八方湧來這裡，就跟住旅館一樣，要在裡頭待上一段時間。

那時候正是建築工地時期。可是像**外來客團**、**旅館**和**一段時間**這一類的說法，干我們屁事啊。修臉師傅不算營區指揮部的幫兇，不過是有點特權而已。他可以住在他的理容室，也睡在那裡。而我們這些睡工寮又攪水泥的，頭殼裡根本不再有幽默。儘管白天的時候，理容室並不是歐斯瓦·恩耶特一個人的，我們會在那裡進進出出。他得為每一個可憐人刮鬍子理頭髮。有些男的一看到鏡子裡的自己，就開始哭。月復一月，他都得看著我們越來越憔悴地走進來。整整五年他清楚得很，誰還會再來，儘管已經半枯如蠟。還有誰不會再來了，因為過勞又害了思鄉病，或者已經死了。我可不想受這些罪。不過另一方面，歐斯瓦·恩耶特也不必忍受小隊和該死的水泥日子。也不必忍受地窖裡的大夜班。他被我們的憔悴包圍，不過卻不會被水泥騙得團團轉。他必須安慰我們，我們利用他，因為我們別無其他選擇。因為我們餓瞎了，又得了思鄉病，所以下了時間列車，也下了我們自己，跟世界玩完了。世界也跟我們一刀兩斷。

我當時從椅子上跳起來大叫，說我跟他不一樣，我就只有水泥袋，沒旅館。然後踢了凳子一腳，差點沒踢翻，我說：您在這裡是旅館老闆，恩耶特先生，我可不是。

雷歐你坐下，他說，我想我們互稱你。你搞錯了，旅館老闆叫徒爾·普里庫力奇。徒爾居然從嘴角伸出粉紅色的舌尖，還點點頭。他笨到真以為人家在恭維他，還對著鏡子梳頭髮，對梳子吹氣。他把梳子放在桌上，再把剪刀放在梳子上，之後又把剪刀挪到梳子旁邊，再把梳子擱到剪刀上。然後走人。徒爾·普里庫力奇出去了，歐斯瓦·恩耶特說：你看到了吧，他是老闆，是他在支使我們，不是我。你坐下來，跟水泥袋一起你還可以一言不發，我卻得跟每個人都說些什麼。你最好高興點，你還知道什麼叫旅館。大部分的人噢，他們還知道的一切早就面目全非了。一切，除了勞役營，我說。

那天我再也沒坐回凳子上去。我人還是很僵，就走掉了。我那時候大概還不肯承認，我簡直就跟徒爾．普里庫力奇一樣虛榮。當恩耶特讓步時，其實他根本不必，我還覺得受到了抬舉。他越是求我，我就越想走人，鬍子也甭刮了。臉上長了鬍渣，水泥就更糾纏不清。直到四天之後，我才又回去找他，坐在凳子上，好似什麼事都沒發生過。建築工地把我累慘了，他的旅館我也無所謂了。修臉師傅也沒再提它了。

幾個星期之後，我看到麵包男把空車拉出營區大門，突然又想到了**旅館**。那一刻，我喜歡上它了。我需要它來抵擋厭倦。我剛下了卸水泥的大夜班，像一隻小牛在清晨的空氣裡晃蕩。寮房裡還有三個人在睡覺。我就這樣髒髒的躺到床上去，對著自己說：在旅館這裡，沒有人需要鑰匙。沒有櫃檯，住宿隨意，就像在瑞典一樣。我的寮房，我的行李，一直都是開放的。我的貴重物品是糖和鹽。枕頭底下藏著我從嘴邊省下來的乾麵包。這是一筆財富，而且會自我保管。我是一隻身在瑞典的小牛，小牛回到旅館房間，每次都要做同樣的事——牠要先瞄一下枕頭下面，看看麵包還在不在。

半個夏天我都在伺候水泥，但我是一隻身在瑞典的小牛，日班或夜班放了工，我就在腦袋裡玩住旅館。有些日子，我眞要在心裡竊笑。有些日子，**旅館**在我腦中應聲倒塌，眼淚就出來了。我想振作起來，但我已經不認得我了。

旅館這個該死的詞。整整五年，我們就住得和它差之毫釐——在**集合列管**中。

譯註：

①赫爾曼城（Hermannstadt），即錫比烏（Sibiu），位於羅國正中偏西的錫比烏縣，該縣首府。赫爾曼城爲「七城」之一，城内古蹟遍布，爲二〇〇七年的「歐洲文化首都」。

②拉奇夫（Rakhiv），位於今烏克蘭西南端的外喀爾巴阡州，該州與羅馬尼亞接壤。拉奇夫是「歐洲地理中心」的可能地之一，由於測量方式不同，還有其他幾個地點也在競逐此一名銜。

③蘇霍洛（Suchołol，或作Sukhodol，意爲「旱谷」），東歐俄羅斯一帶有幾個地方都以此爲名，此處所指的可能是位於烏克蘭伊萬諾—弗蘭科夫斯克州（Ivano-Frankivsk，在羅馬尼亞正上方）的山區小城。

④小貝其克勒克（Kleinbetschkerek，羅：Becicherecul-Mic），羅國最西端蒂米什縣（Timiș）的小村落，地屬巴納特地區（見下）。

⑤阿拉德（Arad），位於羅國西部的阿拉德縣，爲工業重鎮及交通樞紐。

⑥伍姆洛赫（Wurmloch，羅：Valea Viilor），位於錫比烏縣，梅地亞許（見下）西南方，城中的「防禦教堂」爲世界文化遺產。外西凡尼亞從十三世紀開始，由於常年遭受鄂圖曼人和韃靼人的騷擾，陸續興建了三百多處防禦教堂，至今仍有半數保存完好。

⑦卡斯敦霍次（Kastenholz，羅：Cașolț），同樣位於錫比烏縣，錫比烏市東方的小村落。

⑧齊麗（Zirri），女子名Sarah的音轉，在七城一帶，「莎拉」有多種變音，如Zirri、Zori、Zurr、Zauri等。

⑨德他（Deta），羅國西端蒂米什縣的小鎮，近塞爾維亞邊境。

⑩梅地亞許（Mediasch，羅：Mediaș），位於錫比烏縣的北端，「七城」之一，也是羅國保存最完好的歷史古都之一，周邊共有十來座防禦教堂。該城自古以造酒聞名，甚至以葡萄枝爲城徽。吸血鬼傳奇的始祖小說《德古拉》（*Dracula*）便提到「黃金梅地亞許」這牌名酒。

⑪ 歐柏維肖（Oberwischau，羅：Vişeu de Sus），位於羅國北端的馬拉穆列什縣（Maramureş），近烏克蘭邊境，以森林小火車聞名。

⑫ 巴納特（Banat），傳統地域名，位於今羅馬尼亞、匈牙利和塞爾維亞交界一帶，面積約當台灣大小，羅馬尼亞獨占三分之二。接下來提到的幾處地點都位於此區。

⑬ 卡朗色貝許（Karansebesch，羅：Caransebeş），位於羅國西南，地處巴納特的邊緣地帶，曾爲奧地利帝國的邊防重鎮。

⑭ 巴可瓦（Bakowa，羅：Bacova），位於羅國西端蒂米什縣的村莊，一度以葡萄園及釀酒著稱。

⑮ 波迦洛許（Bogarosch，羅：Bulgăruş），同樣是蒂米什縣的村落。二十世紀中葉之前爲德國村，此後德語人口逐漸凋零。一九四五年一月，不到三千人的村民之中，就有三百二十七位被遣送勞役營，其中五十位一去不返。

⑯ 盧戈許（Lugosch，羅：Lugoj），位於蒂米什縣的城鎮，多瑙河支流蒂米什河將該城一分爲二，河左岸爲德國城，右岸爲羅馬尼亞城。

⑰ 古騰布倫（Guttenbrunn，羅：Zăbrani），羅國西部阿拉德縣的小鎮。

⑱ 摩爾道（Moldau）或摩爾多瓦（羅：Moldova），位於羅馬尼亞東北方一帶，今分屬摩爾多瓦共和國（一九九一年獨立）和羅馬尼亞。羅國部分也稱爲「西摩爾道」，面積比台灣稍大。

⑲ 多羅侯伊（Dorohoi，羅國東北角的城鎮，自古爲商業中心，猶太人於十七世紀在此落戶。一九四〇年七月一日，當地羅馬尼亞軍隊屠殺猶太人，死傷近兩百，迫害延燒至九月。儘管當時的情勢普遍反猶，但迫害並非由政府授意。事發之後，中央派兵維持秩序，但並未追究責任。

⑳ 格羅斯柏德（Großpold，羅：Apoldu de Sus），錫比烏縣的村落，十八世紀時因戰火和瘟疫導致人口銳減。隨後來自奧地利的新教徒移入，至今仍可在傳統服裝和口語表達上略窺一二。

木頭與棉花

鞋子有兩種：膠筒靴是奢華品。木鞋是一場災難，其實只有鞋底是木頭做的，一塊兩個指幅厚的底板。鞋子的上半部是灰色的粗麻布，用一圈細皮條固定住。麻布沿著皮條釘在鞋板上。麻布對釘子來說太不結實了，所以兩三下就扯壞了，最早開縫的地方就是腳跟。木鞋是高筒鞋，有小環眼可以穿鞋帶，不過卻沒有鞋帶。我們只好拿細鐵絲穿，把末端扭緊，鐵絲就扭絞起來。所以環眼處的麻布沒幾天也脫線了。

穿著木鞋，趾頭是沒辦法彎曲施力的。你不是把腳從地上抬起來，而是用腿去拖鞋子。拖久了膝蓋會變硬。木鞋的腳跟開縫了，反而是輕鬆一件，腳趾頭自由一點，彎起膝蓋來也容易多了。

木鞋沒有左右之分，而且只有三種尺寸，超小，超大，還有很少的中間尺寸。大家到洗衣間裡，從成堆的木頭和麻布中，給自己找出兩只大小相同的鞋子。貝雅·查克爾是徒爾·普里庫力奇的相好，也成了我們的衣物總管。她會幫某些人挖寶，找出兩只釘得牢牢的木鞋。對另外一些人，她連腰都懶得彎，只是把坐椅挪近鞋堆，好就近監視，免得東西被偷。她自己穿著高級的皮便鞋，天寒地凍的時候，改穿毛氈皮靴。必須踏過污泥時，她又給皮靴套上了膠筒靴。

根據營區指揮部的盤算，木鞋應該要穿上半年。可是三四天之後，腳跟處的麻布就扯裂了。每個人都試著透過交易，看能不能換來一雙多餘的膠鞋。它們又軟又輕，比腳板大上一個掌幅。空間大到可以塞進好幾層套腳布，那是我們的長襪替代品。爲了不讓腳板在走動時抽脫膠鞋，我們就用鐵絲兜過鞋底把它綑在腳板上。在腳背上打個結。腳背上的鐵絲打結處就是痛點，傷口會一再磨破。第一個凍瘡就是從那個傷口爛出來的。一整個冬天，木鞋也好膠鞋也罷，都會跟套腳布凍成一塊。套腳布又跟皮膚黏在一起。儘管膠鞋穿起來比木鞋還冷，卻可以撐上好幾個月。

勞動裝根本不是其他裝，就是營區服，勞役犯的制服，半年發一次。男裝和女裝沒差別。除了木鞋和膠鞋之外，勞動裝還包括了內衣褲、棉外衣、勞動手套、套腳布、寢具、手巾，還有一塊從皀磚上切下來的肥皀，聞起來有濃濃的鈉味。用了皮膚會有灼熱感，最好不要去沾到傷口。

內衣褲是用沒漂染過的亞麻布做的：一件長內褲，腳踝處和腰口有繫帶，一件有繫帶的短內褲，一件有繫帶的內衣，多合一的內外日夜冬夏內衣。

棉質制服叫普佛艾卡，棉料上有縫腳壓出的直條隆起。普佛艾卡長褲在腰口大開衩，肚子多大都塞得進去，腳踝則用繫帶綁緊。只有在肚子前面有一顆釦子，左右各一個口袋。普佛艾卡外套呈袋狀，有立領，叫魯巴席卡①領，手臂的袖子上有顆鈕釦，前襟一排釦子，兩側各有一個縫上去的四角形口袋。男女頭上都戴著耳罩可以翻下來的普佛艾卡帽，也附有繫繩。

普佛艾卡的顏色，不是灰藍就是灰綠，端看顏色褪了多少。反正只要穿上一星期，都會髒得硬邦邦，被勞動搞成土黃色。天氣要是冷到白霜發亮，呼出來的氣凍結在臉上，普佛艾卡就是一件寶貝，外頭乾冷的寒冬中最保暖的衣服。酷熱的夏天，普佛艾卡也寬鬆有餘，空氣可以流通，把汗風乾。可是天氣一濕，普佛艾卡就是一場瘟疫。棉花會飽吸雨水和雪水，而且幾個星期都濕答答的。人會冷得牙齒打顫，到了晚上就凍過頭了。寮房裡六十八張床和六十八位勞役犯，連同他們的六十八套棉制服、六十八頂便帽、六十八雙套腳布和六十八雙鞋，霉氣蒸騰。我們清醒躺著，看著昏黃的勤務燈光，彷彿其中的雪溶化了。那雪溶之中有夜的惡臭，它用森林的土壤和腐爛的枝葉把我們蓋得嚴嚴的。

譯註：

①「魯巴席卡」（Rubaschka），俄語原意爲「襯衫」或「外套」。

激盪年代

放工之後，我沒有回營，而是去俄羅斯村乞討。「烏尼斐爾馬格」（UNIVERMAG）①的大門洞開，店裏沒客人。售貨小姐前傾著身體，對著櫃檯上的刮鬍鏡找頭上的蝨子。刮鬍鏡一旁的電唱機正轉著，嗒—嗒嗒嗒嗒——。這我在老家聽收音機放過的，李斯特和戰情特報。

早在一九三六年，我父親爲了要收聽柏林奧運，就給自己買了一台有著綠貓眼的藍點收音機。在這個激盪年代㖞，他說。藍點買得很划算，後來的時局更動盪了。三年後的九月初，又是在廊台陰影處吃涼拌黃瓜沙拉的時節。藍點放在牆角桌上，旁邊牆上掛著那張歐洲大地圖。藍點裡傳出嗒—嗒嗒嗒——，戰情特報。父親連人帶椅往後仰，直到手指碰到收音機的旋鈕，轉大音量。大家停止交談，刀叉不再傾哐作響。就連風也穿過廊台窗口前來偷聽。九月一日開始的那檔事，我父親叫它做閃電戰。母親則說是波蘭戰役。我祖父當過見習水手，從普拉港②出海，環遊過世界，是個懷疑派。他一向感興趣的是英國人怎麼說。關於波蘭，他寧可閉嘴，再挖一瓢黃瓜沙拉吃。我祖母說，吃飯是件家務事，跟收音機裡的政治不相干。

我父親是畫圖老師，他把彩珠大頭針粘上三角形的勝利小紅旗，放在藍點旁的煙灰缸裡。父親把他的小旗子在地圖上向東移了十八天。然後就這麼著了，祖父說，波蘭完了。小旗子也完了。夏天也完了。祖母拔掉歐洲地圖上和大頭針上的小旗子，把大頭針收好，放回她的針線盒。藍點也進了我父母親的臥室。一大清早，透過三重牆壁，我會聽到慕尼黑電台的起床號。放送的節目叫晨操，接著地板便開始規律地震動。父母親跟著藍點裡體操老師的口令做早操。我因爲太胖了，他們覺得我該更像士兵一點，所以也被送去上一星期一次的私人體操課，給殘疾人士上的。

昨天有位特地來訪的軍官，戴了一頂跟蛋糕盤一樣的綠色大盤帽，在集合場上發表演說。內容談到了和平以及**腳鍛鍊**（FUSSKULTUR）。徒爾．普里庫力奇不能打斷他，只好乖乖站在旁邊，虔誠得像彌撒中的輔祭，之後還對內容做了摘要：腳鍛鍊堅定我們的心。在我們心中，搏動著社會主義蘇維埃共和國的心。腳鍛鍊鋼鐵化工人階級的力量。透過腳鍛鍊，蘇維埃聯盟會在共產黨的威力中，在人民的幸福中，在和平之中開花結果。手風琴師孔拉德．豐，徒爾．普里庫力奇的同鄉，他告訴我俄文中的Y發U音。所以那其實是在講**身體**鍛鍊（PHYSISCHE Kultur）和它的功效，是以斯拉夫字母的讀法去讀身體鍛鍊的結果。那位軍官一定是把這詞抓來用卻搞錯了，可是徒爾又不敢糾正他。

我從殘障體操和學校裡的「民族星期四」③認識到了**腳鍛鍊**。每個星期四，我們中學生都必須參加晚訓。我們在學校操場上被操，臥倒、起立、爬牆、蹲下、臥倒、收肘、起立。左、右、前進、唱歌。窩坦④、維京人、日耳曼歌謠。我們星期六或星期天行軍，列隊從城市出發。在山丘上的灌木叢裡，我們頭插樹枝進行僞裝訓練，學小鴞和野狗的叫聲來辨別方向，臂上繫著紅色和藍色的棉線，模擬戰爭遊戲。誰能把敵人的棉線扯下來，就表示把他給殺了。誰握有最多的棉線，大家就用血紅色的薔薇果將他裝扮成英雄。

有一次，我乾脆蹺了民族星期四。不過也不算乾脆。前一天晚上來了一次大地震。布加勒斯特有一棟出租公寓被震垮了，埋了不少人。我們城裡只倒了一些煙囪，家裡只有兩支爐管跌到地板上去。我拿這個當藉口。體操老師也沒多問，不過在我腦中，殘障體操已經起作用了。我從這次的不聽話找到了證明，我眞的是個殘廢。

在這個激盪年代，我父親拍了不少身穿薩克森民族服飾的少女和體操女子的相片。他甚至爲此買了一台萊卡相機。他還是個星期天獵人。到了星期一，我就看著他怎麼剝下獵獲的兔子的皮。兔子被剝得赤條條的，青紫僵硬，耷拉得長長的，就像吊桿上的薩克森體操女孩。兔肉拿來吃。毛皮則釘在庫房牆上，風乾後放進閣樓的鐵皮箱裡。每隔半年，芬克爾先生會來收兔皮。後來就沒來了。大家也不想知道發生了什麼事。他是猶太人，一頭金紅色的頭髮，又高又瘦，像隻兔子。就連小個子的費爾迪·萊希和他母親也不見了，他們住我們樓下中庭。大家也不想多知道些什麼。

什麼都不知道比較簡單。難民從比薩拉比亞⑤和德涅斯特河沿岸⑥來這裡落腳，待上一陣子又走了。帝國的德軍也來這裡落腳，待上一陣子又走了。鄰居、親戚和老師們則打仗去了，不是加入羅馬尼亞的法西斯，就是去投靠希特勒。有些人放前線假⑦回來了，其他人則不是。還有些煽動家臨陣脫逃，卻在家鄉挑撥離間，還穿著軍裝出入舞會和咖啡廳。

自然老師也穿著馬靴和軍裝，對我們解說金色杓蘭屬於苔蘚類。小白花⑧也是。小白花不只是一種植物，它還是一種時尚。所有人身上都佩帶著飛機坦克、兵種、小白花和龍膽花的徽章和別針，當作護身符。我收集徽章和別人交換，因而對軍階了解得一清二楚。我最喜歡的是二等兵和上等兵。在我看來，大頭兵都想當入幕賓，二等情人和上等情人。因爲就曾經有那麼一名帝國來的上兵狄特里希，到我們家借宿。我母親在庫房屋頂上做日光浴，狄特里希就從閣樓天窗拿望遠鏡偷窺她。我父親在廊台上看到了，把他拖到中庭，在庫房邊的鋪石地上拿鋤頭鎚爛他的望遠鏡。我母親腋下夾了一小包衣物，跑去菲妮姑姑家住了兩天。早在一個星期之前，狄特里希就送了我母親兩個摩卡咖啡杯⑨當生日禮物。那是我的錯，因爲我告訴他，她在收集摩卡咖啡杯，還跟他一起去瓷器店。我在那裡幫狄特里希挑了兩只小瓷杯，知道我母親一定會喜歡的。它們是淺紅色的，就像最精緻的軟骨，杯口一道銀邊，杯把上還有一滴銀點。我第二喜歡的胸章是巴克力特塑膠做的，一朵螢光小白花，夜裡跟鬧鐘一樣閃閃發亮。

自然老師去了前線就再也沒有回來。拉丁文老師從戰場上放前線假回來，順道來學校看我們。他坐到講台上去，還上了一堂拉丁文課。課堂很快就結束了，結果完全出乎他意料之外。有個常被紅薔薇果加冠的學生一開口就問他：老師，講一下前線是什麼狀況吧。老師咬了咬嘴唇說：跟你們想的不一樣。接下來，他的臉變得如此之僵，兩手顫抖，我們從來沒看過他那樣。跟你們想的不一樣，他又重複了一次。然後頭磕在講桌上，兩隻手像碎布娃娃那樣垂在椅子邊，開始哭。

俄羅斯村小小的。乞討的時候，你不會想遇到同是營區出來的乞丐。我們用煤來討東西。如果是一個眞正的乞丐，他就會把手藏起來。我們用布把煤包起來，像個睡著的小娃娃那樣揣在懷中。先敲門，如果門開了，就稍稍把布掀開來，讓人家看看有什麼貨。從五月到九月，想用一塊煤去討東西，勝算不大。不過也只有煤了。

我在一戶人家的前庭花園裡看到了牽牛花，整個櫥窗擺滿了鑲著銀邊的淡紅色小咖啡杯。我閉上眼睛繼續走，一邊念著**摩卡咖啡杯**（MOKKATASSE），一邊在腦中算著字母：一共十個。然後我算了十步，兩個杯子就二十步。我停下來的地方，沒有房子。母親在家中櫥窗裡一共擺了十只摩卡咖啡杯，我就爲它們一直數到一百，經過了三棟房子。那裡的花園沒有牽牛花。我敲了第一扇門。

譯註：

①「烏尼斐爾馬格」（UNIVERMAG），俄語，「百貨公司」。

②普拉（Pula），位於今克羅埃西亞西端的伊斯特里亞（Istria）半島上，臨亞得里亞海，自羅馬帝國以降，夙爲半島上的行政中心。

③此處的「民族」——völkisch 一詞，爲納粹用語。

④窩坦（Wotan），日耳曼神話中的主神，即北歐神話中的奧丁。

⑤比薩拉比亞，羅馬尼亞東北與烏克蘭的接壤地帶，現今大部分爲摩爾多瓦共和國領土。

⑥德涅斯特河東岸中段的狹長地帶，包夾於今烏克蘭與摩爾多瓦之間，一九九〇年宣布獨立，不過主權未獲任何聯合國會員國承認。

⑦前線假（Fronturlaub），在前線作戰的軍人，因疾病傷殘、婚喪喜慶或特殊原因，得暫時返鄉，稱爲前線假。二戰期間，歐陸戰場上的前線假頗見尋常。

⑧小白花（Edelweiß），又名高山火絨草、薄雪草、雪絨花，德文字意爲「貴族白」，歐洲最知名的高山花種之

一，納粹山岳部隊便以小白花爲軍徽。Edelweiß一字也因電影《眞善美》中的同名插曲而廣爲人知。

⑨摩卡咖啡杯（Mokkatasse），濃縮咖啡或土耳其咖啡專用的小咖啡杯。

關於行駛

行駛總是一種幸福。

首先：只要你還在行駛，你就還沒抵達。只要你還沒抵達，你就不必勞動。行駛是豁免的時光。

其次：當你行駛時，你會來到一個根本與你無關的地方。你不會被一棵樹怒罵或痛揍。但在樹下卻有可能，只不過樹木對此也無能爲力。

我們抵達勞役營時，唯一的線索是NOWO-GORLOWKA①。這可能是勞役營或一個城市的名字，也可能指一整個地區。這不可能是那間工廠的名字，因爲它叫「戈克索辛—沙沃得」（KOKSOCHIM-SAWOD）②。營房大院的水龍頭邊有個下水道的鑄鐵蓋，上面有斯拉夫字母。我憑著在學校學的希臘文拼出了DNJEPROPETROWSK③，但這可能是附近的城市，或俄羅斯某個偏遠地區的鑄造場。從勞役營走出來，看到的不是字母，而是一望無際的草原和草原上的聚落。也因爲如此，行駛是一種幸福。

每天早上在營區後方的車庫，運輸隊員會分派給每一輛車，通常兩人一組。卡里．哈爾門和我被分派給一輛四噸重的蘭吉雅，三〇年代的車款。車庫裡的五輛車我們都摸得很清楚，知道它們的優缺點。那台蘭吉雅情況很好，車體不高，而且全部是金屬打造的，沒有摻雜半根木材。比較差的是那台五噸重的曼氏（MAN）卡車，光是輪子就高到人的胸口。那台比較好的蘭吉雅，配屬司機是嘴歪了一邊的科貝里安。他人脾氣很好。

科貝里安只要一說「科爾皮奇」（KIRPITSCH）④，我們就知道今天要穿越無邊無際的草原去搬紅磚。如果晚上下過雨，燒毀的車輛殘骸和坦克廢鐵就會倒映在水窪裡。土狗四下閃躲輪胎。卡里．哈爾門和科貝里安一起坐車頭。我卻寧可站在貨板上，手緊緊抓著駕駛艙的車頂。遠遠就可以看見一棟七層高的紅磚集合住宅，空空的窗洞，沒有屋頂。一座半廢墟，在這附近孤零零地矗立著，不過卻非常現代。也許這是新市鎮的第一塊住宅區，不過卻在一夕之間被放棄了。也許在屋頂蓋好之前，戰爭就來了。

公路崎嶇不平，蘭吉雅哐啷哐啷駛過稀稀落落的宅院。有些院子裡長了及腰的蕁麻，鐵床架丟在那裡，上面坐了幾隻白母雞，瘦得跟雲絮一樣。祖母說，蕁麻只長在有人住的地方，牛蒡果只長在有羊的地方。

那些院子裡我從來沒看過人。我想看人，看看那些不是住在勞役營的人，他們的住家有籬笆，有院子，房間裡有地毯，也許甚至還有一把地毯拍。我想，地毯被拍打的地方，人就可以相信和平，那裡的生活是文明的，那裡會讓人在和平中過日子。

第一次和科貝里安出勤時，我曾在一個宅院裡看到一根架地毯的桿子。桿上有一截滾筒，拍打地毯時可以來回推拉。地毯桿的旁邊立著一個大而白的搪瓷水瓶。它就像一隻天鵝，尖嘴、細頸、沉穩的瓶腹。它那麼地美，以至於我每次出勤時都要搜尋一下地毯桿，即使是在草原空蕩蕩的風中。不過，我再也沒有見過任何一支地毯桿或任何一隻天鵝了。

郊區宅院的後方，是一個由赭黃色房子所形成的小城，房子的灰泥剝落，屋頂鐵皮也鏽了。殘存的柏油路面之間，電車鐵軌若隱若現。鐵軌上不時有馬拉著麵包工廠的二輪拖車經過。所有的拖車都用白色麻布蓋著，和營裡的手推車一樣。不過那些餓到只剩半條命的馬叫我起了疑心，麻布底下躺著的，到底是麵包呢還是餓殍。

科貝里安說：這城市叫新—戈爾洛夫卡。這城市跟勞役營的名字一樣嗎，我問。他說：不是，是勞役營的名字跟城市一樣。這裡看不到任何路牌。不過會開來這裡的，像科貝里安和蘭吉雅，就會知道這個地方的名字。陌生的訪客，像卡里和我，就只能問它叫什麼名字。至於找不到人問的人，既找不到這裡，也不該來這裡。

我們在城鎮的後方取磚塊。如果兩人一組，蘭吉雅又直接開到磚堆旁邊，裝車大概要花上一個半鐘頭。我們一次搬四塊，像手風琴那樣把磚塊緊緊夾著。三塊太少了，五塊又太多了。一次是可以搬上五塊，不過中間那塊會滑掉。需要第三隻手來扶著它。我們把磚頭毫無縫隙地堆滿整個卡車車斗，有三到四層高。磚塊的共鳴很響亮，每塊聽起來都不大一樣。紅色的磚粉倒是一成不變，會沾衣服，不過是乾的。磚粉不像水泥粉那樣會捲人，也不像煤灰那麼油膩。磚粉讓我想到甘美的紅甜椒，儘管聞起來沒什麼味道。

回程的路上，蘭吉雅再也不會哐啷作響，因爲太重了。我們又再次駛過小城新—戈爾洛夫卡和電車鐵軌，再次駛經郊區宅院，開上草原雲絮下的公路，直抵營區。然後再駛經營區去建築工地。

卸磚要比上磚快多了。儘管磚塊還是要疊起來，不過卻不必疊得那麼整齊，通常它們隔天就會被拖上鷹架，送去給泥水匠。

去程回程，裝車卸貨，每天可以搬上兩趟。之後就是傍晚了。有時候科貝里安還會再出一趟車，什麼也沒多說。卡里和我知道這是一趟私人行程。我們只會裝上半車的磚，而且只有一層。回程我們在七層住宅廢墟的後方轉彎，開去一處凹地。那裡有成排成排的白楊樹圍著房子。這時候，雲霞向晚也轉成了磚紅色。在籬笆和木柴庫房之間，我們開進了科貝里安的院子。車子陡一下停住了，我就齊腰站在一棵光禿禿的、顯然是枯了的果樹之中，滿滿都是上個或上上個夏天留下來的乾癟果實。卡里爬上來我這邊。最後的天光把果實懸在我們的眼前，科貝里安讓我們在卸磚前摘個夠。

果粒乾木木的，要一面舔一面吸，直到它嘗起來像酸櫻桃為止。如果好好咬著，舌頭上的櫻桃核會變得又滑又熱。這些夜晚酸櫻桃是一種幸福，但它們讓飢餓更飢餓。

回程途中，夜色如墨。晚一點歸營是好事。點名點完了，晚餐老早就開始吃了。鍋子上層的清湯水已經教其他人分了去。吃到鍋底精華的機率就更大了。

不過太晚歸營卻會很慘。那時湯都吃完了。接下來只剩下這個巨大而空洞的夜，還有蝨子。

譯註：

①新─戈爾洛夫卡（NOWO-GORLOWKA），位於今天的戈爾洛夫卡（烏：Horlivka，該城在一九九六年之前仍循俄語稱爲Gorlovka），烏克蘭東南部頓內次克州（Donetsk）的煤業重鎭。

②「戈克索辛─沙沃得」（KOKSOCHIM-SAWOD），俄語，「煉焦化學工廠」。

③第聶伯羅彼得羅夫斯克（DNJEPROPETROWSK），與所在之州同名，今烏克蘭第三大城，蘇聯時期爲核武及軍火工業中心。二戰之前，第城爲猶太人聚集中心，納粹入侵時曾在此濫射猶太居民。

④「科爾皮奇」（KIRPITSCH），俄語，「磚」。

關於嚴厲的人

貝雅．查克爾在水池邊洗過手後，現在正沿著營區大道走過來。我在靠背長凳上坐著，她坐到我身邊來。她的眼睛滑入斜斜的目光，很有點斜視的味道了。但她沒有斜視，她在睛光流轉中嵌入這種遲疑，因爲她知道這讓她別具風情。別具風情得連我都不好意思了。她開始說，直截了當地說。說得跟徒爾．普里庫力奇一樣快，只是沒那麼任性。她流盼的目光轉向工廠，望著冷卻塔的雲霧，講起了加利西亞①、斯洛伐克和羅馬尼亞三地交界處的群山。

她慢了下來，一一細數家鄉的山脈，下塔特拉山②，貝斯基德山③，收攏於森林喀爾巴阡山④，在蒂薩河的上游。我的村子叫魯吉，她說，一個躲在卡肖⑤旁邊的窮村。那裡的群山俯看人間，把我們大腦透視得一清二楚，直到老死。留在那裡的人會變得很深沉，很多人都離開了。這也是爲什麼我會去布拉格，去上音樂學院。

巨大的冷卻塔是一位大媽媽，暗沉的木板條箍著腰身，好似馬甲。大媽媽被束得喘不過氣來，只好日以繼夜口吐白霧。那些煙雲遠走高飛，就像村民離開貝雅．查克爾的山地老家。

我跟貝雅說起七城的山脈，它們仍然是喀爾巴阡山哦，我說。只是我們那裡的山上有圓而深的湖泊。據說那是海眼，湖底很深，深得和黑海相連。人在眺望高山湖泊時，腳踩在山上，眼睛看到的卻是海洋。我祖父說，喀爾巴阡山用手臂在地下托著黑海咧。

接著貝雅談到了徒爾．普里庫力奇，他屬於她童年的一部分。他們是同一個村子的，還住同一條街，甚至還共坐同一條學校板凳。跟徒爾一起玩，她總是得當馬，徒爾駕馬車。她跌了一跤，把腳跌斷了，不過這是事後才發現的。徒爾用鞭子鞭她前進，說她不想當馬才在那邊假裝。街道非常陡，她說，和徒爾一起玩，他一向是個虐待狂。接著換我說蜈蚣遊戲。小朋友被分成兩隻蜈蚣。一隻得把另一隻拖過石灰線，拉到自己地盤上來，因爲想吃掉牠。兩隻蜈蚣裡的小朋友必須抱往前面的肚子，使盡全力拉。人都快被扯斷了，我腰部挫傷，肩膀也脫臼了。

我不是馬，你也不是蜈蚣，貝雅說。如果人扮什麼就是什麼的話，那麼他會遭到懲罰，就像是觸犯了某條法則。而且就算搬到布拉格，人也逃不出法則的掌控。或者進了勞役營也逃不掉，我說。對呀，因爲徒爾也來了，貝雅說。他也去念書，想當傳教士卻沒當成。不過他倒是在布拉格待了下來，改去經商。你知道嗎，小村子裡的法則，甚至布拉格的法則都是很嚴厲的，貝雅說，因此人逃不出那些法則，它們是嚴厲的人立下的。

然後貝雅又在流盼的目光中添上那種遲疑，說：

我愛嚴厲的人。

愛的是其中一個吧，我邊想邊按捺情緒，因爲她靠這種嚴厲來過活，靠她那個嚴厲的男人在洗衣間占了個好位置，跟我不一樣。她抱怨徒爾．普里庫力奇，她想和我們在一起，卻也想像他那樣過活。

她要是講話講得快一點，有時幾乎要矢口否認我們和她的差別。不過就在這快要發生之前，她又會鑽回去她的保險地帶。也許就是因爲這種保險，所以她的眼睛在那種流盼的目光中，會顯得那麼細長。也許她跟我說話時，她只是忙著處理自己的優勢。也許她之所以講那麼多，是除了擁有她的嚴厲人兒之外，她還想擁有一些他完全不知道的自由。也許她只是想從我這裡套話，她會向他報告和我們聊天的所有內容。

貝雅，我對她說，我的童年之歌是這樣唱的：

太陽高高薄紗中，
黃玉米，
沒時間

因爲我兒時最強烈的氣味，就是發芽玉米粒的那種腐臭味。我們放長假去文奇，在那邊待了八個星期。假期結束，回到家中。院子沙堆上的玉米已經發芽了。我把它從沙中抽出來，不但已經長出了白色的根絲，旁邊還掛著臭黃的老玉米粒。

貝雅重複了一遍：黃玉米，沒時間。然後舔著她的指頭說：好吔，人會長大的。

貝雅．查克爾比我高出半個頭。她的髮辮盤在頭上，一條手腕粗的絲繩。或許，她的頭看起來如此威嚴，不只是因爲她坐鎮洗衣間，也因爲她得頂著這一頭沉重的髮辮。顯然她從小就留著這一頭沉甸甸的頭髮，這麼一來，窮村僻壤的群山就無法俯視看透她的大腦，直到她老死爲止。

但她不會死在勞役營這裡的。徒爾．普里庫力奇自會照料一切。

譯註：

① 加利西亞，東歐傳統地名，大部分位於今烏克蘭與波蘭境內。

② 下塔特拉山爲西喀爾巴阡山的一支，位於今斯洛伐克境內，東西走向，一九七八年規畫爲國家公園。

③ 貝斯基德山（Beskiden）爲傳統山區名，主要位於波蘭東南隅，東西走向，連綿六百公里，今區內共有三座國家公園。

④ 森林喀爾巴阡山指喀爾巴阡山系的中段細狹部分，大部分位於烏克蘭境內。

⑤ 卡肖（Kaschau），即斯洛伐克第二大城科希策（Košice），位於斯洛伐克東部，南近匈牙利。

對伊爾瑪·普菲佛而言，太多了一滴的幸福①

十月底開始，雨中已經下著冰釘了。哨兵和監工分派完我們的工作量之後，馬上又走進營區，縮回他們暖洋洋的守衛室。建築工地上就展開了寧靜的一天，不必再擔心領導們的叫罵。

不過在這個寧靜的日子裡，伊爾瑪·普菲佛卻叫了起來。好像是救命救命還是我不行了，聽不大清楚。我們拿著圓鍬和板條跑去砂漿坑，但是不夠快，建築領班已經站在那裡了。我們必須放下手上的一切。「魯基·納撒得」（Ruki nasad），手背到背後去——他揚起一把圓鍬，強迫我們束手看著砂漿。

伊爾瑪·普菲佛臉朝下趴在那裡，砂漿冒出了泡泡。砂漿先是吞了她的手臂，接著灰色的表面移上了後膝蓋彎。灰漿泛起了漣漪般的縐褶等著，久得像永遠，或者只有幾秒鐘。然後一下子漫到臀部。泥漿漩進了她的頭帽之間。頭沉了下去，帽子卻浮了上來。帽子的耳罩鬆張開來，像一隻展翅的鴿子慢慢漂向坑邊。剃個精光的後腦勺還浮在泥面上，像半顆哈密瓜，蝨子咬出來的傷口已經結痂。等到整顆頭都被吞下去了，就只剩下拱著的背還露在泥面上，建築領班說：「賈爾寇，阿欽·賈爾寇。」②

然後他揮著圓鍬，把我們成群趕去工地邊上的石灰女那兒，大叫：「夫尼馬尼也·柳迪」（Wnimanje ludi）。手風琴師孔拉德·豐就得翻譯一下：大家注意，如果有怠工的人想找死，他會如意的。她是跳進去的。鷹架上面的泥水工都看到了。

我們聽令列隊回營房大院去。這個早上來了一次集合點名。雨中一直下著冰釘，我們的內心一如外表，在震驚中森然沉默地站著。西西特凡紐諾夫從他的辦公室出來，邊跑邊咆哮。他嘴邊上的口水都起了白沫，像匹熱昏頭的馬。他一再把皮手套甩到我們中間來。丟到誰的前面，誰就得彎身撿起來再送回前面去。一再重複。然後把我們交給徒爾．普里庫力奇。這傢伙穿著防水大衣和膠筒靴。他命令我們報數、出列、入列、報數、出列、入列，直到傍晚時分。

伊爾瑪．普菲佛什麼時候從砂漿坑被撈起來，又埋在哪裡，沒有人知道。第二天早上，太陽照得森冷而明亮。坑裡的砂漿是新灌進去的，和往常一樣。沒有人再提起前一天的事情。一定有人想到伊爾瑪．普菲佛，還有她完好如新的帽子和棉裝，因爲伊爾瑪．普菲佛大概是著裝入土的，死人要什麼衣服，活人還凍著呢。

伊爾瑪．普菲佛想抄近路，把水泥袋抱在肚子前面，沒看到腳踩在什麼地方。水泥袋吸飽了冰雨，馬上就沉了下去。因此我們跑到砂漿坑時，沒看到水泥袋。手風琴師孔拉德．豐是這麼認爲的。人可以有各式各樣的想法。然而實情是不再可知的了。

譯註：

①「太多了一滴的幸福」原文為Eintropfenzuvielglück，是作者自創的新詞，參見〈關於勞役營幸福〉該文。

②俄語，「遺憾，非常遺憾。」，參見〈水泥〉該文。

黑楊樹

那是十二月三十一日跨入一月一日的夜晚，第二年的新年除夕。我們半夜被廣播器叫到集合場上去。八名荷槍士兵牽著獵犬，從營區街道兩側趕著我們前進。一輛卡車跟在後面。我們被帶到工廠後面厚厚的積雪中，那裡再過去就是荒地了，大家聽令列隊站在砌起來的圍籬前等著。我們心想，這是槍決之夜了。

我擠著排到前面去，好早一點被解決，省得在受刑前還要搬屍體——因爲那台卡車就等在路邊。西西特凡紐諾夫和徒爾．普里庫力奇爬進前座，馬達開著，以免他們凍著了。戒護兵來來去去。警犬擠在一處，霜氣壓得牠們眼睛都閉起來。牠們不時抬一抬爪子，免得被凍僵。

我們站在那裡，一臉蒼老，眉毛掛著白霜。有些女人雙唇打顫，不只是因爲冷，還嘟噥著祈禱。我告訴自己，現在一切都要結束了。我祖母的告別話是：我知道，你會再回來。儘管那時候也是午夜，但畢竟還是置身於世界之中。他們現在在家裡慶祝除夕，子夜時也許會舉杯爲我祝福，祝我活下來。但願他們在新年一開始的幾個小時裡會想到我，然後再鑽進暖暖的被窩。祖母的結婚戒指已經擱在床頭櫃上了，她每晚都會拔下來，因爲箍得不舒服。而我卻站在這裡等著被射殺。我看到大家都站在一個巨大的盒子裡。它的天蓋被夜晚塗上了黑漆，點綴著磨得鋥亮的星星。盒底鋪了一層膝蓋深的棉花，好讓我們綿軟軟倒下去。盒壁上掛著硬邦邦的冰霜織錦，絲綢般的撩亂流蘇和蕾絲，無邊無際。營區圍牆再過去，看守塔之間積雪正好充當靈柩台。台上聳立著一座高塔式的疊床，直指天際，那是一座塔樓棺槨，我們每個人的靈床層層相疊，如同寮房裡的床架一般。頂層再蓋上烏漆棺蓋。靈台頭尾處的看守塔裡，有兩位尊貴的黑衣人在守靈。靈台頭端指向營區大門，大院裡的看守燈閃閃爍爍，宛若燭台。稍暗的靈台尾端立著罩雪的桑樹樹冠，彷彿一把華麗的花束，上面無數的小紙片寫著每個人的名字。雪會吸音的，我想，射擊幾乎聽不見。我們的親人在世界之中微醺入眠，帶著除夕的疲憊，了無罣礙。也許在新的一年，他們會夢見我們被魔法詛咒的葬禮。

我再也不想從這個塔樓棺槨的盒子裡走出去。人一旦想克服他的死亡恐懼卻又無法逃脫時，它就會變成迷惑。冰寒也是如此，如果人在其中動彈不得，嚴寒就會吐出絲絲的溫和。在凍僵的恍惚之中，我把自己獻給了槍決。

但是接下來，兩個裹得暖暖的俄國人卻將卡車拖車上的鐵鍬丟到我們腳跟前。徒爾．普里庫力奇和其中一個暖裹兵，在黑暗和雪亮之間拉了四條打了結的繩索，和工廠牆腳平行。西西特凡紐諾夫司令已經坐在駕駛艙裡睡著了。也許他喝多了。他下巴堵著胸口，像一位被遺忘在終點站車廂裡的旅人。我們鏟了多久，他就睡了多久。不，他睡了多久，我們就鏟了多久，因爲徒爾．普里庫力奇還得等他下令。我們在繩索之間爲自己的槍決挖開兩道溝，他則呼呼大睡。我不知道挖了多久，直到天空濛濛亮了起來。我一直跟著鏟子的節奏重複：我知道，你會再回來。我已經從鏟雪中清醒過來，我寧可繼續爲俄國人挨餓、受凍、做牛做馬，也不要被射殺。我認同祖母說的：我會再回來，然而另外一句卻在唱反調：但你也知道的，這有多難。

接著西西特凡紐諾夫從卡車前座下來，搓了搓下巴，抖一抖腿，或許因爲兩隻腿還在睡。他示意要那兩個暖裹兵過去。他們打開車子的尾板，把鶴嘴鋤和鐵撬桿丟下來。西西特凡紐諾夫用食指比來比去，不尋常地說得又短又輕。他又爬上駕駛艙，空車載著他揚長而去。

徒爾必須爲司令的咕噥渡上一口命令語氣，大喊一聲：挖樹坑。

我們在雪地上找工具就像在找禮物。地上凍得跟骨頭一樣硬。鶴嘴鋤敲下去彈起來，鐵撬桿響得像鐵打鐵。核桃大的土塊彈到我們臉上。我在寒霜中流汗，又在汗水裡挨凍。我整個人崩裂成火半截和冰半截。上半身烤焦了，機械性地向前彎，擔心無法完成配額而焦灼不已。下半身卻凍僵了，兩隻腿冷冰冰地插進腸子裡。

到了下午，雙手已經血肉模糊，樹坑卻還沒有一掌深。它們就這樣留著了。

樹坑一直要等到晚春才挖好，種上兩排長長的樹。林蔭大道長得很快。這種樹其他地方沒有，草原上沒有，俄羅斯村或附近任何地方都沒有。整整好幾年，營裡沒有人知道那種樹叫什麼名字。它們長得越高，枝枒和樹幹就顯得越白。不像樺樹那般銀絲纖細，蠟白通透，而是樹體雄偉，樹皮如石膏糊般了無光澤。

從營裡返鄉後的第一個夏天，我在艾爾連公園看到了這種石膏白的營樹，古蒼而巨大。我叔叔艾德溫的樹木百科裡寫道：此一生長快速的樹種，可射向天際達三十五公尺高。其幹可粗至兩公尺，樹齡可達兩百年，足證此樹之堅韌。

我叔叔艾德溫不會瞭解，當他對我念出射字時，這形容多準哪，簡直就是一語中的。他說：這種樹很容易活，而且特別漂亮。不過這裡有個瞞天大謊。爲什麼它樹幹是白的，卻叫做黑楊樹呢？

我沒有反駁。我只是在心裡想：人如果曾在漆黑的夜空下，過了大半夜只等著被射殺，那麼這個樹名就不再是瞞天大謊了。

手帕與老鼠

勞役營裡有好幾種布。生命便從一塊布過到另一塊上去。從套腳布到手巾，到麵包布，到榆錢菠菜枕頭布，到挨戶兜售的乞討布，甚至於手帕，如果有那麼一塊的話。

營裡的俄國人不用手帕。他們用食指按住鼻孔，用力一擤，鼻涕便從另一邊如麵糰射地。然後再按住擤乾淨的鼻孔，鼻涕便另一邊激射而出。我練過，不過鼻涕飛不出去。營裡沒有一個人用手帕擤鼻涕。有手帕的人，拿它來包糖或包鹽。如果扯爛了，就拿來當衛生紙。

有個俄國女人曾送給我一條手帕。那天非常冷。我被飢餓追趕著。放工之後，我又去俄羅斯村挨戶兜售，帶上一塊無煙煤，現在取暖用得上的。我敲了一扇門。一位俄國老太太出來應門，取了煤，讓我進屋裡去。房間很矮，牆壁上的窗子低到我的膝蓋。一把凳子上站著兩隻瘦巴巴、長著灰白斑點的雞。其中一隻的雞冠垂到眼睛上，不時甩一下頭，就像沒有手的人頭髮掉到臉上時那樣。

老太太說了一陣子的話。我只零星聽得懂幾個字，不過大概知道是怎麼一回事。她怕鄰居，長期以來一個人伴著兩隻雞，她寧可跟雞說話也不想跟鄰居打交道。她有個和我一樣大的兒子，叫玻里斯，也跟我一樣遠離家鄉，不過去了另外一邊，西伯利亞的勞改營，某個訓導大隊，因爲他被鄰居告發。她說，也許你們運氣好，你和我兒子，不久就可以回家了。她指了一下椅子，我就在桌邊坐下。她幫把我把帽子摘下來，放到桌子上。又在帽子旁邊擺上一支木湯匙。然後走去火爐，從鍋裡舀了一白鐵碗的馬鈴薯湯。那碗湯一定有一公升。我一瓢瓢地喝，她就站在我肩膀邊看著我。湯很燙，我喝得唏哩呼嚕，斜斜看了她一眼。她點了點頭。我想慢慢吃，把湯享用得久一點。可是我的飢餓就像一隻趴在盤子前的狗，埋頭大吃。那兩隻母雞收起爪子，趺坐在自己的肚子上睡著了。馬鈴薯湯讓我暖到腳趾。鼻水流個不停。「阿巴吉」（Abadschij），等一下，我國女人說，從隔壁房間拿來一塊雪白的手帕。她把手帕放到我手上，收攏我的手指，示意我一定要收下。她把它送給我。我不敢擤鼻涕。那裡發生的事，遠遠超過了挨戶兜售的交易，超過了我和她和一條手帕。這牽涉到她的兒子。這對我有好處，又沒有好處，她，或者我，或者我們兩個都逾越分寸了。她非得爲兒子做點什麼不可，因爲我人在那裡，而他又跟我一樣遠離家鄉。我很難堪，我剛好在場，但我卻不是他。她也覺得了，卻又得佯裝不知，因爲她無法承受對他的牽掛。連我也承受不了了，一下子變成兩個人，兩個被拖走的人，這對我來說太多了，不像兩隻雞挨在凳子上那麼容易。對我來說，光是我自己就已經是太多的負擔。

我的裹煤布又粗又髒，稍後到了外邊街上，我拿它當手帕用。擤完鼻子，就掛在脖子上當圍巾。我邊走邊用圍巾末端拭眼睛，不時飛快地抹兩下，免得惹人注意。儘管沒人看著我，我也不想惹自己注意。我太清楚這個內在心法了，人要是有太多哭泣的理由，那就不該開始哭。我說服我自己，眼淚是被冷出來的，而且我信了。

那條雪白的手帕是用最上等的麻紗做的，有些歷史了，沙皇時代留下來的珍品。它有一圈手織的縷空鑲邊，上面用絲線鉤出小棒子。棒子之間的開口再精細縫起來，邊角上還鉤出小小的絲線薔薇。我已經很久沒看過這麼美的東西了。一般日常用品的美，在老家根本不值得一提。到了勞役營最好都忘了。但在這條手帕中，美又把我給攫住了。那種美讓我心痛。不知道俄國老太太的這個兒子，這個和我二而一的人，是否還會再回到家裡來。我開始唱歌，好擺脫這些思緒。我為我們兩個唱了那首牲口車廂的藍調：

瑞香開在森林裡
白雪躺在壕溝中
而你寫給我的
那封小信，傷煞我心

天空在跑，雲朵捲起塞得鼓鼓的抱枕。接著新月浮現出母親的臉龐。雲朵給她的下巴墊了一顆抱枕，右臉頰的後方再塞一顆。然後抱枕又從左臉頰溜出去了。我問月亮：母親已經這麼虛弱了嗎。她病了嗎。我們的家還在麼。她還住在那裡麼，還是也去了勞役營。她還活著嗎。她知道我還活著麼，還是想到我的時候，已經是在為死者哭泣了呢。

那已經是我在勞役營的第二個冬天，我們不准給家裡寫信，沒有平安家書。俄羅斯村裡立著光溜溜的樺樹，下方是積雪的屋頂，就像透風工寮裡那些壓彎了的床。在這樣的初始黃昏中，樺樹皮白得跟日間不一樣，也跟白雪不一樣。我看著風柔順地游過枝枒。編柳圍籬旁邊的小路上，一隻木褐色的小狗朝我走過來。牠有顆三角形的頭，腿又長又細，像鼓棒。白色的霧氣從牠吻部噴出來，好似要來吃我的手帕，四隻腿在地上打鼓。小狗跑過去了，彷彿我是圍籬的影子。牠有道理，在這條回營的路上，我只是黃昏中一個尋常不過的俄羅斯物體。

白色的麻紗手帕還沒人用過。我也從來沒用過它，把它當成一位母親和一個兒子的聖物，直到最後一天都收在行李箱裡。最後也一起帶回家。

在營裡，這樣一條手帕根本派不上用場。我那幾年盡可以拿它去市集上換吃的。換點糖或鹽，也許甚至換得到黃米。誘惑就在那裡，飢餓是夠瞎的。阻止我這樣做的是：我相信，那條手帕就是我的命運。如果人把自己的命運從手上交出去，他就迷失了。我很確定祖母那句告別話，**我知道你會再回來**，已經化爲一方手帕。手帕是勞役營裡唯一關心我的人，我這麼說一點都不害羞。我很確定，至今依然。

有時候，事情會現出一種溫柔，一種恐怖的溫柔，那是人無法預料到的。

行李箱就放在枕頭後邊的床頭，枕頭底下用麵包布包著的，是從嘴邊省下來的無比珍貴的麵包。某天清晨，我耳朵壓著枕頭的地方傳出嘰嘰吱吱的聲音。我抬起頭，驚訝發現，在麵包布和枕頭之間，有一團粉紅色的肉球在蠕動，大小和我的耳朵差不多。是六隻沒有眼睛的小老鼠，每隻都比小孩子的指頭還要小。牠們絲襪般的皮膚顫抖著，因爲那還是肉。小老鼠從虛無之中誕生，一份無緣無故的禮物。我突然爲牠們感到驕傲，好似牠們也在爲我驕傲。驕傲，因爲我的耳朵有了小孩，因爲寮房六十八張床，牠們獨獨在我這裡降生，選了我當牠們的父親。牠們孤零零地躺在那裡，我從來沒有見過牠們的母親。

我在牠們面前感到難堪，因爲牠們這麼毫無保留地相信我。我馬上察覺到，我愛牠們，我必須擺脫牠們，而且刻不容緩，在麵包被吃掉之前，在別人醒過來看到之前。

我把那一整丸小老鼠挪到麵包布上，屈著手指造了個窩，以免弄痛牠們。我溜出寮房，捧著牠們穿過大院。兩隻腳因焦急而打顫，怕讓哨兵看見了或被狼狗聞到。不過我眼睛一直沒離開麵包布，不教任何一隻老鼠在走路時掉出來。到了廁所裡，我把布拿到洞口上抖一抖。小老鼠撲通跌入糞坑。不吱一聲。我深深吸了一口氣，大功告成。

九歲的時候，我在洗衣間最裡角的一張老地毯上，發現了一隻剛出生的灰綠小貓咪，眼睛還黏在一起。我把牠放在掌心中，輕撫牠的肚子。牠呼哧一聲咬住我的小指，不肯鬆口。我見血了。立刻用拇指和食指掐住牠——我想，我掐過頭了，而且還是掐脖子。我的心臟跳得很厲害，就像剛從決鬥場上退下來。那隻貓咪，因爲牠死了，等於是在謀殺現場把我逮個正著。那不是故意的，但這只會讓情況變得更糟。恐怖的溫柔和蓄意的殘酷，它們的罪愆不一樣。前者更深。也更久。

小貓咪和小老鼠的共同點是：

不吱一聲。

小貓咪和小老鼠不同的地方是：

對待小老鼠，是蓄意和同情。對待小貓咪，卻是出於怨怒，想愛撫牠卻被反咬了一口。這是其一。箭在弦上則是其二。人一旦開始掐，就收不住手了。

關於心鍬

圓鍬有很多種。不過我的最愛是心鍬。我只給這種圓鍬命名。心鍬只拿來鏟煤，而且是鬆碎的煤，裝煤或卸煤的時候。

心鍬有一片鍬葉，大約兩個頭併在一起那麼大。它呈心形，中間深凹下去，五公斤的煤或飢餓天使的整片臂部就在這裡找到位子了。鍬葉有一根細長的頸子，上面有焊縫。和這片碩大的鍬葉相比，鍬柄就顯短了。鍬柄的盡頭是一截橫木把手。

一手握住鍬頭，另一隻手握住鍬柄上方的橫把。不過我會說下方的橫把。因爲對我而言，重要的是心鍬，鍬柄只是附帶工具，所以是在旁或在下的。於是我一手高高抓著心鍬的脖子，另一手握住鍬柄下方的橫把。身體保持平衡，心鍬便化成我手中的鞦韆，猶如我胸中的呼吸鞦韆。

心鍬要伏手才會好用，直到鍬葉完全光滑，焊縫摸起來像焊疤爲止——那麼整支鐵鍬就像是第二組外在平衡機制。

用心鍬卸煤就是和搬磚裝車不一樣。裝磚的時候只有兩隻手，牽涉到的是物流。但卸煤用的工具，心鍬，卻讓物流昇華爲技藝。卸煤是最高貴的運動，也許只有騎術、花式跳水、優雅的網球才差可比擬。它就像花式溜冰。我和心鍬是搭檔，可以這麼說。人一旦擁有過自己的心鍬，就會被它迷住。

卸煤是這樣開始的：當車子的牆板嘩啷向下翻，你就站到左上方去，像使鏟子那樣用腳在心鍬的葉片上踩一下，斜斜地在煤堆邊上鏟開一塊缺口，直抵車斗底板。當你在卡車邊上清出立足之地，在底板上站穩了，就可以開始鏟煤了。在搖擺的晃盪節奏中，所有的肌肉都會用得上。你左手握住橫把，右手抓住長長的鍬頭，手指按在焊縫處。從左上角插進煤堆裡，畫個弧度拉下來直抵卡車邊緣，同時往外一翻，煤就送到底下去了。也就是說，你的右手現在順著鍬柄滑了上來，差不多快摸到橫把了——同時，身體重心也挪到右小腿上，直抵趾尖。然後把空鍬拉回來，送回到左上方。再用力一插，又把一鍬滿滿的煤送到右下方去。

當大部分的煤都清空了，到車緣的距離也變大了，這時就不能再用這招畫弧送煤法。現在要採取劍擊式：右腳優雅向前，左腳作爲支撐軸穩穩殿後，腳趾微微朝外。左手握住橫把，右手這次不再深握鍬頭，而是沿著鍬柄上下滑動，好平衡重量。現在你一鍬刺進煤堆，右膝使力，托出圓鍬，重心同時靈巧移到左腳上，別讓煤塊從心鍬葉片上掉下來，同時持續轉身，右腳後退一步，上身和臉也跟著轉向。然後再將重心移到右後方第三個落腳點，現在左腳優雅在前，腳跟宛如跳舞般微微抬起，只有大趾頭的外緣著地——這時候把心鍬葉片上的煤往雲中一擲，鍬柄平刺在空，只剩左手握住橫把。這招漂亮得像探戈，在恆穩的節拍中轉換著小角度。要煤塊飛得更遠的話，就從劍擊式轉爲即興華爾滋，重心在大三角中移轉，身體前傾至四十五度，只見擲距中的碎煤如群鳥翻飛。飢餓天使也隨之飛去。祂在煤中，在心鍬中，在關節中。祂知道，沒什麼比鏟煤更能暖熱全身，更能消耗體力。但祂也知道，飢餓幾乎要吃掉全部的技藝。

卸煤時，我們總是兩個或三個人一組。飢餓天使不算在內，因爲根本不能確定，是一位飢餓天使照看我們全部，還是每個人有他的專屬天使。祂肆無忌憚貼近每一個人。祂清楚得很，可以卸下來的地方，同樣也可以再裝上去。

再從數學上加以考量，結果實在驚人：如果每個人有他自己的飢餓天使，那麼每當有人死了，就會有一位飢餓天使自由飛去。於是久而久之，就只剩下被遺棄的天使，被遺棄的心鍬，被遺棄的煤。

關於飢餓天使

飢餓一直在那裡。

因爲它在那裡，所以它想來就來，想怎麼來就怎麼來。

這條因果律是飢餓天使的劣製品。

祂一來，就來勢洶洶。

條件非常清楚：

鏟1鍬＝1克麵包。

我也許並不需要心鍬。但我的飢餓卻仰賴它。我希望心鍬成爲我的工具。但它卻是我的主人。工具才是我。它統治，而我臣服。它正是我最親愛的圓鍬。我強迫自己去喜歡它。我卑躬屈膝，因爲如果我順從它又不恨它，它會對我好一點。我得感謝它，因爲當我爲了麵包而鏟時，我就不會去注意到飢餓。因爲飢餓徘徊不去，所以心鍬留了心，將鏟煤一事安插在飢餓之前。鏟煤最重要的，就是要全心全意地鏟，否則身體根本無法應付這種勞動。

煤塊鏟走了，可是卻從來不會減少。因爲它每天都會從雅辛諾瓦塔亞①運過來，車體上印著這個名字。我們的腦袋每天都鑽進去鏟煤。整個身體被腦袋支使，成了圓鍬的工具。此外什麼都不是。鏟煤很費勁。必須鏟卻不會鏟，這是一回事。想鏟卻不會鏟，更是加倍的絕望，這種折磨就像對著煤塊折腰。我並不怕鏟煤，我只怕我自己。也就是怕鏟煤時，還會想到鏟煤之外的事情。一開始，這種情形時而發生。這非常耗鏟煤所需要的力氣。我如果沒有全心全意守著心鍬，它馬上就察覺了。於是一股輕微的驚慌便勒住我的脖子。赤裸裸的二衝程在太陽穴敲擊。它們死掐著脈搏，像一群亂按的喇叭。我快崩潰了，懸甕垂在發甜的顎竇中腫脹。飢餓天使就整個地吊進我的口中，懸在軟顎上。那裡是祂的天平。祂帶上我的眼睛，心鍬暈頭轉向，煤也跟著模糊不清。飢餓天使把我的臉頰擱在祂的下巴上。祂讓我的呼吸如鞦韆晃蕩。呼吸鞦韆是種精神錯亂，又是怎樣的一種錯亂哪。我抬起視線，高高在上的是寂靜的夏日棉花，雲的刺繡。我大腦顫動，靠著一個針點固定在天上，也只有這麼一個穩固的定點了。然後幻想著吃。我已經看到空中鋪得雪白的餐桌，腳下的碎石咔咔作響。太陽穿透松果體，照亮我的五內。飢餓天使看著祂的天平說：

你對我來說還是不夠輕，為什麼你不肯讓步呢。

我說：你用我的肉體來騙我。它已經落入你的手中了。但我不是我的肉體。我是其他東西，而且不會讓步的。我究竟是誰，這已經無關緊要了，但我不會告訴你，我是什麼。我所是的那個什麼，會騙過你的天平的。

在勞役營的第二個冬天，情況經常如此。一大清早，我從大夜班下崗，累得奄奄一息。現在下班了，我該睡了，但躺下來卻睡不著。寮房裡六十八張空床，其他所有人都上工去了。我不由自主走到外頭去，晃蕩到大院空無一人的午後。風甩著它的薄雪，在我的頸背沙沙作響。飢餓洞開，天使帶著我走到食堂後面的廚餘堆。我跟在祂的身後踉踉蹌蹌，斜斜吊在自己的軟顎上。我一步一步跟著自己的雙腳，如果那不是祂的雙腳的話。飢餓成了我的方向，如果那不是祂的方向的話。天使讓我先動手。祂不會害羞，只是不想被看到和我在一起。於是我彎下腰，如果那不是祂的腰的話。我的貪婪是粗魯，我的雙手是野蠻。它們是我的手，天使是不碰殘渣的。我把馬鈴薯皮掃進嘴裡，閉上眼睛，這樣更能好好品嘗，又甜又滑，這些冰凍的馬鈴薯皮。

飢餓天使在找那些湮滅不掉的痕跡，又湮滅掉那些留不住的痕跡。馬鈴薯田在我的腦海中晃過，那是文奇那一帶，斜斜夾在牧草地之間的的馬鈴薯田，老家的山地馬鈴薯。有渾圓色淺、最先採收的早熟馬鈴薯，皮色帶青、彎曲變形的晚熟馬鈴薯，拳頭大小、粗皮黃甜的澱粉馬鈴薯，細長橢圓、皮滑耐煮的玫瑰馬鈴薯。還有夏天時，它們稜邊分明的深綠色莖條上，如何開出打過蠟般的黃白、灰紅或艷紫花束。

而我雙唇大張，多快就掃光了所有的冰凍馬鈴薯皮呀。一片接著一片往嘴裡塞，一如飢餓，沒有間隙。沒有暫停，所有的碎皮連綿成一條長長的馬鈴薯皮帶。

所有的，所有的，所有的。

然後夜晚降臨。所有人放工回家。所有人都爬進了飢餓。一個飢餓的人冷眼看著其他所有飢餓的人時，飢餓就是一副床架。但其實不然，我的親身體會是，飢餓爬進了我們。我們才是飢餓的床架。我們所有人都閉著眼睛吃。我們整晚都在餵養飢餓。我們把它餵得飽飽的，飽得高比圓鍬。

我吃了片刻的小睡，醒了過來，再繼續吃下一刻的小睡。夢和其他東西一樣，也被拿來吃。夢中出現了一種吃食強迫症的慈悲，但這慈悲卻是一種折磨。我吃了婚宴湯②和麵包，甜椒鑲肉和麵包，樹輪蛋糕。然後我醒了，望著工寮裡彷佛患了近視眼的昏黃燈光，繼續入夢，又吃了甘藍菜湯和麵包，酸燜兔肉和麵包，用銀杯盛著的草莓冰淇淋。再來是胡桃糖霜小麵棒（nussnudeln）和新月小麵包。之後是克勞森堡鹹派③和麵包，蘭姆蛋塔。接著是辣根豬頭肉和麵包。最後，我又吃了一根狍子腿和麵包，外加糖煮黃杏泥，可是擴音器哇啦哇啦響進來，又是白天了。睡眠總是淺淺的，我吃得再多也沒用，飢餓永不疲累。

我們之中前三個餓死的人，他們是誰，死亡順序如何，我記得一清二楚。好幾個漫漫長日，我想著他們每一個人。不過三這個數字，從來就不會停留在第一個三上。每個數字都會派生下去。操演下去。要是人自己已經瘦成一副皮包骨，身體不再適合跟別人挨在一起時，那麼他最好離死人遠一點。因爲數學跡象顯示，到了第四年的三月，已經死了三百三十個。那時候，人已經生不出任何明確的感覺了。只會偶爾想到他們。

我們擺脫了這種黯淡的心境。趕走了任何一絲軟弱的悲傷，而且還是搶在它來襲之前。死亡壯大了，而且眷念著所有的人。人不該和它打交道。應該當它像隻糾纏不休的狗，把它轟走。

我再也不曾像那五年勞役生涯那般堅決地抗拒死亡。抗拒死亡，並不需要自己的本命，只要有一條還沒完全走到盡頭的命就夠了。

不過勞役營的前三名死者是：

聾女米奇，被兩節車廂輾斃。

卡蒂．麥耶，在水泥塔中滅頂。

伊爾瑪．普菲佛，在砂漿中窒息身亡。

在我的寮房中，第一名死者是機工彼得．席爾，喝煙煤燒酒喝死的。

死因人人不同，不過和死因一起的，永遠是飢餓。

有一次，我根據數學跡象，對鏡子裡的修臉師傅歐斯瓦．恩耶特說：一切簡單的東西，都是純粹的結果，每個人都有一塊軟顎。飢餓天使會衡量每個人，誰要是讓步了，祂就跳離心鍬。這就是祂的因果律和槓桿原理。

這兩樣當然不能小看，不過也不該濫用啊，修臉師傅說。這也是個原則。

我在鏡中沉默了。

你頭皮上都是膿花，修臉師傅說，這樣只能用推剪。

什麼花啊，我問。

他開始把我的頭推光時，眞是舒暢。

我想，有件事是肯定的，飢餓天使認得出祂的共謀。祂先愛撫他們，然後讓他們倒下去。再加以摧毀。連同祂自己。祂也來自於那個祂所欺瞞的肉體。這也是祂的槓桿原理。

現在我還該說些什麼呢。所有發生的一切，總是簡單的。如果事情持續下去的話，次序之中也有原則。如果事情持續了五年，那就不會被看穿，也不會被注意到。而且我覺得，以後如果想講起這件事，沒有什麼是不能自圓其說的：飢餓天使設想周全，從不失手，不會走開，一來再來，曉得祂的方向又清楚我的極限，知道我的底細和祂的影響，睜著眼睛走在一邊，一向公開祂的存在，私密得令人噁心，連睡眠也是透明的，祂是榆錢菠菜、糖跟鹽、蝨子和鄉愁的專家，肚子和雙腿都起了水腫。除了一一列舉之外，再也不能說些什麼了。

你以爲，如果你不讓步的話，那麼事情大概只有一半嚴重。這是飢餓天使到今天都還在透過你說話。不管祂說什麼，條件非常清楚：

鏟1鍬＝1克麵包。

只不過人在飢餓時，不該談論飢餓。飢餓不是床架，否則它會有質量。飢餓不是物體。

譯註：

①雅辛諾瓦塔亞（Jasinowataja，烏：Yasynuvata），位於烏克蘭東部的頓內次克州，勞役營所在地戈爾洛夫卡的西南方，爲鐵路交會點，重工業及煤礦重鎮。

②婚宴湯（Hochzeitssuppe）爲德國喜宴的開席湯品，以雞湯爲底，湯料有雞肉、肉丸、蘆筍、烤蛋條和小麵塊等。

③克勞森堡鹹派（Klausenburg Kraut），由洋蔥、酸白菜、碎肉、白飯等餡料疊層烤製而成。

煙煤燒酒

在一個翻來覆去的夜裡，睡覺想都別想，吃食強迫症的慈悲一次也沒有出現，因爲蝨子咬個不停，在這樣一個夜晚，彼得·席爾看到我也沒睡著。我在床上撐坐起來，他在斜對過的床上也坐了起來，問我說：

什麼叫做給與拿。

我說：睡覺。

接著我又躺平了。他仍然坐著，我聽到咕嚕咕嚕的聲音。貝雅·查克爾替他在市集上用毛衣換了煙煤燒酒。他喝了它。之後就沒再問了。第二天早上，卡里·哈爾門告訴我，他後來又問了幾次什麼叫給與拿。那時候你已經睡得很沉了。

齊柏林

在那個沒有煉焦爐組、抽風機和蒸汽管道的地方，在那個只有白色冷卻塔雲向草原遠颺時在高空眺望的地方，在那個鐵軌盡頭處、那個我們卸煤時從煤坑①望過去只看得到瓦礫堆上的開花雜草的地方，也就是在工廠後面那個即將成爲荒野、光禿禿又殘敗至極的土地上，有踩出來的小徑在那裡交錯。小徑通向一條巨大的生鏽鋼管，一支淘汰了的曼內斯曼戰前鋼管。它有七到八公尺長，兩公尺高。它的頭端朝著煤坑，像蓄水池那樣焊封起來。另一頭，也就是朝著荒地的尾端，卻是洞開的。那是一根碩大無比的鋼管，沒人知道它是怎麼到這裡來的。自從我們來了勞役營，至少明白了它有什麼好處。大家管它叫齊柏林。

這艘齊柏林本身並沒有銀光閃閃地在天空飄，不過它倒是能教理智飄起來。它是一家鐘點賓館，營區指揮部和隊長們也睜隻眼閉隻眼。我們營裡的女人和德軍戰俘在齊柏林裡幽會，他們在這附近的荒地或炸爛的工廠裡清瓦礫。科瓦其．安東說，他們來和我們的女人貓結婚。鏟煤的時後，你睜大眼睛吧。

那還是史達林格勒戰役的那個夏天，我在家裡廊台上度過的最後一個夏天，收音機裡傳來一個渴望著愛的德意志帝國女聲說：

每位德國婦女都獻給元首一個孩子。

我的菲妮姑姑問母親：這我們怎麼辦呢，現在是元首每晚都會來七城寵幸我們其中的一個，還是大家輪流坐車去帝國找他啊。

那天吃的是酸燜兔肉，母親舔著月桂葉上的醬料，葉子慢慢從她雙唇之間抽過去。舔乾淨了，她把葉子插進她的鈕釦孔。我心想，她們不過是在表面上取笑希特勒而已。從她們發亮的眼睛就看得出來，她們渴望的可不只這麼一點點。我父親也看到了，他皺起額頭，一時忘了咀嚼。我祖母說：我還以為妳們不喜歡小鬍子哩。發一封電報給元首，叫他先刮一刮鬍子。

由於煤坑在收工後便一片荒涼，太陽卻依然把草叢照得刺亮，於是我就沿著小徑走去齊柏林，探了一下裡面。入口處的鋼管可以遮蔭，中段昏暗，最底部則黑得像袋子裡一樣。第二天鏟煤時，我就睜大了眼睛。午後稍晚，我看到一群三四個男人，穿過雜草走過來。他們穿的普佛艾卡裝和我們的不一樣，上面有條紋。在快到齊柏林的地方他們坐了下來，草叢掩到脖子上。不久，鋼管入口便用棍子掛了一張破枕頭套，表示「使用中」。過了一會兒，小旗子不見了。不過馬上又出現了，又不見了。第一批男人一離開，馬上又來了三四個，又坐進了草叢。

我也看到整個婦女小隊都在為貓結婚做掩護。三四個女人走進雜草叢裡，其他的女人就纏著隊長講話。當他問起那些不見的人跑哪兒去了，她們就告訴他，那幾個女人肚子痛拉肚子，到草叢裡方便去了。對某些人來說這也是實情，不過到底有幾個人真是如此，他也不確定。隊長咬著嘴唇聽了一陣子，頭卻越來越常轉向齊柏林。從那一刻我注意到，女人們得採取行動了，她們跟歌手羅妮．米希咬耳朵，羅妮便以玻璃嗓音尖聲唱了起來，蓋過所有的鏟煤聲：

> 四下都是夜寂靜
> 只有山谷夜鶯啼②

然後所有消失的人一股腦又都出現了。她們擠到我們中間來鏟煤，好似什麼都沒發生過。

我喜歡齊柏林這個名字，它呼應了銀光閃閃的忘卻，忘卻我們的苦難，也呼應了貓急的交媾。我了解到，這些陌生的德國人擁有我們的男人所欠缺的一切。他們是被元首派往世界的士兵，而且青春正茂，不像我們的男人，要不乳臭未乾，不然就熟過了頭。儘管他們也淒慘，也降了級，但之前卻曾打過仗。對我們的女人來說，他們是英雄，比在寮房幃幕後和勞役犯一夜春宵要好多了。一夜春宵當然還是不能放棄。只是對我們的女人而言，她們在一夜春宵裡聞到了自己的悲慘，聞到了同樣的煤和同樣的鄉愁。到頭來，它總是繞回日常生活中的給與拿。男人找吃的，女人找穿的和安慰。在齊柏林裡頭，愛情除了掛上和收下白色小旗子之外，沒什麼需要操心的。

科瓦其．安東不會相信，我看著女人去齊柏林，卻一點也不嫉妒。他不會相信我腦中也印著同樣的路徑，在艾爾連公園和海神浴池，我這個圈內人識得了衣服滑落的興奮、浪蕩的愛慾和它們咬著不放的歡愉。我現在其實更常去約會，但不會有人相信。**燕子**、**冷杉**、**耳朵**、**絲線**、**黃鶯**、**帽子**、**兔子**、**貓**、**海鷗**。接著是**珍珠**。我腦中想著這些化名，頸背上扣著這麼多的沉默，這裡沒有人會相信。

齊柏林裡的愛情也有它的四季。第二年的冬天就給齊柏林畫上了句點。再來就是饑荒。當飢餓天使歇斯底里跟著我們四處奔走，當皮包骨時期來臨，當男人和女人看來不再有差別時，煤坑那裡卻還在不斷地卸煤。只有踏出來的小徑長滿了雜草。艷紫色的阿爾泰野豌豆在白色的歐蓍和紅色的榆錢菠菜之間漫生，藍色的牛蒡花開了，還有菊科飛廉也是。齊柏林睡著了，歸於鏽蝕，正如同煤塊歸於營區，青草歸於草原，我們歸於飢餓。

譯註：

① 煤坑（Jama），俄語的「坑」，此處指卸煤貯煤的巨型大坑。爲行文方便，該字出現時一律譯爲「煤坑」。煤坑構造和卸煤過程請參見〈關於煤〉一章。

② 出自知名的卡農曲及兒歌〈四下都是夜寂靜〉（Abendstille überall），作曲者爲丹麥主教歐托・勞伯（Otto Laub，1805-1882），德語歌詞由音樂教育家弗里茨・約德（Fritz Jöde，1887-1970）填寫。

關於咕咕鐘的幻痛

第二年夏天的一個傍晚，在門邊牆上，盛飲水的鐵桶上方，掛起了一只咕咕鐘。沒人知道它是怎麼來的。它就這樣附屬於寮房和掛住它的鐵釘，不屬於任何人。但它卻折磨著我們全體和每一個人。滴答聲在空虛的午後偷聽著，不管我們進門還是出門，還是躺在床上睡覺。或者只是躺在那裡，沉浸在自己的思緒中或空等觀望，因為太餓了而無法入睡，又沒力氣可以站起來。可是再怎麼觀望，還是沒事情發生，只有懸甕垂的滴答，再疊上咕咕鐘的滴答。

我們在這裡要一只咕咕鐘幹嘛呢。計時嘛，我們不需要時鐘。我們沒什麼時好計的，每天早上，大院擴音器播送的國歌會叫醒我們。到了晚上，又會送我們上床。他們什麼時候需要我們，就從大院、從食堂、從睡眠中把我們拉出去。工廠的汽笛也是時鐘，白色的冷卻塔雲和煉焦爐組的小鈴，也是時鐘。咕咕鐘有可能是鼓手，那個科瓦其．安東扛來的。儘管他發誓，他跟它一點關係都沒有，還是每天替它上發條。他說，既然掛上了，就該讓它走。

那是一個再普通不過的咕咕鐘，不過布穀鳥卻不普通。牠四十五分的時候跑出來報半點鐘，十五分的時候才報整點鐘。牠要不是全部忘了準點，不然就是報錯時，不是把鐘面上的時間加倍，不然就是減半。科瓦其．安東聲稱，布穀鳥叫得很準時，只不過那是世界其他時區的時間。科瓦其．安東被整只鐘給迷住了，迷戀它的布穀鳥，那兩顆冷杉毬果造型的沉重鐵鐘錘，還有俐落的鐘擺。他巴不得布穀鳥整個晚上都在報牠那個世界其他時區的時間。可是寮房裡沒有其他人想在布穀鳥的世界裡清醒躺著或睡著。

科瓦其．安東是工廠裡的車床工，在營區樂隊是打擊樂手和鼓手，爲那首衣褶舞動的小白鴿①伴奏。樂器是他自己在五金廠房的車床上打造出來的，他是個愛鑽牛角尖的人。他想把那隻很四海的布穀鳥，校準成俄羅斯的日夜作息。還調整布穀機器鳥的聲門，想讓牠的夜叫聲降八度，變得短一點悶一點，日叫聲則變得長一點亮一點。但他還沒掌握住布穀鳥的習性，就有人把布穀鳥從鐘上扯掉了。布穀鳥的小門斜斜掛在鉸鏈上。當鐘組要啓動布穀鳥唱歌時，小門儘管開了一半，探出來的卻不是布穀鳥，而是一塊橡皮，彷彿一條從鐘殼探出來的蚯蚓。橡皮塊不但會顫抖，還會發出淒慘的咔嗒咔嗒聲，像在睡夢中咳嗽、清痰、打鼾、放屁、嘆息。那隻橡皮蟲就這樣守護著我們的夜眠。

科瓦其．安東對蚯蚓著迷的程度，不下於布穀鳥。除了愛鑽牛角尖之外，他也頗因營區樂隊裡找不到搖擺樂的搭檔而苦惱，像他先前在卡朗色貝許，在他那個「大樂隊」裡的伙伴。每天晚上，當擴音器的國歌趕著我們進寮房時，科瓦其．安東便拿一條弄彎的鐵絲去撥橡皮塊，把它調成夜晚的咔嗒聲。每次他都會在咕咕鐘那裡待上一會兒，在水桶裡端詳自己的臉，像被催眠似地等待第一聲咔嗒響。小門只要一開，他就稍微駝一下，比右眼略小的左眼頓時發亮。有一回咔嗒響過之後，他比較像在對自己而不是對我說：呦，這蟲有布穀鳥被拔走的幻痛哩。

我喜歡那只鐘。

我不喜歡那隻抓狂的布穀鳥、那隻蟲、那根俐落的鐘擺。但我喜歡那兩顆鐘錘，那兩顆冷杉毬果。它們是鈍鈍沉沉的鐵做的，然而我卻看到了家鄉山上的冷杉林。黛綠色的針葉樹冠緊密靠在一起，高聳在頭頂上方。下方則是完全筆直的樹幹木腿，極目望去，你站著，木腿也站著，你走，它們也走，你跑，它們也跑。只不過和你完全不同，它們像支軍隊。你要是害怕了，心臟在舌頭底下撲通跳，就會意識到腳下發亮的針葉毛皮，這片散落著冷杉毬果的明亮寂靜。然後你彎下腰來拾起兩枚，一枚放進褲袋。另一枚拿在手上，你就不再孤單了。它讓你清醒過來，這支軍隊，不過是森林而已，而迷途其中，不過是散步而已。

我父親很努力地想教會我吹口哨，還有萬一有人在林中迷路吹口哨的話，如何從回音辨認他所在的方向。口哨的用處我懂了，但就是不懂怎麼把空氣尖尖地從口中吹出去。我錯把空氣往內吸，聲音沒從唇間出去，胸腔反倒鼓了起來。我從來沒學會吹口哨。每次他示範口哨給我看，我就只想到我看到的，男人嘴唇的內部會閃閃發亮，像粉紅色的石英。他說有朝一日我會知道，這派得上用場的。他指的是口哨。可是我卻想著嘴唇的玻璃皮膜。

其實，咕咕鐘是屬於飢餓天使的。在勞役營這裡，我們的時間根本無關緊要，要緊的是這個問題：布穀鳥，我還能活多久呢。

譯註：

①指西班牙作曲家伊拉迪耶（Sebastián Iradier，後來將姓氏改拼為Yradier）於一八六三年左右寫下的世界名曲〈小白鴿〉（La Paloma）。該曲迅速流行，改編版本繁多，甚至成為不少國家的「民謠」，其中也包括德國和羅馬尼亞。德語歌詞也有多種版本，參見〈拉丁文祕密〉一章。

值勤卡蒂

卡塔琳那・塞德爾，也就是值勤卡蒂，來自巴納特那邊的巴可瓦。要不是她村子裡有人花錢贖身，然後某個無賴抓她來頂替。要不就是那個無賴是虐待狂，一開始就把她列在名單上。她天生弱智，整整五年不知道自己身在何方。她是個肥胖的女人，裝在半大不小的小孩子身體裡，不再直的長，只往橫的長。她拖了一條長長的棕色辮子，額頭和後頸的鬈髮像一頂髮冠。一開始，女人們每天都給她梳頭，等蝨瘟出現之後，好幾天才梳一次。

值勤卡蒂什麼工作都不能做。她不懂什麼叫工作量、命令或處罰。她會讓工班的流程變得一團亂。爲了讓她有事幹，第二年冬天特別爲她設置了一個值勤的工作。她每夜必須輪流去各個寮房值勤。她來我們寮房待上一陣子，坐在小桌子邊，收起兩臂，瞇起眼睛，盯著燈泡的刺眼燈光看。椅子太高了，她的腳搆不著地面。盯到無聊來了，她就手扶桌緣，前後嘰嘎嘰嘎地扭椅子。撐不到一個鐘頭，她又去了下一個寮房。

夏天的時候，她只來我們寮房，然後待上一整夜，因爲她喜歡咕咕鐘。她不會讀鐘。她坐在勤務燈下，收攏兩臂，等著橡皮蟲從小門裡探出來。當它咔咔響了起來，她就張開嘴，彷彿也要跟著咔咔響，不過卻沒有發出聲音。當橡皮蟲二度出關時，她已經臉趴在小桌子上睡著了。入睡之前，她會把辮子從背後撩到前面來，放在小桌子上，整夜抓在手裡睡。也許這樣她就不再孤單了。也許在這個六十八張男人床的森林裡，她感到害怕。也許辮子能撫慰她，就像冷杉毬果在森林裡撫慰我一樣。或者，她把辮子握在手上，只是想確保別人不會偷走它。

她的辮子被偷了，但不是我們幹的。為了懲罰她打瞌睡，徒爾·普里庫力奇把值勤卡蒂抓去醫寮房。叫女軍醫把她的頭髮剃光。當天晚上，值勤卡蒂走進食堂，脖子上圍著剪下來的辮子，把它像蛇一樣放在桌子上。她拿辮子的上端去蘸湯，然後搗在光禿禿的頭上，好讓頭髮重新接起來。又讓辮子的尾端吃湯，然後哭了起來。海德倫·迦斯特把她的辮子拿開，說讓她忘了辮子比較好。吃完飯後，她把辮子拿到大院扔進其中一處小火堆，值勤卡蒂默默看著它焚燒殆盡。

值勤卡蒂剃了光頭，還是很喜歡咕咕鐘，還是在橡皮蟲第一次咔咔響後就睡著了，還是一手握拳，彷彿還握著那一綹辮子似的。後來頭髮長出來了，打瞌睡時，她依舊手握拳頭，儘管頭髮只有手指那麼長。值勤卡蒂打了幾個月的瞌睡，直到又被剃了光頭，頭髮長出來也稀稀疏疏的，看上去蝨子的咬痕都比頭髮還要多。她繼續打瞌睡，打到讓徒爾·普里庫力奇了解到，你可以大操特操每一個落難的人，卻無法教弱智的人聽話。值勤一職終於被解除了。

剃光頭之前，值勤卡蒂集合時都坐在隊伍中的雪地上，屁股下面墊著她的棉帽。西西特凡紐諾夫大叫：法西斯女人，給我站起來。徒爾·普里庫力奇就拽住她的辮子扯得高高的，一鬆手，她又坐了下去。他踢她腰板，一直踢到她蜷曲在地，拳頭緊緊攥著辮子，咬在嘴裡。辮子的末端垂在外頭，彷彿一隻棕色的小鳥被她咬掉了一半。她就一直躺在地上，直到點名過後，看我們之中有誰扶她站起來，送她進食堂。

徒爾．普里庫力奇能夠支使我們，但面對值勤卡蒂，他卻只是赤裸裸的暴力。一旦這套行不通，又變成赤裸裸的同情。值勤卡蒂掏空了他領導的意義，誰也幫不上忙，改變不了。爲了不讓自己出醜，徒爾．普里庫力奇變得和藹可親。現在點名的時候，值勤卡蒂得到前面去坐在他旁邊的雪地上。她就在棉帽上一坐好幾個小時，驚訝地望著他，像個關節會活動的木娃娃。集合過後，她的帽子凍在雪地上，還得用拔的才能從地上掰開。

一連三個夏夜，值勤卡蒂大鬧集合場。她在徒爾．普里庫力奇的身邊安安靜靜坐了一會兒，然後挪到他的腳邊，用她的帽子幫他擦鞋。他踩住她的手。她抽出手來，又去擦另一隻鞋。他第二隻腳又踩住她的手。他腳一抬，她就跳了起來，一邊跑一邊亂舞手臂，飛奔過集合陣列，還發出鴿子似的咕嚕聲。大家屏氣凝神，徒爾笑得空空洞洞，彷彿一群大火雞在叫。值勤卡蒂給他擦了三次鞋，當了三次鴿子。之後她就不必參加點名了。集合的時候，她就留在寮房擦地板。她拿水桶去水池打水，扭乾抹布纏在掃把上，每清完一間寮房就去水池倒髒水。她腦子裡不會出現那種會擾亂流程的不安全感。地板從來沒這麼乾淨過。她擦得既徹底又從容，也許是家裡的習慣。

她其實也沒那麼失心瘋。集合點名，被她說成了集合點蘋①。當煉焦爐組的小鐘叮噹響起時，她就以爲教堂裡開始望彌撒了。她根本不必去想像出幻覺，因爲她的腦袋根本不在這裡。她的舉止無法見容於營區規定，卻總能因時制宜。她體內有某種本質性的東西，很令我們妒忌。飢餓天使從來也沒能摸透她的天性。祂就像造訪我們每個人那樣也去找她，不過卻鑽不進她的腦袋。她從不選擇，只做最簡單的事情，把自己交付給了偶然。她從未去挨戶兜售，照樣活過了勞役營。食堂後面的廚餘堆也沒看過她的影子。她吃那些在營區大院和廠區裡就找得到的東西。雜草叢中的花呀葉呀還有種子。以及各種小動物，蠕蟲和毛蟲，蛆和甲蟲，蝸牛和蜘蛛。還有警犬在營區積雪大院裡凍成塊的狗屎。令人訝異的是，警犬並不爲難她，好似這個頭戴罩耳帽、走起路來搖搖晃晃的人，是牠們其中的一分子。

值勤卡蒂的瘋癲總是維持在一種可以原諒的範圍內。她既不與人親密，又不拒人於千里之外。那幾年，她一直保留著一種自然性，似乎她是營裡土生土長的家豢動物。她不會讓人有絲毫的陌生感。我們喜歡她。

一個九月的下午，我輪完班，日頭卻還照得熱刺刺的。我去煤坑後面的小徑消磨時光。火紅的榆錢菠菜早就不能吃了，不過其中卻搖曳著被夏日太陽烤焦的野燕麥。那些莖脊如魚骨般閃閃發光。堅硬的麥殼裡，穀粒還有乳味。我吃了。回程路上，我不想再游過亂草叢，就沿著光禿禿的小路走。值勤卡蒂坐在齊柏林的旁邊。她兩手放在一個蟻丘上，爬滿了黑壓壓的螞蟻。她把牠們舔乾淨，吞下去。我問道：卡蒂，你在幹嘛。

我在給我做手套啊，很癢哦。她說。

你會冷嗎，我問。

她說：今天不會，明天會。我母親給我烤了罌粟羊角麵包，它們還是熱的。不要去踩到喔，你可以等一下，你又不是獵人。羊角麵包吃完了，阿兵哥就要被集合點蘋了。然後他們就要回家了。

她兩手又爬滿黑壓壓的一片。在舔螞蟻之前，她問：戰爭什麼時候會打完哪。
我說：戰爭兩年前已經結束囉。來，我們回營區那邊。
她說：你沒看到嗎，我現在沒有時間。

譯註：
① 集合點蘋，此處的集合點名爲Appell，與Apfel（蘋果）僅有一音之差。

麵包案件

芬雅從來不穿普佛艾卡外套，而是套件白色工作服，外面再罩上她的針織羊毛衫，一件換過一件。其中一件是棕栗色的，另一件是暗紫色的，像沒削皮的紅色甜菜根，另一件是土黃色的，還有一件是灰白斑點的。每件的袖子都太寬了，腰身卻繃得緊緊的。沒人知道哪件羊毛衫是哪天穿的，也不清楚芬雅爲什麼要穿它們，還套在工作服的外面。它們並不保暖，洞眼太多，毛線太少。戰前毛線，經常織來拆去的，總是很耐鉤。那些毛線也許是從一整個大家族的舊外套上拆下來的，或者來自家族所有死者的外套。關於芬雅的家庭，我們什麼都不知道，甚至不知道她戰前或戰後是否還有個家。我們沒人對芬雅這個人感興趣。可是每個人都對她唯唯諾諾，因爲她分發麵包。她就是麵包，就是女主人，我們每天從她的手中討吃的。

我們大家的眼睛都盯著她，好似她會替我們創造麵包。我們的飢餓觀察著芬雅的一切，鉅細靡遺。她的眉毛像兩道牙刷，一張臉配上一副強而有力的下巴，有些太短的馬唇蓋不住牙齦，灰色的指甲抓著精確掌握麵包分量的大刀，她的廚房天平上還有兩隻秤喙①。不過主要還是她那對沉重的雙眼，呆滯無神，像她不怎麼用的算盤上的那些木珠。芬雅醜得讓人退避三舍這一點，沒有人敢對自己承認。大家都怕被她看穿自己的心思。

只要她天平上的兩隻鳥嘴一上下擺動，我的眼睛就跟上了。我的舌頭跟秤喙一樣在嘴裡顫抖，只好咬緊牙根。然後又張開嘴唇，好讓芬雅看見我的牙齒在微笑。人會微笑得迫不得已又徹徹底底，笑得既眞心又假意，既手無寸鐵又十面埋伏，只爲了緊緊抓住芬雅的寵愛。只爲了無損於芬雅的公平，鼓舞她的公平，如果可以的話，稍微多幾克的公平。

不過這一點用處也沒有，芬雅還是心情不大好。而且她還有一隻太短的右腳。她走去麵包架，跛得這樣厲害，以至於我們都說她瘸了。那隻腳短了那麼多，把她的嘴角都拉了下來了，左邊一直如此，右邊不時如此。而且一向如此，似乎不好的心情是來自於黑麵包，不是由於短腳。她的嘴角一抽動，特別是右半邊的臉就會浮現出某種痛楚。

又因爲她分發麵包給我們所有人，於是她的瘸腳和臉上的痛楚，看在我們的眼裡，就有了命運的成分，猶如歷史顚簸的腳步。芬雅有種共產主義式的神聖。她顯然是營區指揮部一位忠誠的女幹部，一位麵包女軍官，不然她不會爬上麵包女主人的位階，成爲飢餓天使的共謀。

她獨自一個人，站在櫃台後邊那個白粉刷過的房間裡，手上拿著大刀，兩邊是廚房磅秤和算盤。她腦中一定有分明細表。她知道得一清二楚，誰可以分到六百克，誰八百克，誰一千克。

我被芬雅的醜征服了。久而久之，我在她身上看到了翻轉過來的美，直奔愛慕。嫌惡會讓我變嚴酷，這在磅秤的鳥嘴之前很是冒險。我卑躬屈膝，卻又時常深感嫌惡，不過那是之後，在我先吃了她的麵包，半飽了幾分鐘之後。

我現在相信，芬雅分發了我當時所知道的三種麵包。第一種是七城薩克森每天吃的酸麵包，那是新教福音派的上帝老爺自古以來對辛勞的賜予。第二種是德意志帝國的棕色全麥麵包，那是用希特勒的黃金麥穗做成的。第三種是俄羅斯磅秤上的配給麵包。而且我相信，飢餓天使很清楚麵包中的這種三位一體，並且加以利用。天濛濛亮的時候，麵包工廠第一次進貨。我們在六七點之間進入食堂，芬雅已經把配額都秤好了。她當著每個人面再把配額放到磅秤上過一次，平準一下，再加些碎屑，或截去一角。接著她用刀尖指著秤喙，馬下巴傾得斜斜的，眼光陌生地看過來，好像她四百天來每個早上都是第一次看到我。

早在半年之前，就那宗麵包案件發生時，我就想過我們會餓到去殺人，因爲芬雅冷酷的神聖已經融進麵包裡了。

芬雅再把麵包精確過磅一次，是爲了證明給我們看，她是公平的。秤好的配額躺在架子上，上面蓋著白色的亞麻布。她會把每份麵包的白布掀開一點點，再蓋起來，完全像訓練有素的乞丐拿著煤塊去挨戶兜售。在白粉刷過的房間裡，芬雅穿著白色工作服，用白色亞麻布爲麵包衛生學舉行慶典，把這當成勞役營文化。當成世界文化。蒼蠅只能坐在亞麻布上而不是麵包上。只有當麵包到了我們手中，牠們才能得逞。牠們要是飛得不夠快，我們就把牠們的飢餓連同麵包一塊吃下去。我從來沒仔細想過蒼蠅的飢餓，也從來沒仔細想過用白色亞麻布策畫出來的衛生學。

歪嘴搭配上磅秤的精確，芬雅的公平完全令我折服。芬雅令人退避三舍，那是一種完美。芬雅既不好也不壞，她不是一個人，而是一道穿著針織羊毛衫的法則。我從來沒想過將芬雅和其他的女人相提並論，因爲沒有其他人會自律得如此嚴苛，卻又醜得毫無瑕疵。她就像一塊令人渴求的、濕黏得過分、營養得可恥的配給方塊麵包。

我們每天早上會拿到一整天的麵包配額。我跟大部分人一樣，屬於八百克那一級，這是正常的配額。六百克是給那些在營區裡做輕鬆工作的：把廁所排泄物倒到蓄糞池、掃雪、秋季春季大掃除、給營區大道的鑲邊石上白漆。拿到一千克的人不多，那是例外，只給做最粗重工作的人。六百克聽起來已經不少了。不過麵包那麼重，八百克也只得拇指厚的一片，如果是從麵包的中間部位切下來的話。運氣要是不錯，拿到方角脆皮的麵包頭尾，一片可以厚到兩根拇指粗。

每天的第一個抉擇就是：我是不是夠堅決，今天早餐絕不會把一整天的配額就著菜湯吃下肚。我能在飢餓中爲今晚省下一小塊嗎。這裡沒中餐，大家都在上工，所以沒什麼好抉擇的。晚上放工之後，如果我早餐夠堅決，那就要面臨第二個抉擇：我是不是夠堅決，只會在枕頭底下摸一摸，看我省下來的麵包還在不在。我能挨到傍晚集合過後，進了食堂才吃它嗎。這之間還得等上兩小時，如果點名點不完的話，更久。

要是我早上不夠堅決，那麼晚上根本就沒麵包，也就不必抉擇了。我只舀了半湯匙的湯，深深地咂下去。我學會了慢慢吃，每一瓢湯之後，再呑一口唾液。飢餓天使說：唾液讓湯喝得久一點，早睡讓飢餓短一點。

我早早就睡下了，不過卻一直醒過來，因爲懸雍垂腫了起來，一抽一抽的。不管我眼睛張開還是閉上，不管我輾轉反側還是凝視燈光，不管是不是有人快淹死般地打著呼，不管咕咕鐘橡皮蟲是不是咔咔作響——夜晚都巨大得無法度量，芬雅的亞麻布在其中白得無邊無際，下面躺著許多遙不可及的麵包。

每天早上放完國歌之後，飢餓便跟著我急急奔向早餐，奔向芬雅。奔向第一個抉擇：我今天夠不夠堅決，能不能給晚上省下麵包……等等等等。

多麼地等等。

飢餓天使每天都在啃食我的大腦。然而有一天祂舉起我的手。我用這隻手差點就打死了卡里．哈爾門——這涉及到那宗麵包案件。

卡里．哈爾門放假一天，可是早餐就吃掉了他所有的麵包。每個人都上工去了。寮房直到晚上都是卡里．哈爾門一個人的。當晚，艾伯特．吉翁省下來的麵包不見了。艾伯特．吉翁接連五天意志堅決，省下了五小塊的麵包，幾乎是一天的配額了。他整天都跟我們同一班幹活，也跟所有有存糧的人一樣，整天只想著有麵包下湯吃的晚餐。從工作班子回來，他跟大家一樣，先往枕頭底下瞧。麵包不見了。

麵包不在了，而卡里．哈爾門穿著內衣坐在床上。艾伯特．吉翁到他面前擺好架勢，二話不說三拳打在他嘴上。卡里．哈爾門二話不說，吐了兩顆牙齒在床上。手風琴師架住卡里的後頸押到水桶邊，把頭按進水裡。水泡從他嘴巴和鼻孔冒上來，然後他呼嚕了幾聲，靜了下來。鼓手把他的頭從水裡拽起來，掐住他的脖子，直到卡里的嘴像芬雅的嘴那樣醜醜抽搐著。我把鼓手頂開，抽起我的木鞋。抬起手來要把這個麵包賊打個半死。律師保羅．迦斯特一直在他床上往下看。他跳到我背後，搶下我的鞋子甩到牆上。卡里．哈爾門澆了尿似地躺在水桶邊，咳出了麵包痰。

殺人的慾念已經吞噬了我的理智。不只是我，我們是一群暴民。我們把一身內衣血淋淋尿濕濕的卡里拖出去，拖到夜裡的寮房邊。那時候是二月。我們把他按在寮房牆上，他踉蹌了一下，倒下來。鼓手和我不約而同解開褲子，接著艾伯特．吉翁和其他所有人也跟進。反正已經要上床了，我們就輪流尿在卡里的臉上。就連律師保羅．迦斯特也跟著這麼做。兩隻警犬咆哮個不停，一個守衛跟在後面跑過來。狗聞到了血，狺狺亂叫，守衛喝斥一通。律師和守衛抬著卡里去醫寮房。我們一面看著他們的背影，一面用雪搓掉手上的血跡。大家默默走進寮房，爬上床去。我的手關節上有塊血跡子，轉向燈光一看，心想，卡里的血怎麼這樣鮮紅，有如封蠟火漆，像從動脈而不是靜脈流出來的。寮房裡靜得一聲不吱，我聽到咕咕鐘的橡皮蟲在咔咔叫，近得像是從我腦中發出來的。我沒再去想卡里．哈爾門，也沒想芬雅無邊無際的白色亞麻布，更沒想到遙不可及的麵包。我陷入深沉而寧靜的睡眠。

隔天早上，卡里．哈爾門的床位空著。我們一如往常進入食堂。就連雪也空著，不再是紅的了，昨晚又下了新雪。卡里．哈爾門在醫寮房裡躺了兩天。接下來他回到食堂，帶著化膿的傷口、打腫的眼睛和烏青的嘴唇，又坐在我們之間。麵包一事已經解決了，所有人的舉止一如往常。我們沒有責備卡里偷竊。他也沒有埋怨我們的處罰。他知道他罪有應得。麵包法庭不協商，它懲罰。零度極限是不懂任何條文的，它不需要任何法令。它是唯一的，因爲飢餓天使也是賊，一個偷大腦的賊。麵包正義既沒有前戲也沒有後戲，它只是當下。要不是完全透明，不然就完全神祕。無論如何，麵包正義和非飢餓時的暴力，兩種施暴方式很不一樣。人不能帶著一般的道德觀進到麵包法庭裡來。

麵包法庭的時間是二月。到了四月，卡里．哈爾門就又坐在歐斯瓦．恩耶特的理容室椅子上，傷口好了，鬍子也長出來了，像踩亂了的草。我排在他後面，在鏡子裡他的身後等著，就像通常徒爾．普里庫力奇在我身後等著那樣。修臉師傅毛茸茸的手搭在卡里肩上問：什麼時候開始，我們前面少了兩顆牙呀。卡里・哈爾門既不對我也不對著修臉師傅，而是對著毛茸茸的手說：從麵包案件開始啊。

他鬍子刮好了，換我坐到椅子上。那是唯一的一次，歐斯瓦・恩耶特在幫人刮臉時吹起了小夜曲之流的口哨，肥皂泡沫滲出了一小塊血跡。不似火漆那般鮮紅，而是暗紅色的，像雪中一顆覆盆子。

譯註：

①秤喙，桌上型的槓桿式天平，橫桿在下，有些設計會在兩邊秤盤的內側加上兩支鳥嘴造型的指針，對上了表示兩邊等重。

弦月聖母①

要是飢餓大到了無以復加的地步，我們就聊童年和吃。女人談起吃來，可要比男人詳細多了。尤其是鄉村來的女人講得最詳盡。在她們那裡，每道食譜至少都有三幕，像一齣戲。透過對配料的不同見解，劇情會越來越有張力。劇力會一下子突然飆高，如果在肉丁、麵包和雞蛋拌成餡料中，絕對不只加半顆而是一整顆洋蔥，不只加四粒而是六粒蒜瓣，而且洋蔥和蒜瓣不只用切的，還要用剉的。又如果麵包粉比麵包好，香芹籽比胡椒好，墨角蘭當然是最好的，甚至比龍蒿還要好，龍蒿料理魚很對味，料理鴨子卻不行。一旦餡料必須塞進皮跟肉之間，這樣煎起來皮脂才會滲進來，或者一定要塞進腹腔，這樣煎起來才不會吸了太多的皮脂，這時候，整齣戲就進入最高潮。有時候是新教式的塡鴨有道理，有時候是天主教式的塡鴨贏了。

要是村姑們用字來煮湯麵，肯定會煮上半小時，直到雞蛋數目、湯勺攪拌或用手揉麵都說過了，直到把麵糰攤得薄如玻璃，一點也沒擀破，在麵板上收乾。再說到捲起麵皮切絲，把麵條從麵板下到湯水裡，再到湯汁慢煮靜熬，或大火快滾，直到盛盤盛好了，撒上一大把或一小撮剛切碎的香芹，這樣大概又過了一刻鐘。

城裡的女人計較的，並不是麵糰裡要放幾顆蛋，而是可以省下多少顆。就因爲什麼都省，所以她們的烹飪食譜連一齣戲的序幕都塡不滿。

講食譜跟講笑話一樣，是一門頗爲高超的藝術。梗要一針見血，儘管食譜的梗不求好笑。在勞役營這裡，只要一說：請取②，就是笑話了。其實人們什麼都沒有，這就是一個梗。但大家也不會去點破。烹飪食譜是飢餓天使的笑話。

去女寮房坐坐，一路就像是夾道鞭笞。一踏進去，別人還沒開口問，你就得報出來是來找誰的。最好是採取自問的方式：圖如蒂在嗎。當有人問起時，你最好已經走到左邊第三排，站在圖如蒂．佩立岡的床前了。那裡的床跟男寮房一樣，都是雙層的鐵架。有些床用簾幕圍了起來，是爲一夜春宵準備的。我從來不想進到簾幕後面去，我只想聽烹飪食譜。女人們以爲我太害羞了，因爲我還有過幾本書。她們認爲，看書讓人細嫩。

帶來的書我從來沒在營區裡讀過。紙張是絕對禁止持有的，第一年夏季，我把書藏在寮房後的磚塊下藏了半個夏天。然後高價脫手。我用五十頁的《查拉圖斯特拉》捲煙紙換了一升鹽，七十頁甚至可以換到一升糖。爲了換取整本精裝的《浮士德》，彼得．席爾給我打造了一支專用的鐵皮蝨子梳。《八百年詩歌精選集》，讓我吃到了玉米粉和豬油，薄薄的一冊《魏賀伯》則化成了黃米。在這些事情上，人不會變得細嫩，只是小心翼翼。

下工之後，我小心翼翼偷窺年輕的俄國守衛沖澡。小心翼翼到連我都不知道爲什麼。我要是知道爲什麼的話，他們大概會把我打死。

我又不夠堅決了。早餐就把所有的麵包吃光光。我又去了女寮房，和圖如蒂·佩立岡坐在床沿上。兩位齊麗也湊了過來，在可琳娜·馬爾古的床上面對面坐著。她去集體農場已經去了好幾個星期。看著兩位齊麗枯指上的金色細毛和暗沉的肉疣，爲了避免馬上又講吃，我說起了童年。

我們每年夏天都會出城，去鄉下度長假。我們指的是我母親、我還有女傭洛朵。我們的夏屋在文奇，對面的山叫「緊身小胸衣」。我們在那裡待上八個星期。這八個星期中，我們每次都會去最近的大城薛斯堡③做一日遊。我們得去下面的山谷坐車。那一站的站名匈牙利語叫「黑圖爾」，德語叫「七男子」。候車室屋頂上的鈴聲一響，表示火車現在要從達內許④出發了。再過五分鐘它就進站囉。這裡沒有月台。火車來了，車門踏板高到我的胸口。我們上車之前，我從下方望著車體——黑漆漆的車輪和發亮的輪軸系，鉸鏈、鐵鉤和緩衝器。接著火車駛過浴場，駛過托馬的房子，駛過老查卡里阿斯的田地。他每個月會從我們家拿到兩小袋煙草作爲養路費，因爲我們要是去游泳，就得經過他的大麥田。再來是鐵橋，黃濁的河水在底下翻騰。遠方矗立著蝕化砂岩，上面是佛蘭卡別墅。然後就抵達薛斯堡了。我們每次都直接殺去市集廣場那家優雅的馬汀尼咖啡廳。在客人當中，我們有點顯眼，因爲穿得太輕便了——母親穿著褲裙，我穿著短褲和不會那麼快髒的及膝灰長襪。只有洛朵穿著她村裡的假日服飾，白色的農家襯衣和黑頭巾，巾上有玫瑰鑲邊和綠色的絲綢流蘇。那些有層次感的紅玫瑰大得跟蘋果一樣，比眞的玫瑰還要大。這一天，我們想吃什麼就吃什麼，只要吃得下。我們可以挑杏仁糖餡巧克力、圓頭鮮奶巧克力、莎瓦蘭蛋糕⑤、奶油千層酥、核桃捲心糕、泡芙捲和伊舍蛋糕⑥、榛果香酥條、蘭姆蛋塔、拿破崙千層派、牛軋糖、多博士千層派⑦。之後還有冰品，銀杯裡的草莓冰淇淋，或是玻璃杯裡的香草冰淇淋，或者瓷碗裡的巧克力冰淇淋，一定都要加上鮮奶油。最後，如果還吃得下，再來一客果凍酸櫻桃蛋糕。我的手肘感覺著桌板的冰涼大理石，後腿彎是椅子的軟絨墊。黑色自助餐檯的上方，有個身穿紅衣長袍的弦月聖母像，在抽風機的微風中搖晃，她趾尖踩著一彎很細很細的弦月。

當我說到這裡時，我們所有坐在床沿的人，胃也跟著搖晃了起來。圖如蒂·佩立岡在我身後伸長手臂，探到枕頭下去拿她省下來的麵包。所有人都去拿她們的白鐵碗，湯匙插進外套。我餐具也帶在身上，大家就一起去吃晚餐。我們在湯鍋前面排隊。隨後大家坐在長桌上吃。每個人用自己的方法舀湯，好讓湯吃得久一點。所有人默不作聲。圖如蒂·佩立岡從桌子的另一端，穿越了白鐵餐具的哐噹響問道：雷歐，那間咖啡廳叫什麼名字。

我喊道：馬汀尼咖啡廳。

過了兩三匙的時間，她又問：那個用腳尖站著的女人叫什麼。我喊道：弦月聖母。

譯註：

① 弦月聖母（Mondsichelmadonna），也稱爲「啓示錄聖母」或「光環聖母」，基督教的聖母造像之一，基本造型爲聖母瑪麗亞或站或坐於一彎弦月之上，有時也手抱聖子，背後常有四射的光環。

② 這裡的「請取」，Man nehme，爲德語食譜中的慣用語。

③ 薛斯堡（Schäßburg），即錫吉什瓦拉（Sighişoara），位於穆列什縣東南隅，「七城」之一，十二世紀之後，即

爲東歐的商業中心及軍事重鎮之一。舊城區保存完好，爲中世紀防禦型城鎮不可多得的代表，一九九九年被評定爲世界文化遺產。

④ 達內許（Daneș，德：Dunesdorf），位於穆列什縣東南端的小鎮。

⑤ 莎瓦蘭蛋糕（Savarin），法式酵母蛋糕，形狀如放大的甜甜圈，中空處塡上奶油和水果。

⑥ 伊舍蛋糕（Ischler），源自奧地利溫泉小鎮巴德·伊舍（Bad Ischl）的馳名糕點，基本款爲兩片鬆餅夾奶油，外面再澆上巧克力糖衣。

⑦ 多博士千層派（Dobosch），匈牙利糕點，由五層海綿蛋糕薄片夾上巧克力奶油堆疊而成，最上面再澆上焦糖。

從自己的麵包到腮麵包

每個人都踏進了麵包陷阱。

早餐是堅決性的陷阱，晚餐是麵包交易的陷阱，夜裡的陷阱則是壓在頭底下撙節而來的麵包。飢餓天使最下流的陷阱，就是堅決性的陷阱：忍著飢餓，有麵包卻吃不得。對抗自己的這場硬仗，比深凍的土地還要硬。飢餓天使每天早上都說：想想晚上吧。

每天晚上在吃菜湯之前，大家會換麵包，因爲自己的麵包看來總比別人的麵包小。正好別人也是同樣的想法。

在交易之前，腦中會有一陣天人交戰，交易之後，立刻又湧上一陣疑慮。換過之後，我換掉的麵包又變得比在我手中時更大了。而我換來的麵包，卻在我手中縮水了。那個人調頭走得多快呀，他眼力比我更好，便宜被他佔了去。我要再換。不過別人也是同樣的想法。他也認爲我占了便宜，所以也去二度交換。麵包就在我手中越變越小。我又去找第三個，再換一次。其他人已經開始吃了。如果飢餓還可以再忍一下，還會換上第四次、第五次。一旦什麼都沒指望了，就開始去換回來。於是我又拿回了自己的麵包。

麵包交易總是必要的。交換的速度很快，結果總是差之毫釐。麵包跟水泥一樣會騙你。就像人會得水泥病，換成麵包也會得交易症。麵包交易是喧嘩的夜市，一樁讓人眼睛發亮、手指打顫的交易。每天早上，秤喙在麵包天平上來回探索，到了晚上，換成眼睛在來回睃巡。麵包交易時，大家找的不只是對的麵包，還要找到對的臉。每個人都會打量對方那張裂縫般的嘴。它最好是像鐮刀那樣又狹又長。還要打量那塊腮幫凹陷處的飢餓毛皮，看那些細白的臉毛是不是夠長夠密。人在餓死之前，臉上會長出一隻兔子。那時候人會這樣想，反正麵包在他那裡已經是浪費了，根本不值得再揮霍營養，白兔子馬上就要長出來嘍。因此，那些從白兔臉的手上換來的麵包，我們就叫它腮麵包。

早上根本沒時間，不過也沒什麼好換的。剛切好的麵包看起來都一樣。到了晚上，每片麵包發乾的程度不一，有的四角方正，有的微凸變形。乾燥的外觀會讓你有被麵包欺騙的感覺。每個人都有這種感覺，即使他們不事交換。一換起來，這種感覺會被刺激得更強烈。人就從一種視力錯覺換到另外一種。結果還是被騙，又累。把自己的麵包換成腮麵包，這樣的交易說停就停，就像它突然開始。喧嘩散盡，眼光轉到了菜湯上面。大家一手拿著麵包，一手拿著湯匙。

每個人在群體之中，孤零零地開始把湯吃得久一點。就連湯匙也是群體的，白鐵盤子也是，唏哩呼嚕聲也是，腳在桌子底下推來擠去也是。菜湯暖了身體，它活在喉嚨裡。我大聲咂湯，我非得聽到湯的聲音不可。我強迫自己不去數舀了幾匙。不去數的話，會比十六匙或十九匙更多。我必須忘掉這個數字。

有天晚上，手風琴師孔拉德·豐和值勤卡蒂對換麵包。她給了他她自己的麵包，但他卻把一小塊四方形的木片塞到她手裡。她咬了下去，非常驚訝，空吞了一口。除了手風琴師之外，沒有人笑得出來。卡里．哈爾門一把奪過值勤卡蒂手中的木片，丟到手風琴師的菜湯裡。他把麵包還給了值勤卡蒂。

每個人都踏進了麵包陷阱。不過卻沒有人可以把值勤卡蒂的腮麵包換成自己的麵包。這也是麵包法庭的一道法則。我們在勞役營學到了如何把死者清理掉，而不讓自己感到害怕。我們搶在屍體僵硬之前把衣服扒光，我們需要他們的衣物，免得凍死。我們也吃他們省下來麵包。只要最後一口氣一斷，死亡就成爲我們的獲利。不過像值勤卡蒂，就算她不知道自己身在何處，照常活得好好的。這點我們都了解，待她也就像對待我們自己的財產。我們以善待她來贖罪，彌補我們對彼此所造的孽。只要有她活在我們之中，儘管我們會幹出各種壞事，卻不至於什麼都做得出來。這種狀態顯然比值勤卡蒂本身來得更重要。

關於煤

煤多得跟土一樣，物超所需。

肥煤是從彼得羅夫卡①運過來的。它富含灰色的礦石，沉重、潮濕、黏稠。聞起來酸酸的，像燒著了，煤塊如石墨般一層一層的。如果丟到磨煤機裡磨，再送到洗煤場去洗，會留下不少脈石。

硫煤是從喀拉馬托爾斯克②運過來的，通常是中午的時候運到。煤坑的底部是煤窖，一個巨大的地下洞窟，上面用柵欄封起來。每節車廂單獨開到地柵上。每節車廂都是六十噸重的普爾曼③，車腹底下有五扇門。要用大鎯頭才敲得開，如果一敲就開，聽起來就像戲院裡敲了五次鑼。順利的話，人根本不必爬上車，煤唰一下就清空了。揚起的煤灰讓人眼前一片昏暗，連太陽也灰得像空中的白鐵碗。只要一吸氣，吸進來的煤灰比空氣還要多，還會在牙齒之間沙沙作響。只要一刻鐘的時間，六十噸的煤就卸完了。煤坑上只剩下一些太大的煤塊。硫煤比較輕，易碎又乾燥。像雲母一樣晶光閃閃，不是碎片就是煤灰。沒有顆粒。儘管名字裡有硫，不過聞起來卻沒什麼味道。煤裡的硫礦要等到很後來才看得見，它會黃黃地沉積在工廠院落的水窪裡。或是在夜裡的爐渣區，當廢棄堆眨動著閃閃發亮的黃眼睛，彷彿裡頭有砸碎的月亮。

馬爾卡—卡—煤（MARKA-K-KOHLE）④是從附近的「魯得尼」穴⑤採來的。它不油不乾，不石不砂，也不呈顆粒狀。它什麼都有一點，就是沒自己，反正看起來也爛爛的。可以確定的是，那裡頭含有大量無煙煤，但就是沒半點個性。它號稱是最有價值的煤礦。無煙煤可不是我的朋友，連損友都不是。這種煤陰險狡猾，又難卸，好似鐵鍬鏟進了碎毛線團還是植物根系裡。

煤坑就像一座車站，遮棚只蓋住一半，而且同樣暢通無阻。莽撞的風，刺骨的霜雪，連白天也短了，才中午就已經開著燈。煤灰和雪灰交織紛飛。有時斜風歪雨直打臉上，雨滴穿過遮棚，變得更大顆。有時酷熱難當，漫漫長日只有太陽和煤，直到人不支倒地。跟卸煤同樣吃重的就是這種煤的名字。馬爾卡卡煤念起來只會讓人結結巴巴，不像氣煤的名字那般窸窸窣窣：「哈首危」（Hasoweh）⑥。

氣煤很靈巧。它來自雅辛諾瓦塔亞⑦。隊長幾乎是竊竊私語般地念出氣煤的名字：**哈首危**。聽起來像是一隻受傷的兔子⑧。因此我喜歡它。每節車廂載著胡桃、榛果、玉米粒和豌豆。那五扇腹門輕輕鬆鬆就能打開，甚至只要用手套一拍，門就開了。哈首危五度滑落，鬆鬆軟軟，灰如板岩，而且只有它自己，沒有脈石。人邊看就邊想：哈首危有顆溫柔的心。哈首危卸完了，地柵上乾乾淨淨，像沒有東西穿過似的。我們站在地柵上。腳底下，在煤坑的腹底，一定有煤的山脈和峽谷。哈首危在這裡找到了倉庫。

就連腦中也是一座倉庫。在煤坑的上方，夏日微風輕輕顫動，像在老家一樣，天空宛若絲緞，也跟老家一樣。只是家裡沒人知道，我還活著。家裡這時候，祖父在廊台上吃著清爽的黃瓜沙拉，認為我已經死了。祖母咕咕咕地將雞隻誘到庫房邊那塊房間大小的陰影裡，撒飼料餵牠們，她也認為我死了。母親和父親也許人在文奇。母親穿著自己縫的水手服，躺在山上草地的深叢之中，以爲我已經上天堂了。而我卻不能搖著她說：你喜歡我嗎，我還活著喲。父親坐在廚房桌邊，慢條斯理往彈匣裡裝霰彈，那是加硬的鉛塊，即將來臨的秋天獵兔子用的。哈首危。

譯註：

① 彼得羅卡夫（Petrovka，烏：Petrivka），俄羅斯一帶有多處地點都以此爲名，這裡所指的，可能是位於勞役營所在地戈爾洛夫卡西北方的鄰近城鎮。

② 喀拉馬托爾斯克（Kramatorsk），位於今烏克蘭頓內次克州的北部，勞役營所在地戈爾洛夫卡的西北方，爲機械製造中心。

③ 普爾曼（Pullman），指美國普爾曼公司開發的車廂型號。

④ 馬爾卡卡煤意即「K牌煤」。

⑤ 「魯得尼穴」（Rudnij-Schacht），Rudnij爲俄語的「礦石」，Schacht爲德語的「井」或「穴」，「魯得尼穴」意即「礦穴」。

⑥ 哈首危（Hasoweh），作者根據這個字的發音而有一連串的聯想，見下。

⑦ 雅辛諾瓦塔亞（Jasinowataja，烏：Yasynuvata），位於烏克蘭東部的頓內次克州，勞役營所在地戈爾洛夫卡的西南方，爲鐵路交會點，重工業及煤礦重鎮。

⑧ 受傷的兔子（Hasoweh）一字可以拆解出幾個德文單字：Hase（兔子），so（如此），O（噢）和Weh（疼痛）。

一秒拖過一秒

我去打獵。

那是第二個近秋時節，科貝里安走開了，我在草原上用鐵鍬劈殺了一隻土狗。牠短短吠了幾聲，像火車。時間一秒拖過一秒，要是狗嘴上方的額頭被斜劈開來的話。哈首危。

我想吃掉牠。

但在這裡只有青草。青草什麼東西都釘掛不住，鐵鍬也沒辦法剝皮。我既沒有工具，也沒有決心。就連時間也沒有，科貝里安轉了回來，他看到了。我只好丟牠躺在那裡，正如同一秒拖過一秒，要是狗嘴上方的額頭被斜劈開來的話。哈首危。

父親，你先前還想教會我，要是有人迷失的話，怎樣用口哨把他召回來呢。

關於黃沙

黃沙可以黃出各種層次，從染過的金髮色澤到金絲雀黃，甚至還會帶上一絲粉紅。它那麼柔軟，混在灰色的水泥中攪拌，簡直令人心痛。

晚上已經過去一大半了，科貝里安又帶著卡里．哈爾門和我，再去私運一趟黃沙。這次他說：我們開去我家。我沒在蓋房子啦，不過假日來了，人到底還是要有點文化。

卡里．哈爾門和我都了解，黃沙是一種文化。春季和秋季大掃除過後，黃沙會撒在工廠和營區大院的行人道上當裝飾。它是春季裝飾，慶祝大戰結束，也是秋季裝飾，慶祝十月革命。五月九日，戰後第一次和平周年慶。不過和平也已經沒用了，對我們來說，那只是勞役營的第二年。然後十月來了。黃沙的春季裝飾，早就被乾燥日子的風吹走了，被傾盆大雨沖掉了。現在，作爲秋季裝飾的新鮮黃沙，彷彿結晶的糖霜鋪著營區大院。這是偉大十月的美容沙，不過卻不意味著我們可以回家了。

然而我們運送黃沙也不是爲了美化。我們載了幾噸幾噸的黃沙，都被建築工地吃掉了。採沙場叫做「**卡爾耶拉**」（CARJERA）①。它取之不盡，至少有三百公尺長，二十到三十公尺深，觸目所及只有沙。這是一座露天採沙場中的競技沙場。足夠這一整個地區取用。沙取得越多，競技場就越高，吃地也越深。

人只要夠「希堤里」（chitrij），夠機靈，就會把卡車直接開進沙坡，這樣就不必向上鏟，只需要在同樣的高度隨便鏟一下，或甚至輕輕鬆鬆往下撥。

採沙場就像一顆大腳趾的趾印那般令人迷惑。只有純粹的沙，不雜任何土屑。筆直而水平的礦層，蠟白、膚白、蒼黃、艷黃、赭黃和粉紅層層相疊。又涼爽，又潮濕。黃沙鏟起來鬆如團絮，在空中一飛，又變乾了。鐵鍬彷彿全自動地來來回回。車子很快就裝滿了。又自動卸空了，簡直成了一輛翻斗車。卡里·哈爾門和我待在沙坑這裡，等科貝里安回來。

我們裝車時，甚至連科貝里安也倒臥在沙地上，動也不動。就連他的眼睛也閉上了，也許睡著了。車子裝滿了，我們用圓鍬尖輕叩他的鞋子。他一躍而起，像個鐵絲線圈人那樣踩去駕駛座。沙上留下了他身印，彷彿科貝里安有了分身，一個躺在中空的沙模中，一個褲子屁股濕濕的站在駕駛艙旁邊。上車之前，他向沙地啐了兩口，一手握住方向盤，一手揉著眼睛。然後開走了。

現在卡里和我癱倒在沙地上，聽著沙子窸窸窣窣滑動，伏貼我們的身形，此外什麼都不幹。上方的天空拱了起來。在天空和沙之間，草皮拉出一道零度線。時間安靜而平緩，四周閃爍著用顯微鏡才看得清楚的光。遠方進入腦海中，人好似偷偷溜走了，臣屬於世上每個地方的每粒沙，不再屬於這裡的強迫勞役。這是躺著的逃亡。我讓眼睛環顧四野，逃到了地平線之下，沒有危險也沒有後果。黃沙在下托著我的背，天空在上提著我的臉。不久，天空就瞎了，我的眼睛把它拉下來，瞳孔和額穴裡都是天，徹徹底底如如不動的藍。我被天空蓋住了，沒人知道我在哪裡。即使是鄉愁也不知道。在沙中，上天沒有啓動時間，當然也不可能讓它倒轉，正如同黃沙也不可能改變和平，第三年、第四年也一樣。就算到了第四年和平，我們還是在勞役營裡。

卡里・哈爾門臉趴在他的沙窩裡。偷麵包留下來的癒合傷疤，在他的短髮中蠟痕似地閃爍著。他的耳輪透出小血管發亮的紅絲。我想起艾爾連公園海神浴池的最後一次約會，和那個年紀大我一倍的已婚羅馬尼亞人。我第一次爽約，他會等我等多久呢。他要等上多少次，才會了解我下次、我永遠不會再來了呢。科貝里安最快半小時後才會回來。

我再次抬起手，我想撫摸卡里・哈爾門。幸好他幫我擺脫了誘惑。他從沙中抬起臉來，咬著一口沙。他吃沙，沙在他的嘴中嘎嗞作響，他吞了下去。我驚呆了，他又塞滿第二口。他一咀嚼，臉頰上的沙粒紛紛掉落。沙的印記像篩子一樣按進了臉頰、鼻子和額頭。眼淚在兩頰上劃下兩條淺褐色的線。

我小時候吃桃子，咬一口，就讓桃子掉一次，他說。我把它撿起來，吃掉沾了沙的那塊地方，再讓它掉下去。就這樣一直吃到只剩下果核。我父親帶我去看醫生，因爲我不正常，因爲我喜歡吃沙。現在我有滿滿的沙，卻再也不記得桃子長什麼樣子了。

我說：黃黃的啊，有很細的絨毛，果核的周邊有一些紅絲。

我們聽到車來了，站了起來。

卡里・哈爾門開始鏟沙。他鏟了一鍬，眼淚剛好流下來。他把沙往空中一揚，左邊的眼淚就滑進嘴裡，右邊的滑入耳中。

譯註：

①「卡爾耶拉」（CARJERA），俄語原意爲「採石場」或「礦場」。

俄國人也有他們的門路

卡里·哈爾門和我又再度隨著蘭吉雅穿越大草原。土狗四下逃竄。到處都是車輪印，輾過的草叢漆著乾掉的紅褐色血跡。到處都是成群的蒼蠅，聚集在輾斃的毛皮囊噴湧而出的內臟上。不少內臟還鮮得發亮，藍白藍白地絞在一起，像一堆珍珠項鍊。其他的已經變成青紅色，半腐爛了，不然就是已經枯得像乾燥花。在輪跡之外還躺著一些被軋拋出去的土狗，彷彿車輪沒傷到牠們，只是睡著了。卡里·哈爾門說：牠們死了看起來好像熨斗哦。牠們再怎麼看也根本絕對不會像熨斗。要不是他想到這件東西，我都已經忘了這個詞了。

有些日子，土狗是不大怕車輪的。也許剛好那幾天，風抽得像車子的噪音，攪亂了牠們的本能。當輪子迎面駛來，牠們跑得迷迷糊糊的，好似一點也不擔心自己的性命。我確定科貝里安從不會費神去避開土狗。但我也同樣確定，他從來沒輾死過任何一隻，也沒讓任何一隻在輪子底下哀號。這些尖高的喇叭聲，就算是人大概也聽不見，因爲這台蘭吉雅實在太吵了。

儘管如此，我依然知道土狗如何在車子底下哀哀叫，因爲每次出車，我都會在腦中聽到。牠短短地，錐心地，叫著三個音節：哈首危。就像用鐵鍬劈殺牠時，牠也是同樣的叫法，因爲同樣來得快去得快。我也知道在這個地方，大地如何驚恐得圈圈震動，就像是巨石落水。我也知道奮力一揮把牠劈掛時，人會咬住嘴唇，以至於完事之後，嘴唇立刻陣陣灼痛。

自從我丟牠躺在那裡開始，我就說服自己，就算人對活著的東西沒有絲毫的憐憫，對死掉的東西一點也不覺得噁心，土狗不能吃就是不能吃。要是我眞有這些感覺的話，那麼憐憫和噁心也不是因爲土狗，而是因爲我自己。那只會是針對我出於憐憫而遲疑下手所感到的噁心，而不會是因爲土狗。

可是，只要卡里和我下次又有了時間，只要我們可以下車，在科貝里安爲他的羊裝滿三四袋嫩草之前，只要我們有那麼長的時間。我想，卡里．哈爾門是不會一起幹的，因爲我在場。只要我們下次有時間，我得花時間好好說服他，免得爲時已晚。不用覺得愧對土狗啦，我一定會這樣說的，更不用覺得愧對草原哪。我想，他面對自己會覺得不自在，起碼比我面對自己更不自在。也比我面對科貝里安時更不自在。我顯然一定會問他，幹嘛拿科貝里安當標準呢。我很肯定，要是科貝里安跟我們一樣遠離家鄉，他會吃土狗的啦，我一定會這樣說的。

有些日子，草原上只有壓扁了、沾了褐色顏料的草叢，日復一日。所有的雲也消融無蹤，日復一日。只剩下天上清癯的鶴，以及地上肥嘟嘟的野生麗蠅。可是草叢裡卻沒躺著半隻死土狗。

牠們在哪裡啊，我會這樣問卡里。你看，爲什麼有那麼多俄國人在草原上走動，還彎腰哩。他們在那裡坐上一陣子。你以爲他們全累了，在那邊休息噢。他們跟我們一樣啦，頭殼裡也有一個窩，肚子也跟我們一樣空。俄國人也有他們的門路。而且時間又比我們多，草原這裡就是他們的家。科貝里安不會反對的啦。不然駕駛座的剎車旁邊，幹嘛一直放著一把短柄圓鍬，他是用手拔草的啊。我們要是不在的話，他下車不會只是爲了拔草餵羊而已，我會這樣對卡里說，而且不必撒謊，因爲我根本不知道眞相。就算知道了，那也只是眞相的一種，反面又是另一種眞相。像你跟我啊，科貝里安在場不在場，情況也不一樣，我會這樣說。即使是我啊，你不在場，我也會不一樣。你自以爲你始終如一。像偷麵包那時候，你就不一樣，我也不一樣，大家都不一樣——不過這話我絕對不會說出口，因爲這是責備了。

毛皮燒起來會有臭味。我先剝皮，你趕快升火，我會這樣說的，要是卡里．哈爾門終於同意下海的話。

卡里．哈爾門和我總是一再跟著科貝里安穿渡草原。一星期之後，我們又站在蘭吉雅上面了。大氣蒼白無力，青草也變爲橙黃色，太陽將草原轉入深秋了。輾斃的土狗被灑上了一層糖似的夜霜。我們開過一個老人家身邊。他站在塵土漩渦之中，晃著一把圓鍬向我們打招呼。圓鍬有一把短柄。他肩上背了個袋子，只裝了四分之一滿，看起來不輕。卡里說：他扛的不是草。要是我們下次有時間，要是我們能下車。科貝里安不會反對的啦，不過你一定又會在那邊瞻前顧後，你絕對不會一起幹的。

人家之所以會說盲目的飢餓，不是沒有道理的。卡里．哈爾門跟我，彼此知道得並不多。我們太常在一起了。而我們的情況，科貝里安什麼也不知道，我們也不知道他的情況。我們每個人都跟自己眞正的樣子不一樣。

關於冷杉

聖誕節快到之前，我坐在前座科貝里安的旁邊。天色暗了，不過我們還要開一趟黑車去他兄弟那邊。我們車上載著煤。

車站廢墟和石磚路再過去，就是一座小城。我們拐進一條又顛又彎的城邊道路。天邊還有一抹餘暉，一道鑄鐵圍籬的後方立著幾棵冷杉——漆黑似夜，頎長而尖聳，高出其他東西一大截，非常顯眼。又過了三間房子，科貝里安停了車。

我一開始卸煤，他鬆垂的手就擺了擺，意思是不用急，我們有的是時間。他走進一間顯然是白色，不過在車燈照射下變黃了的房子裡去。

我把大衣放在駕駛艙的車頂上，盡可能地慢慢鏟。但鐵鍬是我的主人，時間由它說了算，我只能從命。然後它就會為我感到驕傲。鏟煤是這幾年下來，唯一還有驕傲殘存的地方。車子馬上就清空了，科貝里安還在他兄弟的屋裡。

有時候，一項計畫慢慢成形，不過要是突然下定決心，還沒相信自己有能力就被這種突然性趕著跑，情況就跟觸電一樣。我已經披上大衣。我告訴自己，偷東西是要關禁閉的，但兩隻腳卻朝著冷杉越走越快。柵欄大門沒上鎖。這應該是個荒廢的公園或墓地。我折斷所有下方的杉枝，脫下大衣把它們裹起來。我任由大門開著，匆忙跑回科貝里安兄弟的房子。現在房子森森白白的，潛伏於漆黑之中，車燈已經熄了，科貝里安也把貨車尾板扣上了。我把那捆杉枝舉過頭拋上車斗時，它散發出強烈的松脂味和刺鼻的焦慮。科貝里安坐在駕駛座上，渾身都是伏特加臭。我今天這樣講，那時想的卻是他聞起來就像伏特加。他不是酒鬼，伏特加只有吃油膩時才會喝上幾口，我想。但他總可以想到我一下下吧。

這麼晚了，沒人知道到了營區大門會發生什事。三隻警犬在咆哮。守衛用槍管抵著我，要我把手上抱著的那捆杉枝放下來。杉枝散落在地，那件絲絨鑲領的時髦大衣墊在底下。警犬聞了聞杉枝，又嗅了嗅大衣。其中最壯的一隻，也許是牠們的老大，咬住大衣，像拖屍體那樣拖過半個大院，直奔集合場。我追在後面搶回了大衣，不過也多虧牠鬆了口。

兩天之後，麵包男拉著他的推車經過我身邊。白色的亞麻布上放著一把新掃帚，那是用一根圓鍬柄和我的杉枝做成的。三天之後就是聖誕節了——這個詞，把長青的杉樹擺進了房間裡。我的行李箱裡只有芬妮姑姑送的綠色毛手套，已經扯破了。律師保羅．迦斯特在一間工廠當技工已經兩個星期了。我要了鐵絲。他拿了一束剪到只有手掌長的鐵絲給我，一頭綁在一起，像一綹流蘇。我做了一棵鐵絲樹，把手套套上去，再把綠色的毛線密密地打結，弄得像杉枝上的針葉。

聖誕樹立在咕咕鐘下的小桌子上。律師保羅．迦斯特在上面掛了兩顆棕色的麵包球。他怎麼會有多餘的麵包拿去當裝飾，我當時沒多想，因爲很肯定他隔天就會把麵包球吃掉，還因爲他揉球時，講起了老家的事。

在我們歐柏維肖那裡上中學，聖降月①每天早上第一堂課之前，都會點燃聖降冠②。它就掛在講台的上方。我們的地理老師叫雷歐尼達，頭上全禿了。蠟燭點燃了，我們唱著，哦聖誕樹，哦聖誕樹，你的葉子多麼蒼翠……接著我們立刻封嘴，因爲雷歐尼達大叫一聲噢。一滴粉紅色的燭蠟滴到他的禿頭上。雷歐尼達大叫，熄蠟燭。他跳到椅背邊，從西裝抽出一把白鐵折刀，那是一條銀魚。你過來，雷歐尼達邊叫邊打開折刀，身體往前彎。我用刀子幫他刮掉禿頭上的燭蠟。我沒刮傷他。但當我回到座位坐在板條上，他卻直接朝我走過來，甩了我一巴掌。我想擦掉眼眶的淚水，他大吼一聲，手背到背後去。

譯註：

① 聖降月，聖誕節前的四個星期。

② 聖降冠，聖降月的習俗之一，以杉枝編成花圈或皇冠，一般插上四根蠟燭。聖降月期間，每星期天點燃一根蠟燭，以迎接聖誕來臨。

十盧布

貝雅．查克爾替我從徒爾．普里庫力奇那裡搞到了一張「普羅普斯克」（Propusk），一張去市集的通行證。人不該跟挨餓的人說他能自由出入營區。我沒對任何人講。我拿了我的枕頭袋和卡爾普先生的皮綁腿，跟往常一樣，這又涉及到卡路里的交換行動。我十一點鐘上路，我們上路，我和我的飢餓。

煙雨濛濛的天氣。小販站在泥濘之中，擺了生鏽的螺絲和齒輪，乾癟的老太太販賣白鐵餐具和一小堆漆房子用的藍色顏料。顏料四周的水窪都變藍了。旁邊放著成堆的糖和鹽、李子乾、玉米粉、黃米、麥米和豌豆。甚至還有玉米糕加甜菜泥，下面用綠色的辣根葉托著。沒牙的女人們帶了裝在白鐵桶裡的濃稠酸奶，一隻腿的少年拄著一根枴杖，身邊滿滿一桶紅色的覆盆子汁。手腳靈活的流浪漢四處亂跑，兜售刀叉還有釣魚竿。裝在美國罐頭裡的小銀魚竄來竄去，像活生生的別針。

我手臂上套著皮綁腿，擠過熙熙攘攘的人群。有位身穿制服的老人，頭上禿了好幾塊，胸前一塊由十幾枚戰爭動章構成的胸牌，他放了兩本書，一本是關於波波卡特佩特火山①的，另一本封面上有兩隻大跳蚤。我翻了一下跳蚤書，因爲裡面圖片很多。一架鞦韆上坐著兩隻跳蚤，旁邊是馴蚤師的手，拿著一條迷你鞭；一隻跳蚤趴在搖椅的靠背上；一隻跳蚤拖著核桃殼做成的結婚馬車；一位少年的胸部，乳頭間有兩隻跳蚤，兩行垂直等長的咬痕鍊條向下延伸到肚臍。

制服老頭從我手臂上抽走皮綁腿，放在胸前比一比，又放到肩上。我示範給他看，那是拿來綁腿的。他從肚子裡發出空洞的笑聲，就像徒爾．普里庫力奇點名時偶爾也會那樣笑，彷彿一群大火雞在叫。他的上唇老是掛在一顆殘牙上。旁邊的小販湊過來，用手指搓了搓綁腿的皮綁線。接著又來了一個賣刀的，把傢伙插進外衣口袋，拿了綁腿在兩邊臀部左比右比，然後貼在屁股上蹦蹦跳跳，像個小丑。殘牙制服老頭嘴裡發出放屁聲，替他配樂。接著又來了一個脖子纏布拄著枴杖的，枴杖的腋枕是用斷掉的鐮刀纏上破布做成的。他把枴杖插進一隻綁腿，轉了轉，旋空拋出去。我跑過去撿起來。我的第二隻綁腿又飛降在幾步之外。我彎下腰去撿第二隻時，泥濘裡除了綁腿之外，還有一張縐巴巴的紙鈔。

這是人家掉的，希望他還沒發現，我心裡想。也許他已經找過了，也許他們那群裡的某一個，在先前耍弄我時，或是我彎下腰來的現在，已經看到紙幣了，正盯著我看我怎麼辦。那群人還在嘲弄我和我的綁腿，不過錢我已經攥在手心裡了。

我必須盡快消失，於是鑽進人堆之中。我把皮綁腿夾在腋下，撫平紙鈔，是一張十盧布。

十盧布吔，這可是一筆財產。不要去算，都拿來吃，我想，吃不下的就塞進枕頭袋裡。我已經沒空管我的皮綁腿了，這個外星球來的丟臉異物只會讓我惹人側目。我鬆開胳肢窩隨它們掉地上去，拿著十盧布，像隻小鋃魚竄去另一個方向。

我的喉嚨砰砰跳，整個人被驚出來的汗水濕透了，我花兩盧布買了兩杯覆盆子汁，一口氣灌下去。接著又買了兩塊玉米糕加甜菜泥，連辣根葉也一起吃了，葉子嚐起來有點苦，對胃一定滋養得像補藥。

然後我買了四塊乳酪餡的俄羅斯煎餅。兩片塞進枕頭，兩片拿來吃。之後又喝了一小罐濃濃的酸奶。還買了兩塊葵花子蛋糕，一併下肚。我又看到單腿少年，又喝了一杯紅紅的覆盆子汁。接著我算了一下錢，還剩一盧布六戈比。這不夠買糖，就連鹽也買不到。賣李子乾的女人盯著我數錢，她一隻眼睛是褐色的，另一隻沒有瞳孔，死白得像顆菜豆。我錢攤在手上給她看。她把錢撥開，說不行，揮著手臂像在趕蒼蠅。我站定了，再把錢攤到她面前。我開始渾身顫抖，手畫十字，像禱告那樣喃喃有詞：天上的父啊，幫我戰勝這隻冷血天殺的死烏龜。叫她遇見試探，主啊，救我脫離險惡，我邊念邊想到芬雅冷酷的神聖，念到最後，補上一聲堅定響亮的**阿們**，好讓祈禱聽起來眞像回事。女人被打動了，用她那隻豆子眼盯住我。然後收下我的錢，拿一頂又綠又舊的哥薩克帽舀了李子乾。一半我倒進了枕頭袋，另一半倒進我的棉帽，可以馬上吃。帽子裡的李子乾吃完了，我又吃掉枕頭袋裡另外那兩片煎餅。除了剩下的李子乾之外，枕頭袋裡什麼都沒有了。

和風暖暖吹過相思樹，泥巴乾了，水窪脫了一圈皮，像灰色的咖啡杯。通往營區的大街旁有一條踩出來的小徑，一隻山羊在那裡繞圈圈。脖子都磨破了，因爲牠一直扯繩子。繩子在木樁上纏了太多圈，讓牠吃不到草。牠綠綠長長的流盼目光就像貝雅．查克爾，又有一種芬雅般的受苦受難。牠想跟我走。我想到當時牲口車廂那幾隻拿來燒的青紫的、凍乾的、被從頭劈到尾的山羊。我回程才走了一半，時間已經太晚了，到了營區大門還得帶著李子乾闖關。爲了安全起見，我手伸進枕頭袋裡抓了一把，開始吃。透過俄羅斯村後方的楊樹林，工廠的冷卻塔已經遙遙在望了。在它的白色雲霧之上，太陽變成方方的，陡地從我嘴裡鑽進來。我的上顎像是被牆堵住了，吸不到空氣。胃陣陣刺痛，腸子咕嚕亂叫，扭得好像肚子裡有把圓月彎刀。眼淚一下子飆出來，冷卻塔開始天旋地轉。我靠在一棵桑樹上，樹下的大地也開始旋轉。一輛卡車在街上騰空飄浮。小徑上三隻遊蕩的野狗開始朝著彼此划水。我哇一聲吐在樹上，我爲那所有的昂貴食物感到心痛，吐到哭出來。

然後一切都黏在桑樹上，閃閃發亮。

一切，一切，一切。

我頭靠在樹幹上，看著那坨被嚼得碎碎的閃光，好似可以再用眼睛吃下去。第一座守望塔底下，我走進空空的風中，枕也空空，胃也空空。我又跟先前一模一樣，只是少了皮綁腿。生命綁腿②。守衛從塔上吐出葵花子殼，碎屑如蒼蠅般迎風飛揚。我體內的空洞苦得像膽汁，不舒服到了極點。不過一踏進營區大院，我又已經想著，現在食堂裡是不是還有菜湯。食堂已經關門了。在木鞋的踢踏聲中，我告訴自己：

有位大媽媽吐著白色的雲霧。我有鐵鍬，我在寮房有床位，飢餓和暴斃之間一定也有個缺口。我只要找到它就行了，因爲吃會比我更強大。跛腳芬雅的冷酷神聖設想周全。她爲人公正，又分吃的給我。爲什麼還要跑去市集呢，勞役營把我關起來是爲我好，那裡的人只會嘲弄我，我不屬於那裡。營區就是我的家，上午那個守衛認得我，他招手要我進大門。他的警犬趴在暖洋洋的鋪石路面上，牠也認得我。集合場也認得我，我甚至閉著眼睛都能走回寮房。我不需要自由通行，我有勞役營，勞役營有我。我只需要床位和芬雅的麵包和我的白鐵碗。我甚至不需要雷歐．奧伯格。

譯註：

①波波卡特佩特火山，墨西哥著名的活火山及第二高峰，高五四二六公尺。波波卡特佩特（Popocatepetl）爲阿茲提克的納瓦特語（Nahuatl），意爲「煙峰」。

②Ledergamaschen（皮綁腿）和Lebensgamaschen（生命綁腿），兩字音近。

關於飢餓天使

飢餓是一種物體。

天使爬進了大腦。

飢餓天使不思考。祂想的都是對的。

祂從不失手。

祂清楚我的極限，也知道祂的方向。

祂知道我的底細，也清楚祂的影響。

在遇到我之前，祂就已經知道了，而且也曉得我的未來。

祂像水銀在所有的微血管裡滯留。顎裡的一股甜氣。那裡的氣壓迫擠著胃囊和胸腔。恐懼太多了。

一切都變輕了。

飢餓天使睜著眼睛走在一邊。祂踉踉蹌蹌兜著小圈子，在呼吸鞦韆上盪來盪去。祂清楚腦中的鄉愁和空氣中的絕境。

空氣天使則張著飢餓走另一邊。

祂自言自語又對我咬耳朵：裝上了，還可以再卸下來。祂來自於祂所欺騙的同一具肉體。祂將欺騙的那具肉體。

祂曉得自己的麵包和腮麵包，還預先派遣了白兔子。

祂說，祂會再來，卻一直待在那裡。

祂只要一來，就來勢洶洶。

條件非常清楚：

鏟1鍬＝1克麵包。

飢餓是一種物體。

拉丁文祕密

在食堂大啖之後，我們把長條木桌和板凳移到牆邊。有時候，我們星期六可以跳舞，直到晚上十一點四十五分。接著再將一切恢復原狀。十二點整，大院喇叭播放俄國國歌，每個人就得回到他的寮房去。一到星期六，守衛都會被甜菜燒酒灌得心花怒放，但這也容易擦槍走火。如果星期天早上有人倒在大院裡，那就叫：企圖逃亡。只因為沖刷過頭的腸子留不住菜湯，所以就穿著內褲跑過大院去上廁所，這種理由是不會被接受的。儘管如此，我們不時還是會在「食堂星期六」大跳探戈。人只要一跳起舞來，就會像馬汀尼咖啡廳的弦月聖母那樣活在腳尖上，活在他原來的世界中。那是一座彩紙和燈籠的舞廳，晚禮服、胸針、領帶、西裝手帕和袖釦。母親的兩鬢垂著螺絲鬈髮，髮髻像柳條小編籃，腳上踩著淺褐色的高跟涼鞋翩翩起舞，細薄的踝帶宛若梨皮。她穿了一件綠色的綢緞，心口上一枚四瓣祖母綠鑲成的幸運草胸針。父親穿著沙灰色的西裝，前襟口袋露出白色手帕，扣眼上別了一朵白色的丁香。

然而我卻是一介勞役犯在跳舞，身上的普佛艾卡長了蝨子，膠鞋裡是發臭的腳布，被家鄉的舞廳和胃裡的空洞搞得頭暈目眩。我和兩位齊麗中的齊麗・考恩次共舞，手上有細絲寒毛的那位。另外的那位，無名指下方長著橄欖大的肉疣，她叫齊麗・凡史奈德。齊麗・考恩次在跳舞時告訴我，她才是從卡斯敦霍次來的，不像另一位是從伍姆洛赫來的。她母親是在阿格涅騰①長大的，父親是沃肯多夫②來的。父母親在她還沒出生之前就搬到了卡斯敦霍次，因爲她父親在那裡買了一大片葡萄園。我說，也有個小村莊叫立比林③，還有一個小鎮叫葛羅斯夏④，不過已經不在七城了，是在巴納特那一帶。巴納特那邊我什麼不知道吔，齊麗說，那裡我不熟。我也不知道啊，我說，我汗濕的普佛艾卡繞著齊麗轉，她汗濕的普佛艾卡也繞著我轉。整個食堂都在轉。一旦所有東西都轉了起來，就沒什麼好去知道的了。即使是營區後面的木屋也不用去知道，我說，它們叫芬蘭屋哦，不過裡面住的是俄國的烏克蘭人。

休息之後，探戈上場了。我和另外一位齊麗一起跳。我們的女歌手，那位羅妮．米希，從樂團往前站了半步。唱到〈小白鴿〉的時候，她又往前站了半步，因爲她想獨占整首曲子。她手腳僵得直直的，眼珠溜溜轉，搖頭又晃腦。她的甲狀腺腫顫了起來，聲音粗得像深水漩渦：

有條船就快要沉了
或早或晚
喪鐘會為我們每個人響起

水手呀嘿
終究一切會消逝
終究大海會帶走我們

海洋不會放
我們任何人回來⑤

在衣褶舞動的〈小白鴿〉樂曲中，每個人都沉默了。大家一言不發，想著該何去何從，就算心不甘情不願也無從迴避。每個人推著自己的鄉愁，就像推著一口沉重的箱子。齊麗的腳拖拖拉拉，我按著她的後腰，直到她找回拍子。她頭已經別過去一陣子了，不讓我看到她的臉。她的背在顫抖，我可以感覺到她在哭。踢踢踏踏的舞步夠大聲，我什麼都沒說。除了叫她不要哭之外，我還能說些什麼呢。

圖如蒂．佩立岡坐在場邊的長凳上，因爲缺了腳趾沒辦法跳舞，我走過去坐到她身旁。第一年冬天，她的腳趾凍壞了。夏天又被石灰車給輾過去。到了秋天就只能截掉，因爲繃帶裡長蟲了。從那之後，圖如蒂．佩立岡就用腳跟走路，肩膀向前拱，整個人卻向後傾。這讓她的駝背圓滾滾的，兩隻胳膊僵得像鍬柄。工地或工廠的活兒她都幹不了，車庫的忙也幫不上，所以從第二年冬天開始，她就成了醫寮房的助手。

我們聊到了醫寮房，那只不過是一間等死房。圖如蒂．佩立岡說：我們根本沒什麼好幫忙的，頂多幫人家塗一下魚石脂。軍醫那個俄國婆哦，她認爲德國人一波一波死翹翹。冬天那波死最多。再來是有傳染病的夏季波。秋天煙草成熟了，秋季波就跟來了。他們用煙草汁毒死自己喔，比煙煤燒酒還便宜。不過用玻璃碎片劃動脈就不用花錢，砍掉自己的手腳也不用。還有一種死法也同樣免費，不過難度比較高，圖如蒂．佩立岡說，就是跑去用頭撞磚牆，一直撞到死。

大部分的人我們只是見過，在集合時，或在食堂裡。我知道很多人已經不在了。不過只要他們沒在我眼前倒下去，我就不當他們死了。我避免去問我自己，他們現在人在哪裡。看到那麼多別人的現成教材，比自己更快報廢掉，恐懼會變得很強大。時間一久，大到不可收拾的地步，就和不痛不癢沒什麼兩樣了。你要是第一個發現有人死了，平日眼明手快是為了什麼呢。你得趁著肢體還可以彎曲，趕快把他扒光，省得衣服被其他人搶走。你得在別人來到之前，先把他枕頭裡攢下來的麵包收起來。清理是我們哀悼的方式。擔架抬到寮房，除了一具屍體之外，營區指揮部應該沒什麼好回收的。

如果死者不是私底下認識的人，這就是獲利。清理不是罪惡，反過來，死者也會對你做同樣的事情，而你也會欣然應允。勞役營是一個實用的世界。羞愧和膽怯都太奢侈了。人會以堅決的淡定，或怯懦的滿足去處理一切。這跟幸災樂禍沒有關係。我認為，面對死者越不膽怯，你就越能活命。可是也越讓自己身陷各種欺瞞。你會說服自己，缺席的人不過是去了另一個勞役營。你知道的不算數，你只相信事情的反面。就跟麵包法庭一樣，清理也只認得當下，只差不會動粗。它出現得既實在，又溫馴。

老家門前有棵椴樹
老家門前有條長椅
一旦讓我再度尋回
我就終生留在那裡⑥

我們的女歌手羅妮・米希這般唱呀唱，額頭上冒著汗珠。齊特琴洛姆把他的樂器放在膝蓋上，拇指上套著他的金屬環。每句歌詞之後，他就輕撥一聲，跟著一起唱。科瓦其・安東把鼓向前挪了幾次，直到他可以從鼓槌之間側瞄到羅妮的臉。雙雙對對的舞伴隨著歌聲起舞，七零八落的腳步，彷彿群鳥被狂風掃得落地亂踏。圖如蒂・佩立岡說，反正我們也走不了，只好跳舞囉，我們是吸了水的棉花，一群比鼓聲還要虛的老骨頭。爲了證明她的說法，她向我一一列舉了醫寮房中的拉丁文祕密。

Polyarthritis（多發性關節炎）。Myokarditis（心肌炎）。Dermatitis（皮膚炎）。Hepatitis（肝炎）。Enzephalitis（腦炎）。Pellagra（糙皮病）。Dystrophie（發育不全）造成的裂嘴，又叫做死猴臉。發育不全導致手掌僵冷變形，又叫做雞爪。Dementia（癡呆）。Tetanus（破傷風）。Typhus（傷寒）。Ekzeme（濕疹）。Ischias（坐骨神經痛）。Tuberkulose（肺結核）。再下來是排便帶血的痢疾、癤子、潰瘍、肌肉萎縮、疥癬引起的痂皮、牙齦萎縮和牙齒脫落、蛀牙。圖如蒂・佩立岡沒提到凍死。也沒有提到顏面凍傷，皮膚不但會變成磚紅色，還有突起的白斑，春天一暖就轉爲深褐色，像這些跳舞人的臉。我既沒搭腔也沒多問，完全沒開口，圖如蒂・佩立岡就狠狠捏了一下我的手臂說：

雷歐，我是說眞的，你不要死在冬天喔。

鼓手正和羅妮重唱著：

水手別再作夢啦
別再想家啦⑦

圖如蒂在歌聲嘈雜中說，整個冬天，死人都被堆在後院，鏟雪蓋起來，凍它幾個晚上，直到夠硬了。挖墓的都是一些懶得要死的下三濫，他們會把屍體砍成塊，這樣就不必挖墓，只要挖個洞就可以了。

我仔細聽了圖如蒂·佩立岡說的，而且覺得所有那些拉丁文祕密，我身上好像都有那麼一點。音樂讓死神更加活躍，祂會跟著搖擺了。

我從音樂中逃回我的寮房。營區大院路旁的兩座看守塔上，守衛身影修長，直挺挺站著，像從月亮上走下來的。看守燈流出牛奶，笑聲從營區入口的崗哨飄入大院，他們又在那裡豪飲甜菜燒酒了。營區大道上坐著一隻警犬。眼睛發出綠光，爪掌之間有根骨頭。我想那是一根雞骨，我嫉妒牠。牠也感覺到了，發出呼嚕嚕的悶叫。我得做點什麼，免得牠朝我撲過來，於是叫了一聲：汪雅。

牠當然不叫這個名字，不過卻盯著我，好似如果牠想要的話，也可以叫得出我的名字。在牠這麼做之前，我得先抽身，於是邁開大步，回頭看了幾次，確定牠沒跟過來。到了寮房門口，我看到牠還是沒趴下去啃骨頭。仍然一直注意我，或注意我的聲音和汪雅。就算是警犬，記憶也是走了又來。但飢餓卻是不走又來。孤獨也一樣。也許俄語的孤獨就叫汪雅。

我和衣爬上床。和往常一樣，勤務燈在小木桌的上方亮著。和往常一樣，每當我睡不著，就盯著爐管黑漆漆的腿彎和咕咕鐘的兩顆鐵毬果。然後我看到了自己，還是個小孩子。

我站在老家的廊台門口，一頭鬈鬈的黑髮，還搆不著門把呢。我手上抱著充塡動物，一隻咖啡色的狗。牠叫莫皮。敞開的木板走道上，剛從城裡回來的雙親迎面走過來。母親把紅色漆皮小皮包的鍊條纏在手上，免得爬樓梯時發出響聲。父親手上拿著白色草帽。他走進房間。母親站在那裡，把我前額的頭髮撥開，同時拿走我的抱抱寵物。她把牠放在廊台桌子上，漆皮小皮包的鍊條嘩啷作響，我說：

把莫皮還我，不然只剩下我一個人。

她笑說：你還有我呀。

我說：但是你會死啊，莫皮不會。

那些虛弱得不能再去跳舞的人打著鼾，我在輕輕的鼾聲中聽到我自己的童音。它如此地溫柔，簡直讓我毛骨悚然。**抱抱寵物**（KUSCHELTIER），這對充填狗狗，一隻用木屑充填的狗來說，是怎樣的一個詞欸。現在勞役營這裡只有**趴下**（KUSCHEN），或者像人家說的，噤不能聲。還有俄語的**KUSCHET**是吃的意思。現在我不想再去想吃的了。我沉入睡眠之中，做了個夢。

我騎著一隻白豬，跨越天際飛回老家去。從空中往下看，那塊土地非常容易辨認，外形沒有錯，甚至還用籬笆圍了起來。不過地上卻散放著沒有主人的箱子，沒有主人的羊在其間吃草。牠們頸子上掛著冷杉毬果，響起卻像鈴鐺。我說：

這是一個有行李箱的大羊圈，或是一個有羊的大車站。但那裡眞的已經沒人住了，我現在該去哪裡呢。

飢餓天使從天上看著我說：

騎回去呀。

我說：那我一定會死掉的。

你要是死啦，我就把一切都化爲橙黃色，那就不會痛了，祂說。

於是我騎了回去，而祂也信守承諾。當我死去的時候，所有看守塔上的天空都是橙黃色的，而且不會痛。

然後我醒了過來，用枕頭把嘴角擦乾淨。臭蟲晚上就喜歡這塊地方。

譯註：

① 阿格涅騰（Agneteln，羅：Agnita），位於錫比烏縣東部的城鎮，羅馬尼亞的地理中心。

② 沃肯多夫（Wolkendorf，羅：Vulcan）位於羅國中部的布拉索夫縣（Brașov）。

③ 立比林（Liebling），位於羅國極西的蒂米什縣（Timiș）的小村落。

④ 葛羅斯夏（Großscham，羅：Jamu Mare），位於蒂米什縣南端，近塞爾維亞邊境。

⑤ 此處所錄的〈小白鴿〉歌詞，出自納粹時期電影《大自由街七號》（Große Freiheit Nr. 7）的主題曲，由該片導演赫爾穆特．寇特納（Helmut Käutner）親自填詞，也是〈小白鴿〉最知名的德語版本。這部愛情歌唱劇由當時的德國巨星漢斯．阿爾柏斯（Hans Albers）主演，敘述一名「歌唱水手」陰錯陽差的愛情故事。該片一九四四年十二月於布拉格首演，旋因主題不健康（德國婦女爲妓，水手酗酒等），遭納粹宣傳部長戈培爾下令禁演，二戰結束後才在德國上映，轟動一時。

⑥ 取自奧地利作曲家羅伯特．史托爾茲（Robert Stolz，1880-1975）的名曲〈老家門前有棵椴樹〉（Vor meinem

Vaterhaus steht eine Linde）。

⑦出自流行歌曲〈水手，你的家鄉是海洋〉（Seemann, deine Heimat ist das Meer），由韋納．夏芬別格（Werner Scharfenberger，1925-2001）和菲妮．布許（Fini Busch，1928-2001）聯合創作。不過該曲是一九六〇年的流行歌曲，晚於本書中的勞役營時期。

爐渣磚

爐渣磚是用爐渣、水泥和石灰漿做成的築牆方磚。先把這些原料放進拌漿筒中攪拌，再用一台有壓柄的壓磚機壓製。磚牆在煉焦爐組的後方，煤坑的另外一頭，廢棄堆的旁邊。那裡地方夠大，可供數千塊剛壓好的磚放著晾乾。它們在地上緊緊排在一起，就像陣亡英雄公墓裡的墓碑。地表隆起或凹陷的地方，磚列就跟著波浪起伏。此外，每人擺磚也會擺得有些不一樣。每個人用一塊小板子徒手搬磚。板子放過許多濕磚之後，也會跟著濕脹、龜裂、千瘡百孔。

搬磚是一項漫長的平衡動作，從壓磚機到晾乾場要走上四十公尺。因爲每個人平衡起來各不相同，所以磚塊行列也歪歪扭扭的。還有就是擺了磚頭之後，路程距離也會跟著改變，會往前或往後延伸，也有可能要走到行列中間，換掉失敗的磚塊，或者晾乾行列中還有前一天浪費掉的空間。

一塊剛壓好的磚重十公斤，而且和濕沙一樣容易崩碎。你必須把板子抬在肚子前，跳著小舞步往前搬，舌頭、肩膀、手肘、臀部、腹部和膝蓋，都得配合腳趾抓地時的彎曲。那十公斤還不算是磚塊，也不該讓它意識到有人正在抬它。你必須以相同的晃動哄騙它，千萬別讓它震到，或是在晾乾場一抖，讓它從板子上砸到地上去。動作要迅速，要均勻，以一種平滑而流暢的驚險，讓它不受震動地落在地面上。你得蹲低，膝蓋保持彈性，直到板子快接近下巴，然後手肘像翅膀那樣一張，讓磚塊精準地滑下去。只有這樣，才能讓它們緊緊地一個挨著一個，又不會去傷到自己和隔壁磚塊的邊邊。跳小舞步時，只要一個動作出錯，磚塊就會塌成爛泥一攤。

搬運，特別是放置的那一刻，臉也會跟著緊繃。舌頭必須伸直，目不轉睛。一旦磚毀了，甚至會氣到罵不出聲。每次搬完爐渣磚，我們的眼睛和嘴唇都會僵成四方形，跟磚塊一模一樣。這裡同樣的，水泥又要來插一腳。它就愛追尋遠方，隨風而散。我們的身上、攪拌筒、壓磚機，到處都沾了比磚塊更多的水泥。壓磚的時候，每一塊都必須先把小板子放到壓模裡。然後用鐵鍬填入磚泥，再用壓柄壓實，直到磚塊連同壓模裡的底板一起被推上來。接著人就得捧住底板的兩邊，把磚移開，一路跳著平衡的小舞步，把磚搬到晾乾場。

爐渣磚日以繼夜地壓出來。清晨時分，壓模涼涼地蒙著一層露氣，雙腳也還輕盈，晾乾場也還沒照到太陽。雖然它已經熊熊升上廢棄堆的頂端了。一到中午，酷熱逼人。雙腳步伐凌亂，小腿肚的每條神經瘦得發燙，膝蓋顫抖。手指也麻木了。放下磚塊的那一刻，舌頭再也伸不直了。報廢的磚塊多了，背上挨的揍也多了。到了晚上，探照燈在工地舞台上打出一道光錐。攪拌筒和壓磚機立在刺眼的亮光中，像車皮草的縫紉機，夜蛾在四周紛飛。牠們不只尋光，也被磚泥如夜花般的潮濕氣味誘引前來。牠們停在方磚上，用口器和細足輕輕叩探，儘管大半個晾乾場都沉浸在黑暗之中。抬磚的時候，牠們也會停在晃動的磚上，讓人一時分心忘了平衡。你可以看見牠們頭部的細毛、腹圈的紋飾，聽到牠們的翅膀却拍動，好似磚塊活了起來。有時候一次來了兩三隻，停在那裡，彷彿是從磚塊裡鑽出來的。彷彿小板子上的濕泥磚不是爐渣、水泥和石灰漿做的，而是一塊壓得四四方方的蛹塊，夜蛾就從那裡鑽了出來。牠們任由你從壓磚機搬到晾乾場，從探照燈光中進入各種層次的暗影。這些影子歪扭而危險，它們會讓磚塊的輪廓變形，改變行列的比例。連小板子上的磚塊也不清楚自己長什麼樣。人會變得不大確定，人千萬不該把磚塊的邊和磚影的邊給搞混了。就連廢棄堆那邊也發出另一種迷亂人心的閃爍。數不清的光點在那裡閃閃發亮，眨巴著夜行動物的黃眼睛，爲自己發光，照亮了或者燃燒著自己的失眠。廢棄堆裡那些發光的眼睛，味道刺鼻，像硫磺。

黎明將近，大氣變涼了，天空像片毛玻璃。腳下也輕了，至少腦中這樣想，因爲換班的時間也近了，人就想忘了自己的疲累。探照燈也累了，被天光蓋過去，蒼白無力。藍色的空氣籠罩著我們不眞實的英雄公墓，籠罩著每一行磚，每一塊磚。一種寧靜的公平彌漫開來，那是這裡僅有的唯一公平。

爐渣磚被伺候得很好，然而我們的死者既沒有行列，也沒有墓碑。人不該往那邊想，不然接下來的幾天或幾夜，就沒法跳著小舞步保持平衡。只要稍稍往那邊一想，報廢的磚塊就多了，背上挨的揍也多了。

輕信和懷疑的小玻璃瓶

那是皮包骨時期，無止無盡的菜湯。早上起床卡布斯塔（Kapusta），傍晚點名後還是卡布斯塔。卡布斯塔是俄語的高麗菜，而俄羅斯菜湯的意思，就是湯裡常常根本沒有菜。卡布斯塔這個字，既然少了俄文的原意，字面上又沒有湯，等於把兩個不相干的東西結合成一個字。卡布（CAP）在羅馬尼亞語裡是「頭」的意思，布斯塔（PUSTA）則是匈牙利語的「低地」。就算這樣用德文造字法加以分析，勞改營和菜湯一樣，還是俄羅斯的。人淨想做這些無聊事來變聰明。但這個拆解過的卡布斯塔，也沒資格當個飢餓詞。飢餓詞彙是一張地圖，只不過人在腦中自言自語的不是地名，而是餐點的名稱。婚宴湯、絞肉、肋小排、白煮醃蹄膀、炸兔肉、肝泥丸子、狍子腿、酸燜兔肉等等。

每個飢餓詞都是餐點詞，眼前會出現餐點的畫面，上顎會嘗到滋味。飢餓詞彙或者餐點詞彙，是會餵養幻想的。它們吃自己，還覺得很好吃。人不會飽，但至少有餐點相伴。每個慢性飢餓人都有自己的偏好，有他不常用的、常用的和必用的餐點詞彙。每個人覺得最好吃的詞都不一樣。就和卡普斯塔一樣，榆錢菠菜也不夠格當餐點詞，因爲它眞的被吃了。必須被吃。

我想，在飢餓當中，盲目和看見是同一件事，盲目的飢餓看吃，看得最清楚。餐點詞有安靜的也有喧鬧的，就像飢餓本身也有私密性的或公開的。飢餓詞彙，也就是說餐點詞彙，主宰著交談，然而人還是孤零零的一個。每個人都獨自吃著他的詞彙。其他一起跟著吃的人，也是爲自己而吃。但參與別人的飢餓卻是不可能的，人不可能一起餓。

菜湯作爲基本餐，正是身上流失肌肉、腦中失去理智的基本原因。飢餓天使歇斯底里地四處奔走。祂失去一切節制，突然在一天之內暴長，小草一整個夏天也不可能長那麼多，落雪一整個冬天也不會積那麼多。也許參天大樹一輩子才能長那麼多。在我看來，飢餓天使不只是最濫長的，也是最濫增的。祂爲每個人準備了專屬於他的私人折磨，儘管我們彼此沒什麼兩樣。皮和骨再加上營養不良的體液，這組三位一體讓男人和女人看起來毫無差別，性癮也停了。儘管大家還是繼續說他或她，就像陽性的梳子或陰性的寮房①。同樣的，餓得半死的人，既不是男人也不是女人，而是客觀地中性，就像是物體——顯然是物性的。

不管我人在哪裡，在我床上，在寮房間，在煤坑上日班或上夜班，或跟著科貝里安去草原，或在冷卻塔旁邊，或下了工在浴室裡，或去挨戶兜售，我所做的一切，都在挨餓。每個東西的長、寬、高和顏色，都跟我的飢餓一模一樣。在上方的天穹和地下的塵土之間，每個地方聞起來都是不一樣的吃食。營區大道聞起來像焦糖，營區入口像剛出爐的麵包，從營區去工廠所穿越的馬路像黃杏，工廠的木柵像蜜糖堅果，工廠入口像炒蛋，煤坑像燜甜椒，廢棄堆的爐渣像蕃茄湯，冷卻塔像煎茄子，冒著霧氣的鋼管迷宮像香草捲。雜草叢中的焦油塊聞起像榲桲果泥，煉焦爐組像哈密瓜。這既是魔法又是折磨。就連風也來滋養飢餓，它吹的是看得到的吃食，一點都不抽象。

自從我們成了骨頭男和骨頭女，對彼此來說不再有性別之後，飢餓天使就跟每個人交配，祂也欺騙那些從我們身上偷去的筋肉，還拖了越來越多的蝨子和臭蟲到我們的床上。在皮包骨時期，每周勞動之後，還會在營區大院舉辦除蝨大會。所有人，所有東西也一樣，都必須拿去外面除蝨——行李箱、衣服、床架和我們。

那是第三個夏天，合歡樹開花了，晚風聞起來像溫熱的牛奶咖啡。我把所有東西都拿到外面去。接著徒爾．普里庫力奇走過來，後邊是牙齒綠綠的托瓦里希其．西西特凡紐諾夫。他手上拿著一根剛削了皮的柳條，有兩支笛子那麼長，抽起人來很有彈性，末端削得尖尖的，可以挑東挑西。他被我們的淒慘搞得很噁心，用柳條叉起行李箱裡的破爛，甩到地上去。

我儘量站到除蝨大會的隊伍中間去，因爲檢查總是在一開始和快要結束時最難熬。不過這次西西特凡紐諾夫卻心血來潮，挑了大會隊伍的中間來徹底檢查。他的柳條刺進我的留聲機行李箱，插到了衣服底下的盥洗包。他放下柳條，打開盥洗包，發現了我的祕密菜湯。

三個星期以來，我把菜湯灌進兩個漂亮的小玻璃瓶裡，我實在不能因爲它們空了就扔了。反正空著也是空著，我就把菜湯灌進去。一支是槽紋玻璃瓶，圓腹，有旋塞，另一支平腹，瓶頸稍寬，我甚至爲它削了個剛剛好的木塞。爲了避免菜湯發臭，我把瓶子像家裡做煮水果那樣密封起來。還在塞子周邊滴了蠟，圖如蒂．佩立岡從醫寮房借了一根蠟燭給我。

「虛多．欸達」（Schto eto）②，西西特凡紐諾夫問道。

菜湯。

幹什麼用的。

他搖了搖玻璃瓶，菜湯起泡了。

「帕米次」（Pamjat）③，我說。

紀念，這個字是我從科貝里安那裡學來的，對俄國人來說是個好字，所以我就這樣講。西西特凡紐諾夫顯然很納悶，我準備這樣的紀念品要給誰。誰會笨到把菜湯裝進小玻璃瓶來回憶啊，尤其在這裡一天還要吃上兩次。

給家裡嗎，他問。

我點點頭。把菜湯裝進小玻璃瓶想帶回家去，這是最糟糕的。挨打也許我無所謂，不過他才巡視了一半，不會浪費時間抽人。他沒收了我的小玻璃瓶，要我去見他。

第二天早上，徒爾．普里庫力奇把我從食堂帶到軍官室去。他在大道上走得像被趕著似的，我則像個受刑人跟在後面。我問他該說些什麼。他頭也不回做了個甩東西的手勢，意思是我不想被扯進去。西西特凡紐諾夫破口大罵。徒爾實在可以省去他的翻譯，那些話我都會背了。我是個法西斯、間諜、搞破壞的和害群之馬，沒文化還偷菜湯，背叛了勞役營、蘇維埃政府和蘇維埃人民。

勞役營的菜湯很淡，一裝進小玻璃瓶，菜葉通不過窄窄的瓶頸，就更是清清如水。小玻璃瓶裡的幾片碎菜葉，對西西特凡紐諾夫來說就是背叛的明證。我的情況岌岌可危。還好徒爾小指一彈，有了個點子：藥。藥對俄國人來說是個不大好的字眼。徒爾及時想到了，食指指著自己的額頭轉一轉，像要在上面鑽個洞，邪惡地說：「阿布司古朗濟司母」（Obskurantjism）④。

這樣一切都說得通了。我到勞役營只有三年，思想還沒有改造過來，我還相信用魔法藥劑治病。徒爾解釋道，我應該是拿旋塞的那瓶來治腹瀉，用木塞那瓶治便祕。西西特凡紐諾夫認眞想了想，不僅相信徒爾對他說的，還認爲阿布司古朗濟司母在勞役營裡雖然不是好事，但在生活中卻根本也沒那麼壞。他又瞧了瞧兩個小玻璃瓶，搖一搖，直到泡沫都聚到瓶頸，然後把旋塞那瓶向右移一點，木塞那瓶向左移了同樣的距離，讓兩個小瓶子緊緊靠在一起。西西特凡紐諾夫嘴角鬆了下來，甚至用溫柔的眼光看著小玻璃瓶。徒爾又逮到了時機，說：

現在下去吧，滾。

顯然西西特凡紐諾夫出於不能解釋，或很能解釋的原因，後來並沒有把小玻璃瓶扔掉。

原因是什麼呢。到今天我還是不知道，爲什麼會把菜湯裝進小玻璃瓶裡。是不是和祖母的那句「我知道，你會再回來」有關呢。難道我眞的天眞到去相信，我會回到家裡，拿出兩小瓶勞役營生涯紀念菜湯秀給家人看。還是說，儘管飢餓天使無所不在，但出外旅行要帶紀念品回來這個想法，卻一直在腦中揮之不去。祖母唯一的一次海上旅行，從君士坦丁堡帶了一只拇指大的天藍色土耳其拖鞋給我。不過這卻是另外一位祖母，她從沒說過什麼再回來的話，又住在另一棟房子裡，告別時根本不在場。返鄉之後，小玻璃瓶會是我的見證嗎。還是說，我已經有了一罐輕信、一罐懷疑的小玻璃瓶。會不會旋塞底下裝著的是返鄉旅程，而密封木塞底下裝的，卻是永遠留在這裡。這跟腹瀉和便祕是同樣的對立嗎。徒爾．普里庫力奇是不是知道我太多事情了。我允許自己和貝雅．查克爾聊天，到底有沒有幫助呢。

返鄉行程和永遠留在這裡，還是對立的嗎。顯然我兩邊都想準備好，隨遇而安。顯然我想從今開始，就讓這裡的生活，這個唯一的生活，不再受困於每天都想回去的願望，偏偏又回不去。我越想回家，就越會試著叫自己別這麼想，一旦眞的回不去，我會崩潰的。返鄉的願望是甩不掉的，不過爲了除此之外還能有些別的可能，我告訴自己，要是他們把我們留在這裡，這也就是我的人生。俄國人還不是活得好好的。我不會抗拒在這裡落地生根，我只需要繼續如此下去，就像那只密封小玻璃瓶一樣，這就已經解決大半了。我可以自我改造，雖然還不知道該如何進行，不過草原會指引方向的。飢餓天使掌控了我，控得連我頭皮都要翩翩飛去，那時我剛好因爲頭蝨理了個大光頭。

去年夏天，科貝里安有一次在廣闊的天空下解開襯衫鈕釦，衣衫迎風飛揚，他說起了草原的草靈魂，還有他的烏拉山情懷。我胸中也可以這樣的，我想。

譯註：

①這裡指的是德文字本身的性別。

②「虛多．欸達」（Schto eto），俄語，「這是什麼」。

③「帕米次」（Pamjat），俄語，「回憶」或「紀念」。

④「阿布司古朗濟司母」（obskurantjism），俄語，「蒙昧主義」或「迷信」。

關於日光中毒

這個早上，太陽一大早就像顆紅汽球冉冉升空，脹得如此之大，連焦爐上方的天空都顯矮了。開工時已經是晚上了。在探照燈的光錐中，我們站在瀝青大槽（PEK-Wanne①）裡，那是一個兩公尺深的大池子，面積有兩個寮房那麼大。池子是用公尺厚的瀝青澆灌出來的，舊到都已經石化了。我們得用鐵撬和鶴嘴鋤把它清乾淨，將瀝青剝下來丟到推車上。然後再把車子推上木板拼成的晃蕩便橋，出了池子運到軌道邊，再推上一道板子進車廂，把瀝青倒在那裡。

我們鑿著那層黑玻璃，綳巴巴又鼓起來又有刺角的碎片，在我們腦袋四周飛來飛去。看不見粉塵。只有在我推著空車行經晃蕩便橋，從黑夜再回到漏斗形的白光之中，才會看到空氣裡閃著一襲玻璃粉塵的披紗。探照燈在風中一晃，披紗就不見了，下一刻卻又在原地出現，像鍍了鉻的鳥舍。

六點收工換班，天已經亮了一個鐘頭了。太陽縮小了，卻變暴烈了，光球結實得像顆南瓜。我的眼睛癢得出火，所有的頭骨縫都在砰砰跳。回營區的路上，所有的東西都刺目異常。頸動脈跳得要爆裂開來，眼珠在額頭裡沸煮，心臟在胸中擂鼓，耳朵裡是欻來欻去的聲音。脖子僵掉了，腫得像一糰熱麵。腦袋和脖子合而爲一。腫脹蔓延過了肩膀，脖子又和軀幹合而爲一。日光刺透我，我得快點回到寮房的陰暗裡。但那裡必須黑得跟袋子裡一樣才可以，一絲絲窗光都可能致命。我用枕頭捂住頭。到了晚上，症狀減輕了，但夜班也來了。天色一暗，我又得回到探照燈下的瀝青大槽。第二輪夜班時，隊長帶了個桶子來，裡頭裝著一種灰紅色團塊狀的糊。下池子之前，我們把它塗在臉上和頸上。它馬上就乾了，又剝落了。

清晨，太陽升起，焦油在我腦中翻騰得更兇。我像隻病貓摸著走回營區，這次直接進了醫寮房。圖如蒂．佩立岡撫摸著我的額頭。女軍醫兩手在空中畫了個更大的頭，說了「松冊」（SONZE）和「司夫也特」（SWET）和「巴利得」（BOLID）。圖如蒂．佩立岡就哭了起來，跟我解釋了一些黏膜的光化學反應。

那什麼東西啊。

日光中毒，她說。

她給了我一團用辣根葉子托著的藥膏，是她自己用金盞花和豬油熬成的，用來擦傷口，以防傷口皮膚爆裂。女軍醫說我對瀝青大槽過敏，她會爲我開三天的病假單，也許會和徒爾．普里庫力奇講一下。

我在床上躺了三天。半睡，半醒，發燒的熱浪將我漂回家去，去文奇避暑。在冷杉林的後方，太陽一大早就像顆紅汽球冉冉升空。我從門縫看過去，父母親都還在睡覺。我去廚房，桌子上有面刮鬍鏡，靠在牛奶壺上。我的菲妮姑姑瘦得像支胡桃鉗，拿著燙髮鉗在瓦斯爐和鏡子之間走來走去。她身穿白紗衣，正在給自己燙頭髮。接著她也用手指幫我梳頭髮，抹順一直翹起來的地方，用口水。她牽著我的手，我們去採雛菊來裝點早餐桌。

露濕的青草高到我的胳肢窩，窸窸窣窣又嘁嘁喳喳，草地上到處都是白色流蘇般的雛菊和藍色的風鈴草。我只採長葉車前草，又叫做射箭草，因爲可以把它們的莖捲成一個活套，然後把種子苞射得遠遠的。我射著那件白得刺目的紗衣。但是在菲妮姑姑的紗衣和同樣潔白的下半身內衣之間，突然出現了一條褐色的管子，那是一整排抓得緊緊的蝗蟲。她嚇得張開雙臂僵在那裡，手中的雛菊花束也掉了。我鑽進她的紗衣裡，用兩隻手把蝗蟲鏟掉，越來越快。牠們又冷又重，像濕答答的螺絲釘。牠們還會咬人，讓我毛骨悚然。我的上方不再是鬈髮的菲妮姑姑，而是一個蝗蟲聚集而成的龐然大物，立在兩條細腿上。

那是我第一次鑽進紗衣底下，絕望地東鏟西鏟。現在我人躺在寮房裡，塗了三天的金盞花藥膏。所有人繼續下到瀝青大槽去。只有我，因爲太沒有抵抗力，從此被徒爾．普里庫力奇調到爐渣班去。

我就待在那裡了。

譯註：

① PEK爲俄語中的「瀝青」，Wanne爲德語的「盆」或「槽」。

每班都是件藝術品

我們兩個人一組，艾伯特．吉翁和我，兩個在工廠蒸汽鍋爐底下做工的爐窖人。在寮房中，艾伯特．吉翁是個急性子。但在幽暗的地窖裡，他卻深沉又專斷，就像那些陰鬱的人。或許他並非一向如此，是去了地窖才變得跟地窖一樣。他已經在這裡做很久了。我們不大講話，除非必要。

艾伯特．吉翁說：我倒三車，然後你倒三車。

我說：接下來我去清渣山。

他說：對，清完之後你去捅爐渣。

不是倒就是捅，我們兩個就這樣輪著班，直到清完一半了，直到艾伯特．吉翁說：我們到板子底下睡個半小時，去七號下面，那裡比較靜。

然後是另一半的活兒。

艾伯特．吉翁說：我倒三車，然後你倒三車。

我說：接下來我去清渣山。

他說：對，清完之後你去捅爐渣。

我說：要是九號現在滿了，我就去捅。

他說：不用，你現在繼續倒，我去捅，就連地下室都滿了。

下班時候到了，不是他說就是我說：來清一下吧，地窖要清爽交給人家。

到地窖一星期之後，在理容室的鏡子裡，徒爾．普里庫力奇又站在我身後。我臉刮了一半，他揚起滑溜溜的目光和乾乾淨淨的手指問道：

你們在地窖怎樣呀。

舒服啊，我說，每班都是件藝術品喏。

他在修臉師傅的肩上微笑，卻不知道這是眞的。我聽得出他聲音裡輕微的恨意，他的鼻翼泛紅，太陽穴的血管如大理石紋般浮現。

你昨天臉有夠髒的，他說，好像你帽子每個洞都擠出腸子來掛著。

沒關係啊，我說，煤灰毛毛的，跟指頭一樣厚。不過每班之後，地窖都會很清爽，因爲每班都是件藝術品喏。

天鵝唱歌的時候

去地窖第一天之後，圖如蒂．佩立岡在食堂裡說：你現在擺脫瀝青霉運①啦，在地底下可不是美多了。

然後她講起來營裡的第一年，在建築工地拉石灰車，她多常閉上眼睛作白日夢。還有她現在如何把赤裸裸的死人從太平間拖到後院，就擱在地上，像剛剝了皮的木材。她說，即使是現在把死者抬出門外時，她也常常閉上眼睛，夢到跟當時身上套著馬具拉石灰車同樣的東西。

什麼東西，我問。

她說，就是有一個多金、英俊又年輕——其實也不必英俊年輕啦——的美國豬肉罐頭製造商愛上我——其實也不必愛我啦——她說，不過他有錢到可以替我贖身，把我從這裡迎娶出去。這樣眞的好幸福哦，她說。要是他還有個姊妹可以嫁給你的話。

那她也不必美麗年輕，也不必愛我囉，我學舌道。圖如蒂．佩立岡破口大笑。她右邊的嘴角顫個不停，和整張臉鬆脫開來，好似笑容和臉皮縫合處的線被扯斷了。

於是我也跟圖如蒂．佩立岡簡要說了那個一再重複的騎著白豬回家去的夢。只用了一句，而且換掉了白豬：

你想像一下，我說，我經常夢到騎著一隻灰狗，穿越天空回到家裡喔。

她問道：那是警犬裡的一隻嗎。

不是啦，是一隻村子裡的狗，我說。

圖如蒂說：那你爲什麼要用騎的，用飛的更快啊。我只有醒著的時候才會作夢。每次把屍體擱在後院，我都好希望能飛離這裡，像隻天鵝一直飛到美國。

或許她也知道海神浴池橢圓招牌上的那隻天鵝吧。我沒有問她，卻說道：天鵝唱歌的時候啊，聲音會越來越沙啞，你會聽到牠腫起來的懸甕垂哦。

譯註：

① 德文中的 Pech 一語雙關，既是「瀝青」，又是「霉運」。

關於爐渣

夏天的時候，我在草原中看到一條白色爐渣砌成的路堤，讓我想到喀爾巴阡山積雪的山頂。科貝里安說，路堤以後應該會成爲一條路。白色的爐渣燒得很堅固，有顆粒狀的結構，彷彿是石灰泡泡和貝殼砂。稀稀落落的幾塊地方，白色染了粉紅，顏色常重到連邊緣都變灰的了。我不知道爲什麼粉紅舊成灰色，竟會美得如此賞心悅目而攝人心魄，那不再是礦物性的，而是宛如人類般的悲傷疲憊。不知道鄉愁是不是也有顏色。

另外一種白爐渣堆得跟人一樣高，在煤坑的旁邊如丘陵連綿。它們沒燒成塊，邊緣處還長出草來。鏟煤時要是下大雨，我們就鑽進去避雨。我們在白爐渣堆中挖洞。渣灰隨後紛紛落下，將我們裹住。到了冬天，雪在爐渣堆上冒著蒸汽，我們就跑到洞裡取暖，等於有了覆雪、爐渣和普佛艾卡制服三重防護。那裡聞起來有很親切的硫磺味，到處冒著蒸汽。我們坐在洞裡，爐渣高到脖子，鼻子像等不及要開苞的花朵探出地面來，嘴邊就是溶化的雪層。我們從爐渣堆裡走出來，衣服都讓悶燒的渣塊啄出一個個的洞，到處都是鑽出來的棉花。

在裝卸的過程中，我認識到了磨碎的暗紅色高爐爐渣。它跟白爐渣完全是兩碼事，那是紅棕色的粉塵，只要一鏟動就隨風起舞，再緩緩飄落，恍如垂墜的布。由於它乾燥得像炎夏又徹底無菌，暗紅色的高爐渣並未能勾起鄉愁。

此外還有棕綠色的爐渣，燒實了倒在工廠後方的野草荒地上。爐渣像舔過的鹽塊躺在雜草底下。我們毫無瓜葛，它讓我走過去，不激起任何想法。

然而我的唯一和全部，我的每日爐渣和日夜爐渣，卻是煤爐的蒸汽鍋爐爐渣，或熱或冷的地窖爐渣。鍋爐矗立在上面的世界，前後一共五座，高如樓房。爐子爲五座鍋爐加熱，給整個廠房製造出蒸汽，也給在地窖的我們製造出或熱或冷的爐渣。也製造出所有的勞動，每一班冷熱交替的循環。

冷爐渣先前是熱爐渣，它不過是熱爐渣冷卻之後的塵渣。冷爐渣一班只要清一次，可是熱爐渣卻不斷地生出來。你必須隨著爐子的節奏把它鏟到無數的小拖車上，推上渣山，然後倒在渣山的鐵軌盡頭。

熱爐渣可以天天變個樣。它取決於煤種混合的狀況。說它是混煤的恩賜和陰險也不爲過。煤要是混合得好，活動爐條上會蓋上一層四五公分厚的燒渣。它們已經貢獻出了熱力，龜裂，乾碎成塊，鬆脆得像烤麵包一樣從活門掉下來。一個人就算鏟煤鏟得疲累不堪，小拖車還是很快就裝滿了，連飢餓天使也要大感驚奇。不過煤要是沒混合好，爐渣就會稠得像岩漿，白熾而黏滯。它不會從爐條縫間掉下來，還會堵在爐子的活門之間。得用捅火鉤才能把麵糰般的黏塊摳下來。爐子永遠也清不完，小拖車也裝不滿。那是一件既辛苦又費時的工。

要是混煤混成災，煤爐就會直拉肚子。拉下來的爐渣不等活門打開，就會從半開的門縫玉米粒似的彈出來。它火紅而白熾，不過最好不要直視。它十分危險，會從衣服上任何一個洞鑽進來。因爲實在沒有辦法可以阻止它，小拖車一下子就滿了出來，被爐渣埋在底下。人得把活門關上，鬼才知道怎麼關，小心別讓雙腿、套鞋和套腳布被熾熱的渣流碰到，用水管澆熄火燄，把小拖車挖出來，拉上渣山，清理受損部位——而這一切都必須同時完成。如果快要換班時發生這樣的事，那就很慘。時間不斷過去，但其他四座爐子卻不等人，它們的爐渣早就該清了。時間越來越緊迫，眼冒金星，雙手亂飛，兩腳發軟。直到今天，我還在記恨那些拉肚子爐渣。

不過我卻喜歡那些一班只要清一次的爐渣，冷爐渣。它不但誠以待人，有耐心，又讓人安心。艾伯特．吉翁和我只有在清除熱爐渣時，才需要彼此幫忙。如果是冷爐渣，每個人都想把活兒給攬過來。冷爐渣既馴服又親切，幾乎想要賴著人——清理這種紫色沙塵，可以讓人不受打擾地獨處。它總是落在地窖最裡面的那一排爐邊，有專屬的活門和白鐵肚的小拖車，沒有裝爐條。

飢餓天使清楚得很，我多麼喜歡一個人和冷爐渣在一起。祂也知道冷爐渣其實不冷，而是溫的，聞起來有些像丁香，又像長了毛的山桃和晚熟的夏杏。不過冷爐渣聞起來還是最像下班，因爲再過十五分鐘就放工了，再也不會有災難了。它聞著像離開地窖的回家路，通往休息和食堂的菜湯。它聞起來甚至像文明世界，讓我興奮莫名。我想像自己走出地窖，身上不再穿著棉外套，而是頭戴博沙利諾①帽、披著駱駝毛織大衣和酒紅色絲圍巾，走進布加勒斯特或維也納的咖啡館，在大理石小桌旁坐下來。冷爐渣就是這麼我行我素，它要人自我欺騙，人可以借此再把自己偷回生命中去。喝了這種毒藥，人就可以靠著冷爐渣來讓自己幸福，必死無疑地幸福。

徒爾．普里庫力奇等著我去抱怨，不是沒有道理的。這也是爲什麼在理容室裡，他每隔幾天就會問：

咦，你們在地窖怎樣呀。

地窖情況如何啊。

地窖有事嗎。

地窖一切都還好吧。

或者只是：地窖呢。

因爲我想教他氣餒，所以回答總是：每班都是件藝術品喏。

要是他對煤氣和飢餓的混合有一丁點概念，他應該問我在地窖的哪裡忙來忙去才對。而我可能會說，在飛灰之中啊。因爲飛灰也是種冷爐渣，飄得到處都是，給整個地窖披上一層皮毛。飛灰也可以讓人幸福。它沒有毒，又會耍花招。它灰如老鼠，細若絲絨，聞起來沒什麼味道，由小小的板塊，很小很小的屑片組成。它活潑好動，如白霜結晶似的覆上一切。每塊表面都長了毛。燈光下，飛灰把燈泡的鐵絲網變成了蝨子、臭蟲、跳蚤和白蟻的馬戲籠。白蟻有交配翅，這是我在學校裡學到的。我還學到了白蟻過著集中式的生活。牠們有一隻蟻王、一隻蟻后和兵蟻。兵蟻的頭很大。還可以細分爲大顎兵蟻、象鼻兵蟻和額腺兵蟻。所有兵蟻都由工蟻餵養。蟻后的體型是工蟻的三十倍大。我想，這也是飢餓天使和我的差異，或是貝雅·查克爾和我的差異。或者徒爾·普里庫力奇和我的差異。

一旦和水結合，流動的也不是水，而是喝了水的飛灰。它會脹到像鐘乳石那麼大，甚至大到像一群吃著灰蘋果的水泥小鬼。飛灰和水結合之後，就能施展魔法。

要是少了光和水，飛灰就只能死死地待著。沾在地窖牆上像眞的皮草，沾在棉帽上像人造毛皮，沾在鼻孔裡像橡皮塞。艾伯特．吉翁的臉黑得跟地窖一樣，根本看不見，只有眼白和牙齒還能游穿空氣。艾伯特．吉翁這個人，我從來沒搞清楚他是沉默寡言還是生性憂鬱。我問過他，他說：這我沒想過。我們是兩隻地窖裡的等足類，我是說眞的。

放工之後，我們到工廠大門旁邊的浴室沖澡。頭、脖子、兩隻手都要抹上三次肥皀，但飛灰還是灰色的，冷爐渣還是紫色的。地窖的顏色已經咬進皮膚裡了。這我無所謂，甚至還有一點驕傲，那正是自我欺騙的顏色。

貝雅．查克爾可憐我，想了一下該怎麼委婉地表達，不過她知道她這樣說很令人難堪：你像是從默片裡跑出來的，你好像范倫鐵諾。

她剛洗過頭髮，絲緞般的辮子編得光滑柔順，還濕漉漉的。她的臉龐吃得很滋養，紅潤得像草莓。小時候，母親和菲妮姑姑喝咖啡，我跑過花園。我生平頭一次看到一顆碩大成熟的草莓，大叫：你們過來看，這裡有一隻燒青蛙，會發光哦。

我也從勞役營帶了一小塊熾熱的地窖爐渣回家，印在我右小腿的脛骨外側。它在我體內冷卻了，變成了冷爐渣。它透過皮膚閃閃發亮，像一朵刺青。

譯註：

①博沙利諾（Borsalino），也稱爲fedora，男士外出帽，得名於設計該帽的義大利帽品公司。早期偵探片中，博沙利諾常成爲偵探的標準行頭，如亨弗萊．鮑嘉所戴者即是。

酒紅色絲圍巾

大夜班收工，我的窖友艾伯特·吉翁在回營路上說：現在變暖了，要是沒東西吃，至少可以讓飢餓曬曬太陽取暖。我沒東西吃，於是走到營區大院，暖和一下我的飢餓。草還是棕色的，壓扁了，被霜降燒焦了。三月的太陽有白蒼蒼的流蘇芒。俄羅斯村上方的天空是波光粼粼的水，太陽隨波逐流。我也被飢餓天使趕到了食堂後面的廚餘堆。那裡也許還有馬鈴薯皮，如果沒被別人搶先的話，大部分的人都還在上工。我在食堂邊一看到芬雅正和貝雅·查克爾說話，立刻把手伸出口袋，腳步也放緩成散步的樣子。現在不能去廚餘堆了。芬雅這次穿了紫色的針織外套，讓我想起了我的酒紅色絲圍巾。上次的綁腿慘劇之後，我再也不想去市集了。誰要能像貝雅·查克爾那麼會說話，自然也很能討價還價，替我把圍巾換成糖或鹽。芬雅一跛一跛痛苦地拐進食堂，走向她的麵包。我一走到貝雅面前就問她：妳什麼時候去市集。她說：也許明天吧。

貝雅想出去就可以出去，通行證當然是徒爾給的，如果她還需要通行證的話。她在營區大道上的長凳子那邊等著，我去拿圍巾。它放在行李箱的底部，白色麻紗手帕的旁邊。我已經幾個月沒摸它了，它細緻得跟皮膚一樣。我渾身一顫，看著它流淌的格子花紋，自慚形穢，因爲我這麼邋遢，而那些亮面和暗紋的小方塊卻依然柔麗。它到了勞役營一點也沒有改變，照樣在格子花紋中保有先前寧靜的秩序。它不再適合我，我也不再適合它了。

當我把它交給貝雅時，她的眼睛又滑進了遲疑的顧盼，帶點斜視的樣子。她的眼睛撲朔成謎，這是她身上唯一的美麗。她把圍巾兜在脖子上，不由自主地雙臂交抱，用兩隻手撫摸它。她的肩窄窄的，手臂細得像棍子。不過腰部和臀部卻很粗壯，像是由笨重骨架撐起來的地基。纖細的上半身和頗有噸位的下半身，貝雅．查克爾是兩段身材組裝起來的。

貝雅拿了酒紅色圍巾去交易。然而隔天集合時，徒爾．普里庫力奇的脖子卻兜著那條圍巾。接下來一整個星期也是。他把我的酒紅色圍巾當成了集合布。此後每次集合，我的圍巾就開始演默劇。而且圍巾搭在他身上實在很配。我的骨頭重得像鉛塊，呼吸紊亂，眼睛往上翻，想在雲端找個鉤子掛住身體，卻辦不到。我的圍巾圍在徒爾．普里庫力奇的脖子上，它讓我辦不到。

集合解散之後，我鼓起全部的勇氣去問徒爾．普里庫力奇，那條圍巾哪裡來的。他毫不猶豫地說：家裡帶來的，好久以前就有了。

他沒提到貝雅，已經兩個星期過去了。我卻沒從貝雅那裡拿到半塊糖或鹽。這兩個飽食終日的爛人到底知不知道，他們欺騙我的飢餓騙得多嚴重。難道不是他們讓我慘到配不上我自己的圍巾嗎。難道他們不知道，只要我還沒拿到該得的，那依舊是我的財產啊。

一個月過去了，太陽也不再黯淡。榆錢菠菜又轉成銀綠色，野蒔蘿的葉子也分針了。我從地窖走出來，摘了一些放在枕頭袋裡。彎腰的時候，光線突然翻過來，我眼前只看到黑色的太陽。我煮了榆錢菠菜，嘗起來像泥巴，我還是沒拿到鹽。可是徒爾．普里庫力奇照樣圍著我的圍巾，而我照樣得去地窖開大夜班，之後再穿過空空如也的下午，去食堂後面的廚餘堆找殘皮剩葉，那都比我沒鹽巴的假菠菜或沒鹽巴的榆錢菠菜湯還要好吃。

去廚餘堆的路上，又讓我遇到了貝雅．查克爾，這次她一看到我，又開始扯她的貝斯基德山，峰峰相連到森林喀爾巴阡山。還有她怎麼從她的小村子魯吉去布拉格，徒爾怎麼由傳教士最後轉而從商，我打斷她問道：

貝雅，你是不是把我的圍巾送給徒爾了。

她說：是他直接拿去的。他人就這樣。

怎樣，我說。

就這樣嘛，她說。他一定會給你一些好處的，也許放一天假呢。

她眼中閃爍的不是太陽，而是害怕。但怕的不是我，是徒爾。

貝雅，我要一天假幹嘛，我說。我需要的是糖跟鹽哪。

關於化學物質

說到化學物質，就像說到爐渣。誰知道廢棄堆、朽木、鐵鏽和瓦礫堆會蒸騰出什麼東西來。其實也不只是氣味。我們初到勞役營時，眼睛眞被嚇呆了，整個煉焦廠被毀得徹徹底底。簡直難以想像這只是因爲戰爭的緣故。臭氣、鏽蝕、霉味、瓦礫都比大戰還要老。老得像人類的無動於衷，像化學物質的毒性。可以看得出來，那是化學物質在這裡聯手，一起把工廠逼成廢墟。那些管線和機器的金屬一定發生過毀損和爆裂。這座工廠一度是超級現代的，二、三〇年代的尖端技術，德國工業。廢棄的器械上還看得到**佛爾斯特**和**曼內斯曼**這些商標。

我們必須在廢鐵中找到名稱，在腦中找出好聽的詞語來對付化毒，因爲總覺得這些材質還會持續進行攻擊，而它們密謀攻擊的對象，也包括我們這些勞役犯。還有我們的強迫勞役。早在老家時，俄國人和羅馬尼亞人就已經爲名單上的強迫勞役找了個好聽的詞：**重新建設**①。這個詞是消過毒的。不過既然叫**建設**，那應該叫**強迫建設**才是。

既然無可迴避被丟到這些化學物質之間——它們會咬爛壞我們的鞋子、衣服、雙手和黏膜——，我決定重新詮釋工廠的各種氣味，教它們有利於我。我說服我自己，這裡只有飄香的街道，還養成習慣爲廠區的每一條路想出誘人的香味：萘②、鞋油、家具用蠟、菊花、甘油皂、樟腦、松香、明礬、檸檬花。我舒舒服服上了癮，因爲我不想讓那些物質用毒氣來操弄我。舒舒服服上了癮，並不是說我跟它們和解了。舒服的原因在於，就像飢餓詞也是餐點詞，那些化學物質也能成爲逃逸詞。對我自己而言，這些逃逸詞絕對必要。必要，同時也是折磨，因爲我相信它們，儘管我很清楚需要它們的原因。

去煤坑的路上，有稜有角的冷卻塔流出水來，成了一座滴水塔。我將它命名爲**寶塔**。塔下有一池水，就算在夏天，聞起來也像冬天的大衣，像萘。那是一種渾圓白淨的氣味，就像老家衣櫃裡的防蟲丸。在寶塔這裡，萘的氣味卻是有稜有角而黝黑的。不過我一走過寶塔，萘味又變得渾圓白淨了。我看到我自己還是個小孩子。我們坐火車去文奇過暑假。經過克萊科比西③時，我看到窗外燃燒中的天然氣探勘井。它冒出一道狐紅色的火燄，我很驚訝，火燄才這麼一點，卻把整個山谷的玉米田都烤乾了，就像是深秋時節的燼灰色。那是盛夏裡的衰老田野。

人們從報紙上得知這樣東西：探勘井。這是一個糟糕的詞，意味著探勘井會再度燃燒，而且沒人能夠熄滅它。母親說，他們現在要去屠宰場拿牛血，五千公升吧。他們希望牛血凝得快一點，像個塞子把井塡住。我說，探勘井聞起來好像我們櫃子裡的冬天大衣喔。母親說：對對，像萘丸。

原油，俄國人叫它涅夫特（NEFT）。有時候會在貯油車廂上看到這個字。它是石油，我馬上就想到萘。在洗煤場這個角落，這個八層樓的洗煤場廢墟，沒有其他地方的太陽會像這裡這麼刺烈。太陽把原油從瀝青中吸出來，聞起來油得刺鼻，又苦又鹹，就像超大一盒的鞋油。炎熱的中午，父親會躺在長沙發上睡他的鐘點小覺，母親就把他的鞋子拿去擦。這個八層樓的洗煤場廢墟，每天不論我什麼時候經過，都像是家裡的正午。

五十八個煉焦爐組個個都有編號，垂直地矗在那裡，像一長排撬開了的棺木。爐子的外側是磚，內側抹上耐火黏土，已經碎裂了。這個發音讓我想成了**餵飽的羞愧飛蛾**④。地上的油窪閃閃發亮，碎裂的耐火黏土長出了結晶，像黃色的痂。它聞起來像卡爾普先生花園裡的菊花叢。但這裡只長了被毒成白色的草。正午躺在焚風之中，那些小草就跟我們一樣營養不良，托著自己的重量，撐起蜷曲的草莖。

艾伯特．吉翁和我輪到了夜班。晚上我進地窖，經過了所有的管路，有些用玻璃棉包起來，其他的則裸露生鏽。有些就只膝蓋高，其他的則在頭頂上跑。我至少該沿著一條管路走一次，兩個方向都去走走。至少得把一條管路摸清楚，看它從哪裡來，又往哪裡去。然後我還是不知道它到底在輸送什麼，或到底有沒有在輸送東西。我至少該沿著一條管路走一次，一條會冒白氣的管路，因爲它至少輸送了白氣，萘氣。應該要有人給我講解一下這整座煉焦廠，至少一次吧。一方面，我有興趣知道這裡是怎一回事。另一方面，我不知道這些也有專門詞彙的技術流程，會不會擾亂了我的逃逸詞。不知道我能不能記得住走道和空地上所有骨架的名稱。氣閥噴出白氣，地底跟著震動。對面一號爐的十五分鐘鈴響了，不久二號爐也響了。抽風機暴露出由階梯和爬梯構成的鐵肋。抽風機的後方，月亮在草原上徘徊。這樣的夜晚，我看到了老家小城式的三角楣、謊言橋⑤、指套小徑⑥，以及旁邊的當鋪**小寶盒**。還有穆斯匹里，那位化學老師，我也看到了。

管路叢林中的氣閥是萘泉，會滴水。夜晚時分，氣閥的開關看起來白透了。那和雪不一樣，是流動的白。眾塔也黑得和夜色不一樣，是扎人的黑。月亮在這裡有它的生命，在老家的三角楣上又有另一種生命。這裡一如那裡，月亮都有個院子，徹夜華光燦爛，照亮它亙古以來的財產——一張絲絨沙發椅和一台縫紉機。絲絨沙發椅聞起來像檸檬花，縫紉機像家具蠟。

最讓我驚奇的莫過於那座拋物線形塔，那位大媽媽，巍峨的冷卻塔，一定有一百公尺高。它防水處理過的黑色馬甲聞起來像松香。恆常不變的白色冷卻雲是水氣。水氣沒有味道，卻能夠活化鼻腔黏膜，強化所有現成的氣味，協助發明逃逸詞。能像大媽媽這般令人產生錯覺的，只有飢餓天使。拋物線形塔的旁邊有座化學肥料山，戰前化肥。科貝里安說，化肥也是一種煤的衍生物。衍生物聽起來撫慰人心。戰前化肥遠遠地閃耀著，猶如包在玻璃紙中的甘油皂。我看到自己十一歲的時候，一九三八年夏天的布加勒斯特，我第一次去一家摩登的百貨公司，在勝利大道⑦上，置身於長若街道的糖果部。鼻子裡甜滋滋的氣味，糖果玻璃紙在指間嘁嚓作響。我渾身內外冷一陣又熱一陣。那是我第一次勃起。百貨公司的名字叫做「索拉」（Sora）——姊妹百貨。

戰前肥料是一層層燒在一塊的，透明黃、芥末綠和灰色。靠得很近的話，聞起來苦苦的，像明礬。我不得不相信明礬石，它畢竟能夠止血。這裡長了一些植物，只吃明礬，開出來花是艷紫色的，像止住的血，之後還會結出棕色的漆皮漿果，像草原草叢中乾掉的土狗血。

蒽⑧也屬於化學物質。它附在所有的道路上，會腐蝕橡膠套鞋。蒽是油性的砂，或者結晶成砂的油。人要是踩上去，立刻又化成油了，呈墨水藍或銀綠色，像踩爛的蘑菇。蒽聞起來像樟腦。

有些時候，儘管有了這一切的飄香街和逃逸詞，瀝青大槽跟它的煙煤焦油還是氣味刺鼻。自從日光中毒之後，我就很怕它，很慶幸有地窖這麼個地方。

可是地窖裡必定也有些物質是看不到、聞不到也嘗不到的。它們最是陰險。人注意不到那些物質，所以我也無從給它們取個逃逸名字。它們雖然躲著我，卻也把健康奶送到眼前來。每個月有那麼一次，艾伯特·吉翁和我下工後可以喝到健康奶，好抵抗那些看不見的物質，好讓我們中毒中得比俄國人尤里慢一點，他在我日光中毒之前和艾伯特·吉翁一起在地窖做工。爲了讓我們撐得久一點，我們每月一次到工廠的門房小屋那裡，領半公升用白鐵碗裝著的健康奶。那是來自另一個世界的賞賜。它嘗起就像是當人擺脫了飢餓天使時的那種樣子。我相信它一定能夠強健我的肺。我相信每一口都能化解毒素，就像純淨的雪，無與倫比超越一切。

一切，一切，一切。

我天天都希望它能保護我，效力長達一個月。我不敢說卻照說不誤：我希望鮮奶是我白色手帕未曾謀面的姊妹。也是我祖母流動的冀望。我知道，你會再回來。

譯註：

①重新建設，俄羅斯從十七世紀開始，已出現名爲「卡托爾迦」（Katorga，源自於希臘語，由人力划動的戰艦或商船）的獄政組織：囚犯被送往西伯利亞的卡托爾迦，從事苦力勞役，主要爲採礦和伐木，知名文獻包括杜斯妥也夫斯基的《死屋手記》和契訶夫的《薩哈林旅行記》（即《庫頁島旅行記》）。蘇聯成立之後，卡托爾迦轉化爲古拉格制度。二次世界大戰前後，蘇聯的勞役營裡多了一批來自鄰邦各國的戰俘，一九四三年出現了「卡

托爾迦勞役」（katorzhnye raboty）一詞，專指對納粹及其同夥人的懲處。此處的Wiederaufbau（重新建設），當爲「卡托爾迦勞役」的美化說法。

②萘（Naphthalin，英文爲naphthalene），一種結晶狀芳香烴，用於製造染劑、樹脂、溶劑、消毒劑、殺蟲劑等。

③克萊科比西（Kleinkopisch，羅：Copşa Mică），位於羅國中部錫比烏縣西北。該城因生產炭黑，又是金屬熔煉廠所在地，在一九九〇年代成爲歐洲污染最嚴重的城市之一。

④羞愧飛蛾「抹上耐火黏土」原文爲gefüttert mit Schamott，和gefütterte schamhafte Motten（餵飽的羞愧飛蛾）發音近似。

⑤謊言橋（Lügenbrücke），赫爾曼城的知名景點，建於一八五九年的鑄鐵橋。據說只要說謊的人一踏上去，橋就會垮下來，故名。

⑥指套小徑（Fingerlingstiege），赫爾曼城中一條夾在兩排建築之間的上坡道。

⑦勝利大道（Calea Victoriei），布加勒斯特市中心的主要街道之一。

⑧蒽（Anthrazen，英文爲anthracene），俗稱綠油腦，一種結晶三環烴，可製作殺蟲劑、汽油阻凝劑。

誰把土地換掉了

接連三個晚上，我都作了同樣的夢。我騎著白豬，穿越雲層回到老家。可是從空中往下看，這次的土地卻是另一種樣子。而且四周沒有海。中間沒有山脈，少了喀爾巴阡山。一塊平平的地，上面沒有任何地點。只有無盡的燕麥，已經秋黃了。

誰把土地換掉了，我問。

飢餓天使從天上看著我說：美國呀。

那七城在哪裡，我問。

祂說：在美國呀。

人都去哪裡了，我問。

祂沒再說什麼了。

第二天夜裡，祂也沒說人去哪裡了。第三夜也一樣。這讓我翌日整天不得安寧。下工之後，艾伯特．吉翁要我去另一棟男寮房找齊特琴洛姆。他解夢很有名。他放了十三顆大白豆在我棉帽裡搖一搖，叩在箱蓋上面，研判十三顆豆子彼此之間的距離。然後是每顆豆子上的蟲洞、凹陷和刮痕。第三顆和第九顆之間是一條路，第七顆是我母親，他說。第二、四、六和第八顆是輪子，不過是小輪子。車子是嬰兒車。一台白色的嬰兒車。我反駁說我們家裡不可能再有嬰兒車，因爲我父親在我開始能走時，就把嬰兒車改裝成購物車了。齊特琴洛姆問道，改裝後的嬰兒車是不是白的，又指著第九顆要我看，車子裡甚至還有一個套著小藍帽的頭，顯然是個男孩子。我把帽子戴上，問他還看到了什麼。他說：沒別的了。我外套裡有一塊省下來的麵包。但他什麼都不要，因爲這是第一次，他說。不過我相信那是因爲我太沮喪了。

我走回寮房。關於七城和美國，還有人都去哪裡了，我還是一無所知。甚至也不知道我自己了。我心裡想，那些豆子多可惜啊，也許它們在勞役營這兒被太多的夢給用壞了。它們其實可以煮一鍋好湯的。

我一直在說服自己，我是個沒什麼感情的人。因爲事情一旦上了心，它就會緊緊抓住我。我幾乎不哭。我不是比那些淚眼婆娑的人更堅強，而是更懦弱。他們敢哭。人要是只剩下皮包骨，有感情是更勇敢的。而我卻寧可懦弱。這其間的差距很小，我只是盡力不讓眼淚掉下來。一旦有了某種感情，我就會把那個痛處轉化爲故事，讓它乾巴巴地了無鄉愁。比方說栗子的味道，這的確會勾起鄉愁。但念頭一轉，那就只是發出嶄新皮革氣味的帝國皇家①栗子，祖父曾經跟我說過的。他在普拉港當水手時，帆船「多瑙號」出航環遊世界之前，他剝了栗子吃。於是我的了無鄉愁就成了祖父所敘述的鄉愁，這樣我就能夠馴服此時此地的鄉愁。所以說當我有了某種感情，它就是一種氣味。就像栗子或水手這樣的字詞氣味。久而久之，每一種字詞氣味都會像齊特琴洛姆的豆子那樣麻木不仁。人要是不再哭泣，是會變成怪物的。如果我還不是的話，那麼讓我免於沉淪的東西其實不多，至多不過是這句話：我知道，你會再回來。

長久以來，我已經教會我的鄉愁不去流淚。現在我更想讓它成爲無主的鄉愁。這樣一來，它再也看不到我在這裡的處境，也不會再過問老家的鄉親。那麼我腦中的家也不再有人，只剩下物件。然後我就可以把它們在痛處上移來移去，就像輕移步履跳著小白鴿。物件可大可小，有些也許太沉重了，但它們會有個限度。

要是我眞能做到這一點，我的鄉愁就不會再受到思念的感染。那麼我的鄉愁，頂多只是飢渴想念著我從前一度飽足過的地方。

譯註：

①「帝國皇家」一詞爲奧匈帝國的官式用語，冠於奧地利帝國與匈牙利王國共同的建制之前，如「帝國皇家海軍」。

馬鈴薯人

我在營裡有兩個月的時間，除了食堂飼料之外，又吃到了馬鈴薯。兩個月的煮馬鈴薯，而且嚴格分配，有時候是前餐，有時候是主菜，有時候是點心。

前餐是削了皮的馬鈴薯加鹽一起煮，再撒上野蒔蘿。馬鈴薯皮我會留起來，第二天的主菜就有煮馬鈴薯塊和麵條。前一天的馬鈴薯皮加上新削下來的，這就是我的麵條。作爲點心的話，第三天把沒削皮的馬鈴薯切成薄片，拿到火上烤。之後再撒上烤過的野燕麥仁和一點點糖。

我從圖如蒂·佩立岡那裡借了半升糖和半升鹽。就跟我們所有人一樣，圖如蒂·佩立岡也想著第三次和平日，這樣我們馬上就可以回家了。她那件皮草袖口很漂亮的鐘罩式大衣，貝雅·查克爾拿去市集替她換了五升糖和五升鹽。女大衣的交易要比我的絲圍巾交換順利多了。徒爾·普里庫力奇集合時還是圍著它。但已經不再是時時刻刻了。夏日炎炎，圍巾就不見了，入秋之後，每隔幾天又會跑出來。我每隔幾天就問貝雅·查克爾，什麼時候才能從她或徒爾那裡得到一些補償。

某天傍晚集合，徒爾·普里庫力奇沒圍圍巾，隨後找了我、我的窖友艾伯特·吉翁和律師保羅·迦斯特去他辦公室。徒爾渾身甜菜燒酒臭。不只他的眼睛，連嘴角都泛著油光。他把名單上的欄目畫掉，又將我們的名字塡到另一欄上，說艾伯特．吉翁明天不用去地窖，我不用去地窖，律師不必去工廠。不過他剛剛在欄位上塡的卻不大一樣。我們三個面面相覷很困惑。徒爾．普里庫力奇從頭開始再解釋一遍，艾伯特．吉翁明天跟平常一樣去地窖，但不是跟我，而是跟律師一起。我問他爲什麼不是跟我，他半垂著眼皮說：因爲你明天一早六點整要去集體農場。不用帶行李，晚上就回來。我問他怎麼去，他說：怎麼去，用腳走過去。右手邊會經過三個廢棄堆，你沿著走，然後左手邊就是集體農場。

我很確定，這絕對不會只是一天。在集體農場死得更快，人住在地洞裡，走下去五六階，屋頂是用樹枝和茅草掩起來的。頭上雨滴會穿進來，腳底地下水會滲出來。一天只有一公升的水，要喝要洗。你不會餓死，但會在酷熱中渴死，泥巴和害蟲會讓你傷口流膿破傷風。營裡每個人都怕集體農場。我很確定，徒爾．普里庫力奇不想爲圍巾付出代價，他要我死在集體農場，然後就可以接收我的圍巾了。

我六點出發，外套裡塞了枕頭袋，要是集體農場有什麼可以偷的話。風在高麗菜和甜菜田上呼嘯而過，野草橙黃搖曳，露水在草浪中閃閃發光。火紅的榆錢菠菜雜生其中。風迎面吹來，整片草原鑽進我的體內，要我崩潰，因爲我瘦弱而它貪婪。在一片高麗菜田和一小撮合歡林的後方，第一座廢棄迎面而來，然後是草地，後方有一片玉米田。接下來是第二座廢棄堆。土狗露出草叢來看著我，棕色的毛背、手指長的尾巴和蒼白的肚皮，整隻立在後腿上。牠們點著頭，兩隻前爪合十，像祈禱中的人手。就連牠們頭上側生的耳朵也像人。上一秒才在點頭，下一秒就只有荒草在地洞上晃動，但和風吹的完全不一樣。

現在我才意識到，土狗察覺到我正形隻影單地行經草原，無人看管。土狗的直覺很靈敏，我想牠們是在爲逃亡而祈禱。這時候很可以逃，但要逃到哪裡去呢。也許牠們想警告我，我其實已經逃了很久了。我環顧四周，看有沒有人跟蹤。遠遠的後方來了兩個人影，看來像一個男人和一個小孩，帶著兩支短柄鍬，沒有槍。天空像一張藍色的網，罩在草原之上，從遠方的地上直接長出來，沒有鑽得過去的缺口。

營區已經發生過三起逃亡事件。三個都是喀爾巴阡山的烏克蘭人，徒爾・普里庫力奇的同胞。他們俄語都說得很好，三個卻都被抓了回來，集合時鞭笞示眾。之後就再也沒見過他們了，要不是被送到特別的管訓營，不然就是進了墳墓。

現在我看到左手邊有間木板屋，一位腰帶配鎗的守衛，是個細瘦的年輕人，比我矮半個頭。他在等我，向我招了招手。我半步都沒停下來，他很趕，我們沿著高麗菜田走。他一路嗑著葵花子，一次往嘴裡丟兩顆，撮動一下，一邊嘴角吐出殼來，另一邊同時咬住下兩顆，空殼馬上又飛了出來。我們走得很快，就像他嗑葵花子的速度。我想他也許是個啞巴。他不講話，他不流汗，他的口腔特技從不紊亂。他走得像風拉著他的輪子。他悶聲不吭，嗑得像台去殼機。然後他扯住我的手臂，我們站定了。大約有二十個女人四散在田野上。她們沒有工具，徒手把土裡的馬鈴薯挖出來。守衛要我到其中一行去。

日正當中，恍若火球。我用手去鏟，地上很硬。皮膚爆裂開來，泥土在傷口中辣燒。我一抬起頭，眼前有成群閃動的小點在飛舞。大腦充血。田地上，那位帶鎗的年輕人除了是守衛之外，還身兼大隊長、小隊長、工頭、審查員，一人多工。要是女人講話被他逮到了，他就拿馬鈴薯葉抽她們的臉，不然就往她們嘴裡塞爛馬鈴薯。而且他不是啞巴。他在那裡叫囂，我半個字都聽不懂。那不是在咒煤，也不是工地命令或地窖詞。

我慢慢了解到一些別的，徒爾・普里庫力奇跟他有協定，先叫我工作一整天，到了晚上再槍斃我，因爲我想逃亡。或者晚上把我塞進地洞，一個隔離的地洞，因爲我是這裡唯一的男人。或者不只今晚，而是從今之後的每一晚，這樣我就再也回不了營區了。

到了晚上，那傢伙除了是守衛、大隊長、小隊長、工頭和審查員之外，又身兼營地司令。女人們排成點名隊形，報出姓名和編號，把普佛艾卡口袋翻出來，每隻手上拿著兩顆馬鈴薯。她們可以分到四粒中等大小的馬鈴薯。要是其中一個太大了就換一個。我是隊伍裡的最後一名，翻出枕頭袋接受檢查。裡面有二十七顆馬鈴薯，七個中的，二十個大的。我也可以留下四個中等的，其他的必須倒出來。手鎗男問我叫什麼名字。我說：雷歐珀德・奧伯格。他揀起一顆中等的馬鈴薯，好像跟我名字有什麼關係似的，用鞋子將它一腳踢飛過我的肩膀。我頭縮了一下。下一顆他不是用腳踢，而是丟我的頭，隨即就是一鎗，把飛行中的馬鈴薯連同我的腦袋一併射爆。我在想怎麼將枕頭袋塞進褲袋裡，他就在一旁看著。然後他抓著我的手臂把我揪出隊伍，指著夜色，好似他又啞了，指著草原，指著我今天早上過來的方向。他就讓我站在那裡。對女人下了齊步走的口令，然後就尾隨隊伍走去另一個方向。我站在田邊上，看他跟著女人前進離去，心裡很篤定，他一會兒就會放下小隊走回來。然後在沒有目擊者的情況下開鎗，這叫：企圖逃亡，當場射殺。

小隊繼續前進，像一條越來越小的棕蛇沒入遠方。我腳底生根站在那一大堆馬鈴薯之前，開始相信徒爾・普里庫力奇和守衛沒什麼協定，徒爾・普里庫力奇和我才有。這堆馬鈴薯就是協定。徒爾想用馬鈴薯來支付我的圍巾。

我將自己全身塞滿了各種大小的馬鈴薯，連帽子底下也不放過。我算了一下，兩百七十三顆馬鈴薯。飢餓天使幫了我，儘管祂是個惡名昭彰的賊。不過在幫完我之後，祂又變回惡名昭彰的虐待狂，讓我一個人面對漫長的回營路。

我出發了。走沒一下子就全身發癢，頭蝨、脖子蝨後頸蝨、腋窩蝨、胸蝨、陰毛裡還有陰蝨。膠鞋套腳布裡，腳趾縫本來就在癢。我得把手抬起來才能抓癢，但是袖子裡塞滿了馬鈴薯，根本不可能。我得彎膝蓋才能走路，但褲管裡塞滿了馬鈴薯，也不可能。我拖著腳步過了第一座廢棄堆。第二座來了又沒來，或者說我沒注意到。馬鈴薯重得跟我一樣。此間天色已經暗得看不見第三座廢棄堆了。所有天域中的星星都串了起來。銀河從南流向北，修臉師傅歐斯瓦．恩耶特這樣說過，當時，他第二個同鄉逃亡未遂，被押到營區廣場示眾。他說如果要去西邊，就必須過了銀河再向右轉，然後直走，也就是一直走在大熊星座的左邊。但是我始終沒看到第二座和第三座廢棄堆，現在走回程，它們應該在左手邊才對。與其四方迷失，我寧可被四方監控。合歡林，玉米田，就連我的腳步都罩了一襲黑色的斗蓬。高麗菜頭像人頭一樣盯著我，它們頂著不同的髮型和帽子。只有月亮戴著一頂白色的小帽，像護士那樣輕撫我的臉頰。我想，也許我根本不再需要馬鈴薯，也許我被地窖毒得病入膏肓，只是我還不知道罷了。我聽著樹林裡斷斷續續的鳥叫聲，還有遠方訴苦般的呢喃。夜裡的輪廓會流動，我心想不要怕，不然就溺斃了。我跟我自己說話，免得去祈禱：

可靠的東西不會濫用自己，它們只需要和世界保持一種獨特的、永遠一致的關係。草原之於世界的關係是埋伏，月亮之於世界是照明，土狗之於世界是逃逸，青草之於世界是搖曳。而我之於世界則是吃。

晚風低吟，我聽到了母親的聲音。在老家的最後一個夏天，母親實在不該在餐桌上說，不要用叉子叉馬鈴薯，那會碎掉，叉子是用來叉肉的。母親無法想像，草原會認得她的聲音，有朝一日，馬鈴薯會在晚上拖著我走入草原，走進大地，還有天上的星星都在扎人。當時在餐桌上沒人料到，我會這般拖櫃子似地拖著自己，穿過田野和草地，朝著營區大門邁進。沒人料到我在短短三年之後，變成一個夜裡的馬鈴薯人，還把回營路叫做回家路。

到了營房門口，警犬的夜叫聲尖得像女高音，總是像在哀號。或許徒爾．普里庫力奇也跟守衛事先講好了，因爲他們揮手要我走過去，不必搜身。我聽到他們在我身後大笑，鞋子在地上跺著。我渾身塞得飽飽的，沒辦法轉過去，大概其中一個在學我僵直的腳步吧。

隔天夜班，我帶了三個中等的馬鈴薯給艾伯特．吉翁。也許他想到後面的開口鐵籃子那裡，靜靜地烤馬鈴薯。但他不想。他端詳了每一顆，然後放進他的帽子裡。他問道：爲什麼剛好是兩百七十三顆馬鈴薯呢。

因爲攝氏零下兩百七十三度是絕對零度啊，我說，沒有比這更冷的了。

你今天很科學哦，他說，不過你一定算錯了。

我不可能算錯的，我說，兩百七十三這個數目會自己數，它是公理。

還公理咧，艾伯特．吉翁說，你那時該想點別的吧。唉唷雷歐，你可以落跑啊。

我給了圖如蒂·佩立岡二十顆馬鈴薯，用來抵付糖和鹽。兩個月之後，就在聖誕節的前夕，兩百七十三顆馬鈴薯都吃光了。最後幾顆長了滑溜溜的青綠芽眼，像貝雅·查克爾的眼睛。我在考慮是不是有一天該告訴她。

天空在下，大地在上

在文奇的夏屋，果園深處有一張沒有靠背的長木椅。它叫赫爾曼叔叔。之所以這樣叫它，是因爲我們不認識有誰叫這名字的。赫爾曼叔叔扎進地裡的兩隻圓腳是樹幹。它的坐板只有朝上的一面鋸平，朝下的那一面木表還有樹皮。烈日底下，赫爾曼叔叔還會分泌松脂。如果把它們摳掉，第二天又會長出來。

再遠一點的草丘上站著露易亞姑姑。它有靠背和四條腿，比赫爾曼叔叔更小更瘦，而且比他更老。赫爾曼叔叔是在她之後才來的。我會從露易亞姑姑的面前滾下草丘。天空在下，大地在上，中間是青草。青草老是緊緊抓著我的腳，不讓我掉進天空裡。我一直看到露易亞姑姑灰色的下半身。

有天晚上，母親坐在露易亞姑姑身上，我在她腳跟前的草地上仰臥著。我們仰望天空，所有的星星都在那裡。母親把她針織外套的領口拉到下巴上，直到領口也有了嘴唇。直到不是她而是領子開口說：

天空和大地就是世界喔。天空那麼大，因爲每個人都有一件大衣掛在那裡。大地那麼大，因爲那是到世界腳趾的全部距離。不過到那邊是那麼地遠，以至於不能去想它，因爲距離會讓人覺得胃裡有種空空的噁心哦。

我問：那世界哪裡最遠。
它停止的那個地方呀。
腳趾嗎。
對啊。
也有十個腳趾頭嗎。
我想是吧。
那妳知道哪一件大衣是妳的嗎。
只有等我上了天堂才會知道囉。
那裡只有死人啊。
對呀。
他們怎麼去那裡的。
他們跟著靈魂飄過去的。
靈魂也有腳趾嗎。
沒有，有翅膀。
那大衣有袖子嗎。
有哇。
袖子是它們的翅膀嗎。

對啊。

赫爾曼叔叔和露易亞姑姑是一對嗎。

如果木頭也會結婚的話，那就是囉。

接著母親站了起來，進屋裡去了。我坐到露易亞姑姑身上，就是母親剛坐過的地方。那裡的木頭還暖暖的。黑色的風在果園裡顫抖。

關於悶

今天我沒早班，沒午班，也沒有夜班。最後的夜班之後，總是長長的星期三。這是我的周日，直到星期四下午兩點爲止。我周身有著太多自由的空氣。我得剪一下指甲，不過上一次我覺得，好像是在自己的手指上幫人家剪指甲。我不知道幫誰。

透過寮房的窗口，可以看到通向食堂的大道。兩位齊麗抬著一個桶子走過來，裡面大概是煤，很沉。她們走過了第一張長凳，在第二張上坐了下來，因爲它有靠背。我儘可以打開窗子，跟她們揮手或走出去。我已經套上膠鞋，然後就這麼穿著膠鞋在床上坐著。

咕咕鐘裡有橡皮蟲沉悶的誇大狂，爐管則有黑色的膝蓋彎。老舊木桌的影子躺在地上。日光移動，影子又翻新了。白鐵桶裡是水鏡的悶，積水也滯留在我浮腫的雙腿。自己的襯衫開裂的線腳和借來的縫衣針也是悶，加上縫補時顫抖的悶，縫著縫著，大腦都要滑落到眼前來了，還有咬斷的線頭的悶。

男人堆裡是看不出沮喪的悶，了無興致又嘮嘮叨叨打著撲克牌。有副好牌應該會想贏一把，但在分出勝負之前，他們早就散攤不玩了。女人堆裡則是哼哼唱唱的悶，在牢固的角梳或巴克力特粑蝨梳的沉悶中，一邊捫蝨一邊唱著思鄉曲。還有百無一用的缺齒白鐵梳的悶。剃光頭的悶，禿得像瓷罐的悶，頭皮上還點綴著膿花和蝨子咬出來的新傷舊痕，宛如花圈。還有值勤卡蒂不說話的悶。值勤卡蒂從不唱歌。我問過她：卡蒂，妳不會唱歌嗎。她說：我已經梳過頭了。你看，沒有頭髮梳子會刮頭皮。

營區大院是太陽底下的無人村，雲彩參差是火焰。我的菲妮姑姑在山坡草地上指著夕陽。一陣風揚起她的秀髮，像一頂鳥巢，還順著白色的中分線把她的後腦勺劈成兩半。她說：小耶穌在烤蛋糕呢。我問：現在就烤了嗎。現在就烤啦，她說。

如果交談不叫做機會的話，那還有浪費掉的交談這種悶。一個單純的願望，卻花了一堆言詞去談它，結果可能什麼都沒留下。我通常會避開交談，就算想談我也怕，尤其是跟貝雅．查克爾。可能是因為我跟貝雅．查克爾說話時，根本不想從她那裡得到些什麼。我之所以會潛入她狹長的眼睛裡，可能只是為了要乞求徒爾的垂憐。儘管不大願意，但我通常還是會和所有人講話，只為了減少獨處的時光。好似在營裡還能獨處呢。就算營區大院是太陽底下的無人村，人也不可能獨處。

情況總是如此，我躺了下來，再晚一點就不可能像現在這麼安靜，因為其他人都收工回來了。上夜班的人不會一次睡很久，四個小時的義務覺之後，我醒了。我算得出還要多久，沉悶的春天才會再度降臨勞役營，帶來下一個毫無意義的和平年頭以及我們馬上可以回去的流言。我躺在這個周而復始的和平裡，躺在新綠的草叢中，把整片大地拴在背上。然而我們卻從這裡被遣送到另一個營區，更往東邊去的一處伐木勞役營。我把我的地窖工具裝進留聲機箱子裡，打包再打包，沒完沒了。其他人已經在等了。火車嘟嘟叫，我在最後一刻跳上了踏板。我們開過一座又一座的冷杉林。冷杉向兩邊跳開，紛紛讓道給鐵軌，火車開過去之後又跳回原位。我們到了目的地下車，西西特凡紐諾夫司令頭一個跳下去。我給了自己時間慢慢來，希望沒有人注意到，留聲機箱子裡既沒鋸子也沒斧頭，只有地窖工具和我的白手帕。司令一下車，立刻換上角質鈕釦和橡葉肩章的制服，儘管我們身在冷杉林。他變得不耐煩，「大瓦衣」（dawaj），動手吧，他對我說，我們多的是鋸子和斧頭。我下了車，他給了我一包棕色的紙袋。又是水泥，我心裡想。可是袋子撕破一角，流出了白花花的麵粉。爲了感謝這包禮物，我把它夾在左臂下，用右手敬禮。西西特凡紐諾夫說：兩腿放輕鬆，在山這裡也是要炸它的。這時候我才明白，白色的麵粉其實是炸藥。

不這麼胡思亂想的話，我大可以讀點東西。只是那本駭人的《查拉圖斯特拉》、厚厚的《浮士德》和印得薄薄的《魏賀伯》，早就爲了平息一點飢餓，被我當捲煙紙賣掉了。上個自由星期三，我又設想我們根本不必上車的情況。沒有輪子的寮房直接載著我們駛向東方，邊開邊拉得像手風琴似的。它一點都不晃，窗外的合歡樹一一向後退去，枝枒刮著窗口，我坐在科貝里安的旁邊問道：我們怎麼會往前開呢，我們根本沒輪子啊。科貝里安說：我們乘坐的可是滾珠營①唷。

我累了，沒興致再去苦苦思念什麼東西。沉悶形形色色，有事先急於浮現的，有事後才一跛一拐的。要是我好生待之，它們就不會傷害我，還會成爲我每天的資產。一年到頭，俄羅斯村的上空都是一輪淡月的悶，月脖子像朵黃瓜花，又像是附有灰按鍵的小喇叭。幾天之後變成了半圓月，猶如一頂掛在空中的鴨舌帽。接下來的幾天，一輪滿月的悶從天上俯看人間，滿得都快溢出來了。每天還有營區圍牆上刺絲的悶、塔上守衛的悶、徒爾．普里庫力奇的發亮鞋尖和我的破爛膠鞋的悶。還有白色冷卻塔雲的悶、白色亞麻麵包布的悶。以及波浪石棉板、焦油沼氣和舊油窪的悶。

要是木材燥了，大地變得比腦中的理智還要稀薄，要是警犬打盹而不再咆哮，那就是太陽的悶。在青草完全枯槁之前，天空烏雲密布，那麼就有雨絲落地的悶，直到木頭泡脹，鞋子黏在泥濘裡，衣服貼在皮膚上。夏天折磨著它的枝葉，秋天折磨著它的顏色，冬天卻折磨著我們。

還有混雜了煤灰的新雪的悶、混雜了煤灰的舊雪的悶、夾雜了馬鈴薯皮的舊雪的悶、少了馬鈴薯皮的新雪的悶。帶著水泥褶與焦油漬的雪地的悶，粉末般的毛雪覆在警犬身上，還有牠們低如鐵皮或尖如女高音的嚎叫。又有滴水管路的悶，它們的冰錐就像玻璃蘿蔔，地窖階梯上還有墊襯家具般的積雪的悶。煉焦爐組的耐火黏土碎塊上，冰絲如髮網般逐漸消融。還有黏乎乎愛捉弄人的冰雪的悶，它凍得我們雙眼呆滯，兩頰冒火。

雪落在俄羅斯寬軌鐵道的木條護籬上，螺絲帽排成一圈鏽冠，緊緊挨在一起，兩枚、三枚甚至五枚，宛如肩章般各有不同的軍階。鐵道路堤邊要是有人倒下了，雪地的悶就添上了屍體和鐵鍬。屍體一抬走，立刻就被人遺忘了，因爲在厚雪之中看不出嶙峋屍骨的輪廓。只剩下一把被遺棄的鐵鍬的悶。人不該靠近那支鐵鍬。當風輕輕吹起，綴著羽毛的靈魂便會隨之輕颺。風一大，靈魂就在風波中翻滾。而且不只是靈魂，一具屍身很可能也釋放了一位飢餓天使，祂要爲自己找一個新的宿主。但我們誰也供養不起兩位飢餓天使。

圖如蒂·佩立岡跟我提過，科貝里安曾載著她和俄國女軍醫去鐵道路堤那裡，把凍死的可琳娜·馬爾古抬上車。圖如蒂·佩立岡爬上車斗，想在屍首入土前將衣服剝下來，不過女軍醫卻說：這我們晚點再弄。女軍醫和科貝里安坐前艙，圖如蒂·佩立岡則跟屍體一起坐車斗。科貝里安沒開去墓地，反而開回營區，貝雅・查克爾在醫寮房裡等著，一聽到車子的隆隆聲，便抱著她的小孩踏出門來。科貝里安將死去的可琳娜・馬爾古扛上肩，按照女軍醫的吩咐，不是扛去太平間或醫療室，而是扛到女軍醫的私人房間。他不知道該往哪裡擺，因為女軍醫說：等一下。但肩上的屍體太重了，他只好任由她滑下去，順勢將她安置在地。他讓她靠著他，直到女軍醫把桌上的罐頭掃進垃圾桶裡，清出桌面來。科貝里安二話不說就把屍身抬上桌。圖如蒂・佩立岡動手解開死者的外套，因為她以為貝雅・查克爾在等衣服。女軍醫卻說：先弄頭髮。貝雅・查克爾把她的小孩放到木欄後方，和其他的小孩子關在一起。她的孩子一邊尖叫一邊踢著木牆，直到其他的小孩子也跟著一起叫，就像一隻狗開始吠，其他的也跟著一起吠。貝雅・查克爾抓著死者的頭拖出桌緣，直到頭髮垂下來為止。可琳娜・馬爾古奇蹟似地還沒理光頭，女軍醫這時拿起推剪把她的頭髮剃光。貝雅・查克爾將頭髮整齊地放進小木盒裡。圖如蒂・佩立岡想知道用意何在，女軍醫說：做飄窗墊用的。圖如蒂・佩立岡問道：給誰啊，貝雅・查克爾說：給裁縫間哪，羅伊許先生會幫我們縫飄窗墊，頭髮可以擋風。女軍醫打了肥皂洗手說：我怕人死了之後，一定很悶。貝雅・查克爾用不尋常的高亢聲調回說：有道理。接著貝雅・查克爾從病患紀錄上撕了兩張空白紙蓋住小木盒。她把小木盒夾在腋下，看起來好像從俄羅斯村的商家那裡買了一件容易腐壞的東西。她沒有留下來等衣服，早在死者被剝光之前，就帶著小木盒消失了。科貝里安回到他的車上去。把死者扒得一絲不掛頗費了些時間，因為圖如蒂・佩立岡不想把好好的普佛艾卡裝扯壞。拉拉扯扯之間，死者的大衣口袋掉出一枚貓咪胸針，落在垃圾桶旁邊的地上。圖如蒂・佩立岡彎下去撿胸針，看到垃圾桶裡一顆鑿亮的罐頭上印著：CORNED BEEF②。她簡直不能相信自己的眼睛。在她拼字的同時，女軍醫已經把胸針撿了起來。車子一直在外頭轟轟作響沒開走。女軍醫拿了胸針走出去，再進來時兩手空空說：科貝里安坐在方向盤前，嘴裡一直喊著上帝，還哭了呢。

悶，是恐懼的耐性。它並不想過分誇張。只是偶爾——因此對它來說也至關緊要——它想知道我狀況如何。

我大可以從枕頭裡拿出一塊省下來的麵包，撒點糖或鹽吃下去。或是把濕淋淋的套腳布披在椅背上，擱在火爐邊烤乾。小木桌投下一道長長的影子，太陽又移轉了。春天吧，下一個春天，也許我能從工廠的輸送帶或車庫的輪胎上搞到兩塊橡皮。那我就帶著它們去找鞋匠。

貝雅．查克爾是營裡第一個穿上芭蕾軟鞋③的，去年夏天就穿上了。我去洗衣間找她，要找雙新木鞋。我在鞋堆中翻來揀去，貝雅．查克爾說：我只有太大的或太小的，不是頂針就是船，中間的都被揀走了。我試了很多雙，只爲了待久一點。我先是決定小一號的，然後問了一聲，中的什麼時候會進來。最後拿了兩隻大一號的。貝雅．查克爾說：立刻換了吧，把舊的留下來。你看，我有什麼，芭蕾軟鞋唷。

我問：哪裡來的。

她說：鞋匠啊。你看，它們彎起來跟赤腳一樣呢。

它們花了多少錢，我問。

她說：這你要去問徒爾。

也許科貝里安會白白送我兩片橡膠皮。它們至少得像兩片鍬葉那麼大才行。去找鞋匠我也需要錢。

只要天氣沒轉暖，我還是得去賣煤。夏天吧，也許下一個夏天，沉悶會脫下套腳布，換上芭蕾軟鞋。然後它就會走得跟赤腳一樣呢。

譯註：

①滾珠營（Kugellager）原意爲「滾珠軸承」，該字後半部的Lager，又可解爲「（勞役）營地」。

②CORNED BEEF，英語，「罐頭牛肉」。

③芭蕾軟鞋（Balletki），俄語，「女式平底軟鞋」，因頗類芭蕾舞鞋，故名。

替代弟弟

十一月初的時候，徒爾．普里庫力奇要我去他辦公室。

我有一封家裡的來信。

我樂得上顎一跳一跳的，嘴巴根本合不攏。徒爾在半開櫃子裡的一個盒子中找信。櫃子緊閉的另一半貼了一張史達林像，高而灰的顴骨彷彿兩座廢棄堆，雄偉的鼻梁如一座鐵橋，他的八字鬍像隻燕子。桌子旁邊的煤爐烘烘燒著，上邊一只打開的白鐵壺，裡邊的紅茶呼呼作響。爐邊的桶子裡有無煙煤。徒爾說：添點煤吧，等我找到你的信。

我從桶子裡挑了三塊大小剛好的，火燄一時竄起，猶如一隻白兔子跳穿過一隻黃兔子。然後黃的跳穿白的，兩隻兔子彼此撕扯，兩種聲音交纏叫著哈首危。火燄的熱氣直吹我臉上，等待則吹來陣陣恐懼。我關上火爐小門，徒爾關上櫃子。他遞給我一張紅十字的明信片。

卡片上用白棉線縫著一張相片，是用縫紉機精密踏上去的。照片裡是個嬰兒。徒爾看著我的臉，我看著卡片，縫在卡片上的娃娃看著我的臉，櫃門上的史達林看著我們所有人的臉。

照片底下寫了一行字：

羅伯特，一九四七年四月十七日生。

那是我母親的筆跡。照片上的娃娃戴了一頂針織的套帽，下巴打了個蝴蝶結。我又看了一遍：羅伯特，一九四七年四月十七日生。此外沒別的了。那筆跡刺了我一下，那是母親的務實想法，為了節省空間，把出生縮寫為生。我的脈搏在卡片裡跳動，而不是在拿著它的手上。徒爾把收信名冊和一枝鉛筆放在我面前的桌子上，要我找出名字簽名。他走到爐邊，張開兩手，聽聽看茶水滾得怎麼樣，火裡的兔子又怎麼叫。我眼前的欄位模糊了起來，接著字母也是。我在桌邊跪了下來，雙手也從桌上滑下來，臉埋在手裡抽泣。

你要茶嗎，徒爾問道。要燒酒嗎。我以為你會很高興的。

對啊，我說，我很高興，因為我們家那台老縫紉機還在。

我跟徒爾・普里庫力奇喝了一杯酒，又一杯。對皮包骨人來說，這眞的太多了。酒在胃裡燒，淚在臉上燒。我已經很久沒哭了，我已經教會我的鄉愁不去流淚。我甚至已經讓它成為無主的鄉愁。徒爾把鉛筆塞到我手上，指著正確的欄位。我顫顫地寫了：雷歐珀德。我需要你的完整姓名，徒爾說。你寫吧，我說，我寫不下去。

然後我走了出來踏進雪中，縫上去的嬰兒插在普佛艾卡外套裡。我從外面看到了辦公室窗口上擋風用的飄窗墊，就是圖如蒂・佩立岡跟我說過的那一塊。它縫得很仔細，塞得飽飽的。可琳娜・馬爾古的頭髮沒那麼多，一定還有其他人的頭髮。燈泡流出一朵白色的漏斗，後方的看守塔在天際晃動。整片積雪大院撒滿了齊特琴洛姆的白豆子。積雪連同營區的圍牆越滑越遠。在營區大道上，我走到哪裡，那裡的雪就揚到我脖子上。風帶著一把鋒利的大鐮刀。我沒有腳，只用臉頰走著，但馬上也沒了臉頰。我只有那個縫上去的嬰兒，他是我的替代弟弟。父母親又為自己生了個小孩，因為他們對我已經不抱任何期待。就像母親把出生縮寫為生，她也會把死亡縮寫為亡。她已經這麼做了。母親難道不會難為情嗎，白棉線的縫腳精密，在那行字的底下，我卻只能讀出：

對我而言，你人在哪裡，就可以死在哪裡，這樣家裡就騰出地方來了。

那行字底下的空白

母親的紅十字明信片是十一月到營裡的。途中花了七個月。家裡是四月寄出的。縫上去的嬰兒來到世間已經有四分之三年了。

我把替代弟弟的卡片和白手帕一塊壓在箱底。卡片上只有一行字，提都沒提到我。就連那行字底下的空白也沒有。

我在俄羅斯村學到了怎麼乞食。但我卻不想向母親乞討問候。剩下來的兩年，我強迫自己不去回覆那張明信片。過去兩年，我已經從飢餓天使那裡學會了乞討。剩下來的兩年，我則從祂那裡學到了粗暴的尊嚴。它粗魯得像面對麵包時的那種堅決。它殘酷地折磨我。飢餓天使天天都爲我顯示母親，看她如何繞過我的生命去餵養她的替代兒子。她收拾得乾乾淨淨吃得飽飽的，推著她的白色嬰兒車在我腦中晃來晃去。我則從我沒出現的地方，從那行字底下的空白處，無所不在地看著她。

閔考斯基軸線

每個人在這裡都有他自己的當下。每個人在這裡以他的膠鞋或木鞋接觸地面，不管是在地下十二公尺的地窖中，還是在沉默板凳上。艾伯特．吉翁和我要是不急著上工，我們就坐在那張兩塊石頭放上一片木板的凳子上。鐵絲網裡亮著燈泡，洞開的鐵籠子裡燒著焦炭。我們歇息一會兒，一言不發。我常問自己，我還會計算嗎。如果我們現在是勞役營的第四年、第三年和平的話，那麼地窖這裡一定也有過第一年和第二年和平，還經歷過一個前和平年，只是我不在場。地窖這裡的日班和夜班，一定也多得跟地層一樣。我跟艾伯特．吉翁一塊幹活的工班，我眞該一一數下來才是，不過我還能算得出來麼？

我還能讀嗎。聖誕節的時候，父親送了我一本書當禮物：《你和物理》。書中提到，每個人和每件事，都有自己的地點和自己的時間。這是一道自然法則。因此，一切事物都有它自己存在世上的理由。所有存在的事物，都有它自己的軸線，**閔考斯基①軸線**。比方說我坐在這裡，我頭上的閔考斯基軸線就直直指向上方。只要我一動，它也會彎曲跟著我一起動。所以我並不孤單。地窖裡的每個角落也有它自己的軸線，營裡的每個角落也是。而且沒有一道線會碰到其他的線。在所有人的頭頂上，是一座秩序井然的軸線森林。每個人都在自己的位置上和他的軸線一起呼吸。冷卻塔甚至有雙重呼吸，因爲冷卻塔雲顯然也有它自己的軸線。要是應用到勞役營裡來，那本書就捉襟見肘了。飢餓天使也有祂的閔考斯基軸線。不過書中卻沒提到，飢餓天使是否總是把祂的閔考斯基軸線留在我們這裡，因此，當祂說祂會再回來時，其實根本不會走開。或許飢餓天使對這本書也有所顧忌，我該把它帶來才是。

我在地窖板凳上幾乎是不說話的，只是像透過一道明亮的門縫那般看進我的腦袋裡去。那本書中又說，每個人在每個時刻、每個地點，都在放映自己的影片。大腦中的片軸一秒鐘會播放十六張影像。**暫留可能性**也是《你和物理》中的用詞之一。我是不是身在此地，似乎也無法確定，因此也不必為了不想待在這裡而逃離。這是因為我，就肉體而言，只是一個地方，比方說地窖，的一個點，但透過閔考斯基軸線，我同時也是一道波。作為一道波，我也可以身在他方，而不在這裡的某個人也可能和我在一起。我還可以挑誰。不過不要人，最好是一件東西，一件適合煤窖地層的東西。比方說**巨蜥號**。巨蜥號是一輛優雅的旅遊巴士，暗紅色，有鍍了鉻的車桿，在赫爾曼城和鹽堡②之間來回穿梭。夏天的時候，母親和菲妮姑姑會搭乘巨蜥號去歐克拿—貝伊③浴場，離赫爾曼城十公里。她們回來之後，我可以在她們赤裸的手臂上舔一下，看浴場的水有多鹹。她們還說草皮上的草莖之間有眞珠鱗片般的小鹽板。透過腦中明亮的門縫，我也讓巨蜥巴士在我和地窖之間來回穿梭。巴士也有它明亮的門縫和閔考斯基軸線。我們的軸線從不相交，但我們的明亮門縫卻在燈泡下相會，燈光下的飛灰和它的閔考斯基軸線一同迴旋。在我的身邊，艾伯特·吉翁和他的閔考斯基軸線一聲不吭。長條凳就是沉默板凳，因為艾伯特·吉翁沒能告訴我，他正在看哪部片子，就像我也沒能告訴他，我在地窖這裡還擁有一輛車桿鍍鉻的暗紅色旅遊巴士。每一輪工班都是件藝術品。然而它的閔考斯基軸線，卻只是一條有諸多小載車沿著繞行的鋼纜。而每台小載車跟它的閔考斯基軸線，就只是地下十二公尺處的一車爐渣。

有時候我覺得，我早在百年前就死了，我的鞋底也變透明了。當我透過明亮的門縫看進我的腦袋裡時，眞正重要的只是這個固執而畏縮的願望，就是在某個時間、某個地點，會有人想到我。就算他不可能知道我這時身在何方也無所謂。也許，在一張根本不存在的結婚照片裡，我是左上角那個缺牙老人，或者在一個不存在的校園裡，我同時又是那個瘦弱的孩子。同樣的，我也是那個替代弟弟的對手兼哥哥，而他也是我的對手，因爲我們兩個同時存在。不過卻也並非同時，因爲我們從未見過彼此，也就是說，這個時間點並不存在。

同時我也知道，飢餓天使怎麼看待我的死亡，不過這目前尚未發生。

譯註：

① 閔考斯基，這裡指的是赫爾曼·閔考斯基（Hermann Minkowski，1864-1909），德國猶太數學家，曾教過愛因斯坦，日後也爲相對論提供了數學基礎，亦即四維度的「閔考斯基時空」。

② 鹽堡（Salzburg，羅：Ocna Sibiului，並非奧地利的薩爾斯堡），位於羅國錫比烏縣的小鎮，一度以產鹽聞名，不過最後一座鹽礦已於一九三一年關閉。

③ 歐克拿—貝伊（Ocna-Băi），位於鹽堡東郊的浴場。

黑狗

我從地窖走進晨雪之中，它眩目刺眼。兩邊看守塔上立著四尊黑爐渣塑像。塑像不是衛兵，而是四隻黑狗。不過第一隻和第三隻的頭會動，第二隻和第四隻卻文風不動。然後第一隻狗動了一下腿，第四隻動了槍，而第二隻和第三隻則靜止不動。

食堂屋頂上的積雪是一張白色的亞麻布。爲什麼芬雅要把麵包布蓋到屋頂上去呢。冷卻塔雲是一台白色的嬰兒車，駛向俄羅斯村的白樺樹。我的麻紗白手帕已經在箱子裡躺到了第三個冬天，有天我去乞討，又敲了那位俄國老太太的門。一位和我差不多年紀的男人應了門。我問他是不是叫玻里斯。他說「涅特」（NJET）①。是不是有位老太太住這裡，我又問。他說「涅特」。

食堂這時候麵包馬上就來了。要是有那麼一次，只有我一個人站在麵包窗口，我會鼓起勇氣問芬雅：我什麼時候可以回家呢，我幾乎已經成了一尊黑爐渣做的塑像了。芬雅會說：你地窖裡有鐵軌和一座爐渣山啊。小載車不斷地開回家去呀，搭個便車不就得了。以前你不是很喜歡坐火車去山裡嗎。但那時候我還在老家呀，我會這樣說。你看吧，芬雅說，所以還是會跟原來一樣的。

不過眼下我穿過食堂大門，到窗口前排隊。麵包被屋頂上的白雪蓋住了。我可以排到最後面去，這樣輪到我領麵包時，窗口就只剩下我和芬雅兩個人。可是我不敢，因爲芬雅仗著她冷酷的神聖，臉上跟平常一樣長了三個鼻子，多出來的那兩個是天平的秤喙。

譯註：

①「涅特」（NJET），俄語的「不是」。

湯匙來，湯匙去

聖降月又到了。寮房的小桌子上立著我那棵鐵絲小樹，套著綠色的冷杉羊毛，驚得我目瞪口呆。律師保羅．迦斯特把它收進他的行李箱裡保管，今年還用了三粒麵包球裝點它。因爲我們在這裡第三年囉，他說。他以爲人家不知道，他之所以能這樣揮霍麵包球，其實是從他太太那兒偷來的。

他太太海德倫．迦斯特住在另外一間女寮房裡，夫妻是不能共處一室的。海德倫．迦斯特已經現出死猴臉了，裂嘴從一邊耳朵劃到另一邊去，臉頰窩長了白兔子，眼睛暴凸。她從夏天開始就去了車庫，幫車子的蓄電池充電。硫酸的侵蝕讓她的臉變得比她的普佛艾卡還要坑坑洞洞。

食堂裡，每天都可以看到飢餓天使如何玩弄婚姻。律師就像個守衛那樣搜尋他的老婆。她要是已經夾在別人中間在桌邊坐下了，他還是會去扯她的胳膊，把她的湯挪到自己的旁邊。一旦她向其他地方瞄一下，他就把湯匙探到她的碗裡。等她注意到了，他就說：湯匙來，湯匙去。

麵包球小樹還立在寮房的桌子上，海德倫．迦斯特就死在這個才剛開始的一月裡。麵包球還掛在小樹上，保羅．迦斯特就已經穿上他太太的小圓領大衣，兔皮口袋蓋有些磨壞了。他也比以往更常去刮臉。

一月中旬，我們女歌手伊羅娜·米希就穿上了那件大衣。律師當了她的入幕之賓。

這時候修臉師傅問道：你們家裡有小孩嗎。

律師說：我有。

幾個呢，師傅問。

三個，律師說。

他的眼睛從肥皂泡沫中冷冷地望著門口。我的棉帽掛在那裡的一根鉤子上，垂著兩片耳蓋，像一隻被射中的鴨。律師深深嘆了一口大氣，連修臉師傅手背上的一團泡沫都被吹到地上去。泡沫落在椅腳之間，律師的膠鞋立在那裡，幾乎像站在趾尖上。一條發亮、嶄新的銅線繞過鞋底，把鞋子綑在腳踝上。

我的飢餓天使一度是律師

不要告訴我先生哦，海德倫·迦斯特如是說。她那天可以坐到我和圖如蒂·佩立岡之間來，是因爲保羅·迦斯特沒來吃飯，他牙齒出膿。那一天，海德倫·迦斯特也可以暢所欲言。

她告訴我們，汽車保養場和上方炸爛的工廠大廳之間的那層樓板，有個大如樹冠的洞。上面的工廠大廳在清瓦礫。有時候下面保養場的地上會出現一顆馬鈴薯，那是有個男人從上面丟下來給海德倫·迦斯特的。每次都是同一個男人。海德倫·迦斯特朝上望著他，他也朝下望著她。他們不能說話，他在上邊也跟她在保養場一樣，有人監視著。男人穿著有條紋的普佛艾卡，是德國戰俘。最後一次，工具箱之間躺了一顆很小的馬鈴薯。有可能海德倫·迦斯特沒立即發現，它已經待在那裡兩三天了。要不是男人扔得比平常更倉促，不然就是因爲它小，所以比平常滾得遠一些。也說不定是他故意把它扔到不同地方的。海德倫·迦斯特在第一時間並不確定，馬鈴薯究竟是上面那個男人扔下來的，還是隊長放在那裡要誘她上鉤的。她用鞋尖把馬鈴薯踢到階梯底下，半露在外，只有知道它在那裡的人才會看得到。她想先等一下，看隊長是不是在監視她。到了收工之前她才把馬鈴薯撿起來，摸到它外皮纏了一圈線。海德倫·迦斯特那天和往常一樣，只要一有機會就抬頭朝大洞看，卻再也沒看到那個男人。晚上回到寮房，她咬斷綁線。馬鈴薯是從中切開的。兩半馬鈴薯之間夾了一片布條。最上面寫著ERFRIEDE RO，再來是ERSTRAS，ENSBU，最下面是EUTSCHLA①。其他的字母都被馬鈴薯的黏糊吃掉了。律師在食堂用過餐後回去他的寮房，海德倫．迦斯特就把布條丟進大院的一處晚間篝火裡，烤了那兩半馬鈴薯。我知道，她說，我吃掉了一則消息，那是六十一天之前了。他一定是回不了家，而且絕對沒死，他還那麼健康。他只是從地上消失了，她說，就像我嘴裡的馬鈴薯。我滿想他的。

她的眼裡抖動著一層薄薄的冰皮。臉頰窩的白毛貼著骨頭。她已經一無可取了，這對她的飢餓天使來說已經不是祕密。我很不舒服，彷彿她越對我傾吐，她的飢餓天使就會越快離開她。彷彿祂想搬來我這裡。

只有飢餓天使才能禁止保羅．迦斯特從他太太那裡偷吃的。但飢餓天使自己也是個賊。所有的飢餓天使彼此都認識，我想，就像我們都認得彼此一樣。所有的飢餓天使都在從事我們的職業。保羅．迦斯特的飢餓天使是個律師，跟他一樣。海德倫．迦斯特的飢餓天使不過是祂的助手罷了。我的飢餓天使也是個助手，天曉得是誰的。

我說：海德倫，吃湯吧。

我吃不下，她說。

於是我把她的湯拿過來。圖如蒂．佩立岡斜眼盯著它。對面的艾伯特．吉翁也是。我開始舀湯吃，沒去算舀了多少匙。我沒一口吞下去，這樣可以吃得久一點。我自顧自地吃，不去管海德倫．迦斯特、圖如蒂．佩立岡和艾伯特．吉翁。我忘了我身邊的一切，忘了整個食堂。我把湯吸到心裡去。面對著這盤湯，我的飢餓天使不是助手，而是一位律師。

我再把空盤子推回給海德倫・迦斯特，推到她的左手邊，直到碰著了她的小指。她舔了舔她沒用過的湯匙，在外套上抹乾，好似吃的人是她而不是我。要不是她搞不清楚自己是在吃還是在看。不然就是她想這麼做，好像已經吃過了。不論是哪種情況大家都看得出來，飢餓天使已經橫躺在她的裂嘴上了，外表蒼白，內裡暗青。祂甚至還能夠水平地站在那裡。可以確定的是，祂在洗碗水般的菜湯裡數著她剩下來的日子。也可能祂已經忘了海德倫・迦斯特，而把我懸甕垂上的天平調得更敏銳。祂在我吃東西時盤算著，什麼時候該從我這裡拿走多少。

譯註：

① 從殘文判斷，很可能是人名和德國的地址。

我有個計畫

如果飢餓天使想來秤我的話，我會騙過祂的天平。
我會輕得跟我那些省下來的麵包一模一樣。而且同樣咬不下去。
你會看到的，我對我自己說，這是個短短的計畫，卻會很持久。

白鐵之吻

晚餐之後，我走去地窖上夜班。天際還有一抹餘暉。一群烏從俄羅斯村飛過來，宛如營區上空一條灰色的項鍊。我不知道，這群烏是在餘暉中還是在我嘴裡的軟顎上嘰嘰喳喳。我也不知道牠們是嘴巴嘰喳叫，還是用爪子在互相蹭來蹭去，還是翅膀裡只有老骨頭，少了軟骨。

灰色的項鍊突然掉了一小段，化成了幾道八字鬍。後邊的看守塔上站了個衛兵，三道八字鬍飛進他帽子下的額頭。牠們在那裡待了很久。直到我在工廠大門那邊再次轉身，牠們才從帽子下的後腦勺飛出來。衛兵的槍搖搖欲墜，人卻文風不動。我想他是木頭做的，槍是肉做的。

我既不想和塔上的衛兵對調，也不想和烏鍊對調。我也不想當爐渣工，每天晚上走下同樣的六十四級階梯到地窖去。但我還是想換一下。我認爲我想當那支槍。

當天夜班，我和平時一樣倒了一車又一車，艾伯特．吉翁去捅爐渣。然後我們對調。熾熱的爐渣煙霧將我們團團圍住。火紅的渣塊聞著像松脂，我汗水淋漓的脖子像蜜茶。艾伯特．吉翁的眼白轉來轉去，彷彿兩顆剝了皮的蛋，他的牙齒像耙齒梳。至於他的黑臉，沒跟著他到地窖裡來。

休息時間，我們坐在沉默板凳上，小小的焦炭火光照亮我們的鞋子，直上膝蓋。艾伯特．吉翁一面解開外套的鈕釦一面問：海德倫．迦斯特比較懷念那個德國人，還是馬鈴薯。她一定已經咬斷過好幾條線了，誰知道其他的布條上寫些什麼。律師偷她的食物，偷得有理。老掉牙的婚姻讓人餓，劈腿讓人飽。艾伯特．吉翁拍了一下我的膝蓋。我想是表示休息結束了。但他又繼續說：明天換我吃她的湯，你的閔考斯基軸線意下如何呢。我的閔考斯基軸線半聲不吭。我們又靜靜坐了一會兒。我擱在板凳上的手，黑得看不見。他的也一樣。

隔天的食堂裡，保羅．迦斯特又坐到了他太太的身邊，儘管牙齒出膿。他又能吃了，海德倫．迦斯特又能沉默了。我的閔考斯基軸線認爲我很失望，就跟大多時候一樣。但艾伯特．吉翁卻從來沒這麼心懷怨忿過。他一心想搞砸律師的晚餐，藉機尋釁。他挑剔律師的鼾聲大到令人受不了。搞得連我也心生怨毒，對艾伯特．吉翁打包票，他的鼾聲比律師的還要吵。一看到我想破壞他的挑釁，艾伯特．吉翁完全失去控制。他衝著我舉起手來，骨感的臉跟馬臉一樣。我們吵來吵去，律師卻早把湯匙伸到他太太的盤裡去了。她的湯匙動得越來越少，他的卻越來越勤。他唏哩呼嚕地吃，他太太就開始咳，好讓嘴巴有事幹。她咳嗽時用手掩著嘴，像仕女那樣翹起小指，那根被硫酸腐蝕又沾了潤滑油的小指，跟食堂這裡的所有手指一樣髒。只有修臉師傅歐斯瓦．恩耶特的手是乾淨的，不過也黑得像我們的髒手，因爲那雙毛茸茸的手彷彿是跟土狗借來的。圖如蒂．佩立岡自從去當了護士之後，也有一雙乾淨的手。乾淨是乾淨，不過卻因爲幫病人塗抹魚石脂，染成黃褐色的了。

正當我對海德倫．迦斯特翹起來的手指和我們的手胡思亂想之際，卡里．哈爾門走過來想和我換麵包。不過我沒心思換，就拒絕了，還是拿著我自己的麵包。他於是去和艾伯特．吉翁換。這下子輪到我後悔了，艾伯特·吉翁現在咬下去那塊，看起來比我的大了三分之一。

白鐵餐具在所有桌子的周邊哐啷作響。每一匙都是一口白鐵之吻，我想。對每個人來說，自己的飢餓是一種外來的強權。這一刻我看得多清楚哪，轉眼又忘得多快呀。

事情的經過

赤裸裸的事實是，律師保羅．迦斯特從他太太海德倫．迦斯特的盤子裡偷湯吃，直到她站不起來死去爲止，因爲她別無他法，就像他偷她的湯，因爲他的飢餓別無選擇，就像他只能穿上她兔皮口袋蓋磨壞了的小圓領大衣，對她的過世束手無策，就像她站不起來，她自己也無能爲力，就像我們的女歌手羅妮．米希接著穿上了那件大衣，她也只能接受律師老婆死了才有這麼一件，就像律師也只能接受老婆死了自己又回復單身，就像他希望羅妮．米希能替代她，他也無能爲力，而羅妮．米希也沒其他的辦法，既想在幃幕之後有個男人，又想要件大衣，或者根本無法區分這兩件事情，就像冬天別無選擇，只能冰冷刺骨，大衣也別無選擇，只能溫暖身軀，而白天也只能接受自己是一連串的因果，就像因果也只得接受自己是赤裸裸的事實，儘管一切都繞著一件大衣打轉。

這就是事情的經過：因爲每個人除此之外別無他法，沒有人能爲此做點什麼。

白兔子

父親，白兔子對我們趕盡殺絕。在越來越多的臉上，牠都從腮窩上長了出來。

還沒長全呢，牠就從裡面盯著我的肉，因爲那也是牠的肉。哈首危。

牠的眼睛是煤塊，牠的口鼻是白鐵盤，牠的腿是捅火鉤，牠的肚子是地窖裡的小載車，牠的跑道是陡直攀上渣山的鐵軌。

牠剝了皮紅咚咚地坐在我裡面，拿著牠自己的刀等著，那也正是芬雅的麵包刀。

鄉愁。好似我需要它呢

從勞役營回來七年，我七年來不識鄉愁。我在大圓環的書店櫥窗裡瞄到海明威（Hemingway）的《盛宴》①，卻看成了鄉愁（Heimweh）的《盛宴》。於是買了那本書，讓我自己走入鄉愁，走上歸鄉之路。

有些詞是會隨心所欲擺布我的。它們和我完全不一樣，它們想的也和它們所指的不一樣。它們浮現在我腦海中是爲了讓我想到，有些東西是會引出下一個東西來的，就算人根本不想如此。鄉愁。好似我需要它呢。

有些詞是以我爲標靶的，彷彿它們只是爲了重回勞役營而打造的，但重回這個詞本身除外。一旦重回實現了，重回這個詞就無效了。回憶這個詞也跟著無效。還有損害這個詞，對重回來說也沒有用。經驗這個詞也是。一旦我惹上這些沒有用的詞，我就得裝得比實際上還要笨。因爲每次遇到這些詞，它們都會比之前更變本加厲。

頭上、眉毛、後頸、胳肢窩和陰毛會長蝨子。臭蟲會跑到床上去。人會餓。但人卻不會說：我有蝨子和臭蟲和飢餓。人會說：我有鄉愁。好似人需要它呢。

有些人說著、唱著、緘默著、走著、坐著、睡著他們的鄉愁，如此之久，又如此徒勞。有些人會說，鄉愁會隨著時間失去它的內容，會鬱積，然後才眞正地折磨人，因爲它和那個實體的家不再相干。我就屬於會這樣說的人。

我知道，光是在蝨子方面就有三種鄉愁：頭蝨、陰蝨和衣蝨。

頭蝨在頭皮上爬，叫你的頭皮、耳後、眉毛和後頸髮根搔癢難當。如果是後頸發癢，也有可能是襯衫領子裡的衣蝨在作祟。

衣蝨不會亂爬。牠會窩在衣物的線縫裡。雖然名叫衣蝨，卻不是靠棉線維生的。陰蝨會在陰毛裡亂爬，讓人私部搔癢。不過陰毛這個詞不會說出來。人們只會說：我下面癢。

蝨子有各種大小，不過所有的蝨子都是白色的，看起來像極小的螃蟹。用兩邊的拇指指甲一掐，牠們會乾爆一聲。一邊指甲留下一攤蝨子的體液，另一邊則是黏稠的血跡。蝨卵沒有顏色，排列得像條玻璃念珠或豆莢裡透明的豌豆。只有當蝨子挾帶斑疹傷寒或傷寒菌時，才會對人體有危害。不然大可以跟牠們共同營生。渾身發癢，久而久之也就習慣了。你可能會以爲，蝨子是經由理容室的梳子從這顆頭跳到另一顆頭上去的。牠們不必這麼大費周章，在寮房裡就能從這張床爬到另一張床上去。我們給床腳套了一個裝了水的罐頭，好切斷蝨子的通路。但牠們跟我們一樣餓，又找出了其他的通路。集合點名時，排在窗口領食物時，在食堂長桌邊，上工時裝車卸貨，休息時蹲著抽煙，就連跳探戈的時候，我們都在分享蝨子。

理光頭用的是推剪，男人去歐斯瓦・恩耶特的理容室。女人則去醫寮房旁邊一間木板釘起來的棚屋，讓俄國女軍醫動手。女人第一次剃光頭可以留下髮辮，收到箱子裡紀念自己。

我不知道為什麼男人不幫彼此抓蝨子。女人則每天頭碰著頭，有說有唱地相互捫蝨。

齊特琴洛姆在第一個冬天就知道怎樣清除套頭毛衣裡的蝨子。在攝氏零度以下的黃昏時分，先挖一個三十公分深的地洞，將毛衣塞進洞裡，留下一根手指長的衣角在地面上，再把地洞鬆鬆填平。到了晚上，蝨子就成群結隊從毛衣裡爬上來。拂曉時分，牠們就在毛衣尖上聚結成一丸白色的團塊。然後就可以用鞋子把牠們一次踩死。

到了三月，泥土不再冰凍三尺，我們就在寮房之間挖洞。每天晚上，冒出地面的毛衣尖就像是一座編織出來的花園。到了清晨，衣角開出白色的泡沫，宛如花椰菜。我們踩死蝨子，從地洞中抽出套頭毛衣。它們又很保暖了，齊特琴洛姆說：衣服怎麼埋都不會死。

從勞役營回來七年，我七年來沒長蝨子。不過要是盤子裡出現了花椰菜，那麼六十年來，我就一直在吃拂曉時的毛衣尖蝨團。還有鮮奶油，至今看起來還是不大像奶油泡泡。

第二年開始，除蝨又多了一招，每星期六到沖澡間旁邊的烘乾室——那是個溫度高達攝氏一百度以上的熱風房。我們把衣服掛在鐵鉤上，鉤上附有輪子，就像屠宰場冷凍庫的滑輪絞車那樣繞著轉。烘乾衣服的時間，要比我們待在沖澡間和享有熱水的時間更長——差不多一個半小時。沖完澡後，我們就赤條條站在前廳等。扭歪的身形長著瘡，赤裸裸的我們看來就像是被淘汰的役畜。沒有人會覺得羞恥。少了身體，還有什麼好羞恥的呢。然而正是因為這個身體，我們才會被抓來營區從事體力勞動的。人的身體越少，就越是會因為它而受到處罰。這具皮囊是屬於俄國人的。在別人面前我從來不覺得羞恥，除非在我自己面前，就像我之前認識的那位細皮嫩肉的自己，在海神浴池的薰衣草煙霧中，被突如其來的幸福搞得神魂顛倒。我在那裡從來沒想過被淘汰的兩隻腿役畜。

衣服從烘乾室裡送出來，發出熱乎乎的臭鹹味。布料被烤到龜裂的程度。不過進烘乾室除蝨個兩三次，也會讓走私進去的甜菜根變成蜜餞。烘乾室裡的甜菜根，我從來就沒有分。我有一把心鍬、煤塊、水泥、沙、爐渣磚和地窖爐渣。還跟著馬鈴薯過了一天恐怖日，但我從來沒跟田裡的甜菜根相處過一天。只有在集體農場裝卸甜菜根的男人才會有蜜餞放在烘乾室裡。我在老家看過的蜜餞水果是：玻璃綠、覆盆子紅、檸檬黃。可以當成彩糖粒裝點花環蛋糕，吃起來還會塞牙縫。甜菜蜜餞卻是土褐色的，去皮之後，看著像塗了糖漿的拳頭。我看著別人吃，鄉愁就吃起花環蛋糕，胃就揪成一團。

迎向第四年的除夕夜，我在女寮房也吃到了甜菜蜜餞——一塊甜糕。不是用烤的，而是圖如蒂·佩立岡拼疊出來的。不用水果蜜餞——用甜菜蜜餞，不用堅果——用葵花子，不用麵粉——用粗磨玉米粒，不用蛋糕盤盛著——用醫療房太平間的上釉陶缽。此外，每個人還得到一根從市集搞來的香煙——LUCKY STRIKE。我吸了兩口就暈了。頭從肩膀上飄了起來，和其他的臉融在一起，床架盤旋。我們邊晃邊唱著牲口車廂的藍調：

瑞香開在森林裡
白雪躺在壕溝中
而你寫給我的

值勤卡蒂拿著她陶缽盛著的甜糕，坐在勤務燈下的小桌邊。她無動於衷看著我們。但曲子唱完了，她突然搖晃她的椅子，發出嗚——，嗚——的聲音。

她發出這聲深沉的嗚，是四年前的遣送列車在雪夜中的最後一站所拉起的低沉汽笛。我吃了一驚，有些人哭了。圖如蒂．佩立岡也忍不住落淚。值勤卡蒂看著大家哭，吃起了她的甜糕。看得出她吃得很香。

有些詞是會隨心所欲擺布我的。我已經不大確定俄語的「沃許」（WOSCH）②，到底是臭蟲還是蝨子。不管是臭蟲還是蝨子，我都叫沃許。這個詞也許根本就不認得它的動物。我可是一清二楚。

臭蟲會爬牆，在黑暗中從天花板落到床上。我不知道牠們是否眞的不會在明亮處往下掉，或者只是沒人看見過。寮房裡徹夜點著勤務燈，也是爲了防臭蟲。

我們的床架是鐵做的。生鏽的鐵桿上有凹凸不平的焊縫。臭蟲會在裡面繁殖，也會在稻草墊下沒刨過的木板裡孳生。要是臭蟲越來越多，我們就得把整張床搬到大院去，通常是周末的時候。工廠的男人自己做了鐵絲刷。床架和床板刷過之後，都教臭蟲的血染成了紅褐色。在這場奉命滅蟲運動中，我們都變得野心勃勃。我們一心只想把床鋪清理乾淨，好在夜裡安穩入眠。我們很高興看到臭蟲的血，因爲那是我們的血。血越多，刷起來就越帶勁。所有的恨意傾巢而出。我們刷死臭蟲，驕傲非凡，似乎被刷死的是俄國人。

突然，一陣過度疲憊襲了上來，彷彿當頭一劈。驕傲一旦疲憊了，就轉成了悲哀。驕傲把自己越刷越小，直到下一次重新開始。了解這一切的徒然，我們又把除了蟲的床鋪搬回寮房去。我們會以蝨子般微不足道的卑微說：至少夜晚可以放馬過來啦。

六十年之後，我做了這樣的夢：我第二次、第三次，有時候甚至第七次被遣送勞役營。我把留聲機行李箱擱在水池邊，在集合場上四處亂走。這裡既沒有勞動隊也沒有隊長。我沒有工作。我被世界遺忘，又被新的營區指揮部遺忘。我是營裡的老鳥，有的是經驗。我解釋道，我的心鍬還在，我的日夜班一直都還是件藝術品。我不是來路不明的人，我還能幹些活。地窖和爐渣我都很熟。一塊甲蟲大的烏青爐渣還在我小腿上生了根，那是第一次遣送時留下的。我把小腿那塊地方當成英雄勳章秀出來。我不知道該睡在哪裡，這裡一切都是新的。寮房在哪裡呢，我問。貝雅．查克爾在哪裡，徒爾．普里庫力奇又在哪裡。跛腳芬雅在每個夢裡都穿著不一樣的針織衫，外面再披上同一條白色亞麻麵包布的佩帶。她說，沒有營指部了。我覺得備受冷落。這裡沒有人要我，而我又絕對不該離開。

這樣的夢境，到底是在哪個營裡呢。夢究竟關不關心，心鍬和爐渣地窖是否眞的存在。五年的牢籠對我來說是否已經夠了。夢是不是想永遠地遣送我，然後到了第七個勞役營不讓我有事幹。現在這眞令人難過。這樣的夢，我毫無招架之力，不管它第幾次遣送我，不管我身在哪一處勞役營。

如果這輩子還要再被遣送一次，我心知肚明：有些東西是會引出下一個東西來的，就算人根本不想如此。是什麼東西把我逼入這樣牽絆之中呢。爲什麼我夜裡會想要擁有這種受苦的權利呢。爲什麼我自由不起來呢。爲什麼我要強迫勞役營隸屬於我呢。鄉愁。好似我需要它呢。

譯註：

①盛宴（*Fiesta*），即《太陽照常升起》（*The Sun Also Rises*）的初版書名。

②「沃許」（WOSCH），「蝨子」。

光明時刻

某個午後，值勤卡蒂坐在寮房裡的小木桌旁，誰知道坐了多久了。顯然是爲了咕咕鐘。我走進來時，她問我：你住在這裡嗎。

我說：對啊。

我也是喔，她說，不過是在教堂後面。我們是春天搬到新房子來的。然後我弟弟就死了。他老了。

我說：但他一定比你還要小啊。

他生病了，人就老了，她說。然後我就穿上他的羚羊皮鞋，走去老家。那裡有個男的在院子裡。然後那個男的問我，妳怎麼來的。我就指羚羊皮鞋給他看。然後他就說，下一次帶著頭過來。

那妳怎麼辦呢，我問。

然後我就去教堂，她說。

我問道：妳弟弟叫什麼名字。

她說：拉其，跟你一樣。

可是我叫雷歐啊，我說。

也許在你們家是這樣，但是你在這裡叫拉其，她說。

這眞是個光明時刻啊，我心想，這名字裡有一隻蝨子（Laus）。拉其是拉迪斯勞斯（Ladislaus）的暱稱。

値勤卡蒂站了起來，拱著背，到了門口又看了一眼咕咕鐘。但她的右眼卻斜斜瞄著我，就像有人把舊絲綢翻轉了過來。

她翹起食指說：

你知道嗎，你以後不可以在教堂裡跟我招手噢。

乾草般的輕率

夏天我們可以到外邊的集合場上跳舞。夜幕低垂的前一刻，燕子跟著牠們的飢餓紛飛，樹木已經勾出鋸齒暗影，雲朵轉爲紅霞。稍後，指彎細的月鉤懸在食堂上方。科瓦其．安東的鼓聲隨風飄揚，集合場上成雙成對的舞伴搖擺得恍如灌木。煉焦爐組的鈴聲波波傳來。緊接著廠區那邊的火光竄起，照亮這裡的夜空。在亮光消失之前，可以看到歌唱中的羅妮顫巍巍的甲狀腺腫，還有手風琴師孔拉德．豐沉重的雙眼，總是轉向人物皆空的另外一邊。

孔拉德．豐推拉著手風琴的肋葉，很有些動物性的成分。他的眼皮沉重得幾近淫蕩，但眼神裡的空洞又太森冷了。音樂走不進他的心緒。他把歌曲趕了出來，曲子就只好鑽進我們心裡。他的手風琴彈得低啞而拖拉。自從齊特琴洛姆被送到敖德薩，據說是上船返鄉之後，樂隊裡就少了溫暖明亮的聲部。或許手風琴也跟樂師一樣走調了，也懷疑起這些在集合場上搖擺得恍如灌木的勞役犯，眞是在跳舞嗎。

値勤卡蒂坐在長凳上，兩腳跟著節拍蕩來蕩去。要是有男人想找她跳舞，她就跑進黑暗的角落。她有時會去找個女人一起跳舞，脖子伸得長長的，望著天空。變換舞步時她都能跟得上拍子，之前在家一定常常跳。當她坐在長凳上，看到有舞伴靠得太近時，她就會扔小石子。一臉認眞的模樣，顯然不是扔好玩的。艾伯特·吉翁說，大多數人都忘了這是集合場，甚至還說這是在圓形廣場上跳舞呢。他也不再和齊麗·凡史奈德共舞，說她是花癡，硬要委身於他。但是在黑暗中迷亂人心的，其實是音樂，不是他。

在冬天的〈小白鴿〉樂聲中，那種感覺就像手風琴肋葉一摺一摺的，被封在食堂裡出不去。不過夏日之舞卻能攪動一陣乾草般的輕率，將鬱悶壓了下去。寮房的窗子閃著微微的光，說人看見了彼此，倒不如說感覺到了彼此。圖如蒂·佩立岡認爲，在圓形廣場上，鄉愁會從腦中滴進肚子裡。舞伴的配對每小時都在變換，他們是鄉愁舞伴。

我想，在配對時所出現的種種偏愛與心計的混合，顯然就和種種混煤一樣，各自不同，或許又一樣可悲。然而人卻只能混合他所擁有的東西。不是能，是必須。就像我必須從種種混合之中跳脫出來，還必須小心，別讓人家察覺其中的原因。

手風琴師大概察覺到了什麼，有種拒我於千里之外的態度。儘管我覺得他很倒彈，但那種態度還是令我手足無措。只要工廠的火光一竄向天際，我就會看到他的臉，竄幾次看幾次，竄多久就看多少久。每隔十五分鐘，我就會看到他手風琴上方的脖子跟狗頭，轉過去的石頭白眼珠很嚇人。接著天空又是漆黑的夜。我又等了十五分鐘，直到光線又照出狗頭的醜陋。集合場上的夏日〈小白鴿〉每次都一樣。只有在九月下旬最後幾次戶外舞會時，情況才會不一樣。

我像平常那樣踞坐在木頭長凳上，膝蓋縮到下巴底下。律師保羅·迦斯特跳累了，在離我腳尖不遠的地方坐了下來，什麼也沒說。也許他不時還會想到他死去的老婆，海德倫·迦斯特。就在他背往後靠的那一剎那，一顆流星劃過俄羅斯村的上空。他說：

雷歐，你要趕快許願。

俄羅斯村吞了流星，其他所有的星辰如粗鹽般閃爍不定。

我沒想到什麼願望，他說，你呢。

我說：讓我們活下去。

這謊撒得跟乾草一樣輕率。我許下的願望其實是，不要讓我的替代弟弟活下去。我只想讓母親痛苦，反正我又不認識他。

關於勞役營幸福

幸福是種突如其然的東西。

我知道口中幸福和腦中幸福。

口中幸福是吃東西時出現的，它比口腔還短，甚至比口這個字更短。人一旦說出這個詞，它根本短到沒時間進入大腦。口中幸福根本不希望人家談論它。我如果說到口中幸福，就得在每個句子之前先說**突然**。然後在每個句子之後說：**你別跟任何人講，因為所有人都在挨餓**。

我只說一次：突然，你把枝條拉下來，摘下合歡花，吃了。你別跟任何人講，因為每個人都在挨餓。你摘下路邊的酸模，吃了。你摘下管路間的百里香，吃了。你摘下地窖門口的甘菊，吃了。你摘下圍籬邊的野蒜，吃了。你把枝條拉下來，摘下黑桑椹，吃了。你摘下荒地裡的野燕麥，吃了。你在食堂後面沒找到半條馬鈴薯皮，只找到一根菜梗，吃了。

到了冬天沒東西好摘。你下了班走回寮房，不知道哪個地方的雪最好吃。你該馬上從地窖階梯上抓一把呢，還是到了雪埋的煤堆或營區大門才動手。你沒下決定，順手就抓了一把圍籬支柱上的白雪帽，讓自己從脈搏、嘴巴、喉嚨一路涼到心坎裡。突然，你不再感到疲累。你沒跟任何人講，因為所有人都很累。

人要是沒倒下去，那麼這一天就跟其他的日子一樣。你希望每一天都跟其他的日子一樣。修臉師傅歐斯瓦·恩耶特說，第九之後是第五——根據他的法則，擁有幸福是有點亂七八糟的。我一定擁有幸福，因爲祖母說過了：我知道，你會再回來。這我也沒跟任何人講，因爲所有人都想回去。想要擁有幸福，就要有個目標。我得找個目標，就算那只是圍籬支柱上的積雪。

談腦中幸福要比談口中幸福好多了。

口中幸福想要獨處，它默默在心裡滋長。而腦中幸福卻來自於合群，想跟其他人在一起。它是一種飄浮不定的幸福，也是跟不上來的幸福。你得花久一點的時間才能夠掌握它。腦中幸福被切得零零碎碎的，又難以挑揀分類，它想混就混，而且迅疾地從

光明的變成

黑暗的

模糊的

盲目的

嫉妒的

隱諱的

輕浮的

猶豫的

狂暴的
糾纏的
搖擺的
墜落的
見棄的
堆積的
串起的
被騙的
磨損的
弄碎的
雜亂的
潛伏的
帶刺的
腐爛的
回歸的
放肆的
竊取的

拋棄的
剩下的
差之毫釐的幸福。

腦中幸福會讓人眼睛濕潤、脖子歪扭或手指發抖。不過每種腦中幸福都會在額頭裡砰砰作響，像白鐵罐裡的青蛙。

幸福的最後一種，就是太多了一滴的幸福①。它是伴隨著死亡而來的。我還記得伊爾瑪·普菲佛在砂漿坑溺斃時，圖如蒂·佩立岡倒吸一口氣，嘴巴張得像個大大的零，吐出一個詞：

太多了一滴的幸福。

我覺得她很有道理，因為清理屍首時你可以看得到解脫，腦中那個頑固的窩、呼吸裡令人暈眩的鍬韆、胸口那顆跳動狂的泵浦、肚子裡空空如也的等候廳，終於都可以安歇了。

純粹的腦中幸福並不存在，因為所有的嘴裡，都是飢餓。

對我來說，即便離開勞役營六十年，吃依然是一種強大的激情。我用所有的毛細孔來吃。跟其他人一起吃，我會不舒服。我吃得自以為是。其他人不懂這種口中幸福，他們吃得既合群又客氣。不過就在吃的當頭，我腦中卻想到太多了一滴的幸福，想到它遲早都會拜訪在座的每一個人，到時候，腦中的窩、呼吸的鍬韆、胸口的泵浦和肚子裡的等候廳，通通都要交出去的。我這麼愛吃，以至於不想死，要不然就沒得吃了。六十年來我清楚得很，我的歸來並未能抑制這種勞役營幸福。即使到了今天，這種幸福還是用它的飢餓咬掉其他每種感覺的核心。我的內心是空的。

自從我返鄉之後，每一天每一種感覺都有它自己的飢餓，而且索求我無法做出的回應。任何人都不該再親近我。飢餓把我教會了，我之所以不可親近，是因爲屈辱，而不是出於驕傲。

譯註：

①「太多了一滴的幸福」，Eintropfenzuvielglück，爲作者自創的新詞。參見〈對伊爾瑪．普菲佛而言，太多了一滴的幸福〉一章。

人活著呢。人只活一次

在皮包骨時期，我腦中什麼都沒有，只有一台不停咿咿啊啊的手搖風琴，日以繼夜反覆唱著：寒冷如刀切，飢餓正欺騙，疲憊似重擔，鄉愁耗元神，臭蟲蝨子叮又咬。我想跟那些沒有生命也不會死去的東西談判，彼此互換一下。我想讓我的身體，上與空中的天際線，下與地上的土塵街，締結一份求救互換協定。我想借助它們的持久力，不必依賴我的身體也能存在，等到最暴烈的情況過去之後，再溜回我的身體，穿著棉外套現身。

這跟死亡沒有關係，這完全相反。

零點是不可言說的。零點和我，我們彼此都同意，人無法談論他自己，頂多只能談個周邊。零那張被封鎖起來的嘴，只會吃，不會說。零會把你關在它令人窒息的溫柔裡。求救互換不允許任何比較。它是強制性的，而且直接得像：鏟1鍬＝1克麵包。

在皮包骨時期，求救互換一定在我身上奏過效。我一定不時擁有天際線和土塵街的持久力。不然單憑棉衣裡的皮包骨，我不可能熬得過來。

對我來說，身體的餵養至今仍是個謎。人體就像建築工地，不斷地進行拆解和重組。你每天看著自己和別人，卻沒有一天注意到體內有多少崩解或復元在進行。卡路里如何拿走一切又給予一切，依然是個謎。拿走時，它抹消你體內所有的痕跡，給予時，它又把一切都補了回去。你不知道體力是從什麼時候開始恢復的，不過你又生龍活虎了。

勞役營的最後一年，我們勞動居然拿得到錢。我們可以上市集買東西。我們吃著李子乾，還有魚，俄羅斯煎餅加甜起司或鹹乳酪，肥肉和豬油，玉米糕加甜菜泥，油滋滋的葵花酥糖。短短幾個星期，我們又吃回了原來的樣子。胖得跟海棉似的，修臉師傅說這叫「胖死替」（BAMSTI）。我們又變回了男人和女人，彷彿經歷了第二次的青春期。

男人還穿著他們的棉裝一天過一天，新的虛榮就在女人之間散播開來。他們覺得自己夠體面了，就淨給女人弄些虛榮品。飢餓天使對服裝、對新的營區時尚也頗有鑑賞力。男人從工廠拿了些一公尺長手腕粗的花白棉繩。女人就把繩索剝開，把棉線接起來，用鐵鉤替自己織了胸罩、底褲、襯衣和緊身胸衣。織的時候還把線結藏到內側去，成品外表上一個也看不到。女人甚至還鉤了髮帶和胸針。圖如蒂·佩立岡別了一個針織的睡蓮胸針，像胸口吊了一個摩卡咖啡杯。齊麗中的一位則別了一枚鈴蘭胸針，用金屬線串了幾顆白色頂針做成的，羅妮·米希的胸針是一朵用紅磚粉染過的大理花。

在這第一期的棉花轉運潮中，我覺得自己還夠體面。但過了不久，我就想重新打理一下。我用那件扯破了的絲絨鑲領大衣縫了一頂便帽，費了好一番手工。帽子的版型都在我腦中，構造複雜而精細。先用布將輪胎橡皮上切下來的帽簷包起來，大小剛好可以斜斜地箍在耳朵上。將屋頂油毯剪成盾形，當作橢圓形的帽頂，再用水泥袋紙加固，整頂帽子再用破汗衫的可用部分塡滿內裡。裡子對我來說很重要，這是先前的舊日虛榮，就算旁人看不到的地方，也必須爲自己弄得漂漂亮亮的。這頂鴨舌帽是等待帽，是爲了更好的時期所準備的帽子。

除了女人鉤織出來的營區時尚之外，俄羅斯村的店家還可以找到香皂、水粉和胭脂。全部都是同一個牌子，「**克拉絲妮．馬克**」（**KRASNYI MAK**），意思是紅罌粟。這些粉紅色的化妝品發出一股刺鼻的甜味。連飢餓天使也驚異不已。

最早的一波流行是外出鞋，**芭蕾軟鞋**。我帶了半個橡膠輪胎去找鞋匠，其他人則從工廠搞到一些輸送帶用的橡皮料。鞋匠做出了輕便的夏鞋，非常薄軟的鞋底，穿起來完全合腳。還是用鞋楦子打造出來的，造型很優雅。小白鴿飛出了鴿籠，大家都跑到圓形廣場上跳舞，直到午夜前國歌響起。

由於女人不只想取悅自己和其他的女人，更想取悅男人，所以男人也得加把勁，這樣女人才會讓他們進入幃幕，一親織出來的內衣。因此繼芭蕾軟鞋之後，鞋子以上的部分也出現了男性時尚。新時尚和新戀情，濫交，懷孕，去市立醫院刮子宮。在醫寮房的木欄杆後面，嬰兒也越來越多。

我去找羅伊許先生，他是從巴納特那邊的古騰布倫來的。我只在集合時見過他。他白天都在一間炸爛的工廠裡清瓦礫。晚上則幫人家修補扯破的普佛艾卡，換些煙草。他是學徒出身的裁縫師，自從飢餓天使放蕩不羈四處亂飛以來，他就成了一位眾人仰賴的專家。羅伊許先生拉開一條有公分刻度的布尺，把我從脖子量到腳踝。然後說，褲子要一點五公尺的布，外套三點二公尺。還要三顆大扣子，六顆小的。他說外套內裡他會幫我想辦法。我想在外套上加一條有扣環的腰帶。他建議我用兩個金屬扣環調整的抽拉式腰帶，背後再打個鬆緊帶的褶，撐開來有兩倍寬。他說，這叫地窖褶，美國現在很流行。

我向科瓦其．安東訂了兩個金屬環，帶著我所有的現金去俄羅斯村的商家。褲子料是深藍色的，上面有亮灰色的小毛粒。外套布料是米沙底的，上面的格子條紋是水泥袋的咖啡色，方塊本身有浮凸效果。我也買了一條現成的領帶，苔蘚綠，上面有斜斜的菱形圖案。還有三公尺稜紋平布，木犀草的秋香綠，做襯衫用的。再來是褲子和外套的鈕釦，外加十二顆襯衫小鈕釦。那是一九四九年的四月。

三個星期之後，襯衫和那件地窖摺金屬扣環外套到手了。那條平亮交錯的酒紅色絲圍巾，現在終於又適合搭在我身上了。徒爾．普里庫力奇已經很久沒圍它，大概把它給扔了。飢餓天使已經不在腦中，但依然坐在頸背上。而且記憶力非常好。這祂根本不需要，因為營區時尚也是一種飢餓，眼餓。飢餓天使說：不要花光你所有的錢吶，誰知道還會發生什麼。我倒認為，所有會發生的，都已經發生了。我想穿著外出服走在營區大道上，走去圓形廣場，甚至穿過雜草、鐵鏽和廢棄堆，走到地窖去。我在地窖上工之前還要先換裝。飢餓天使警告我：心高氣傲是墮落的前兆。但我告訴祂：人活著呢。人只活一次。像榆錢菠菜也不會離開這裡啊，還不是戴上紅色的首飾，給自己的每片葉子縫了一只拇指分開的手套。

我的留聲機小箱子這之間也換了新鑰匙，不過現在卻慢慢嫌小了。我也請木工為新衣服造了個堅固的木箱。還向五金廠房的保羅．迦斯特訂做了一把有螺紋的牢靠箱鎖。

第一次穿新衣去圓形廣場亮相時，我心裡想：所有會發生的，都已經發生了。一切都該如此維持下去，像現在這樣。

有一天，我會來到優雅的鋪石路上

到了第四年和平，榆錢菠菜照樣長得噴綠。我們不摘它了，再也沒有那種狂野的飢餓。我們很肯定，餓了四年之後，現在不會是爲了讓我們返鄉才餵我們，而是要我們待在這裡繼續工作。俄國人每年都在等來年，我們卻怕它怕得要死。舊時代還擋住我們的去路，但他們的新時代已經流入幅員遼闊的疆土了。

有傳言說徒爾．普里庫力奇和貝雅．查克爾，幾年來都在洗衣間囤積衣物，拿去市集賣了，再和西西特凡紐諾夫拆帳。因此才會凍死那麼多人，甚至還有這樣的營區規定，內衣、普佛艾卡和鞋子都歸他們所有。我們已經不去數死人了。但一數起和平我就知道，圖如蒂．佩立岡的醫寮房登記冊上，一共有三百三十四人長眠於和平之中——第一、第二、第三和第四年的和平。我好幾個星期沒去想這件事，然後它們像支撥浪鼓突然在腦海中浮現，敲了我一整天。

煉焦爐組的鈴聲一年敲進一年，我多常想到這樣的景況呀。我希望有一天能看見一張公園長凳，而不是營區大道的長凳，上面坐了一個自由自在的人，一個從沒進過勞役營的人。有天晚上，大家在圓形廣場聊到**縐膠鞋**（**KREPPSOHLE**）。我們的女歌手羅妮．米希問道，**Krepp**①是什麼意思。卡里．哈爾門瞄了一眼律師保羅．迦斯特說，Krepp是從「暴斃」（Krepieren）過來的，草原的天堂上，我們每個人都踩著縐膠鞋。羅妮．米希不肯善罷干休。縐膠鞋之後大家又談到了FAVORITEN，據說現在美國很流行。羅妮．米希又問了，Favoriten是什麼。根據手風琴師孔拉德．豐的說法，Favoriten是耳朵邊的鳥尾鬢。

每隔兩個星期，俄羅斯村的電影院會為我們這些營裡人放電影和新聞周報片。有俄國片也有美國片，甚至還有從柏林來的烏法②片子。有一段來自美國的新聞片，只見雪片般的彩紙在高樓大廈間紛飛，唱著歌的男人腳踩縐膠鞋，下巴蓄著落腮鬍。片子放完了，修臉師傅歐斯瓦．恩耶特說，這種落腮鬍就叫Favoriten。我們現在完全俄羅斯化了，美國來的反而時髦了，他說。

我也不知道Favoriten到底是什麼。我不常去電影院。因為排班的關係，我這時候不是在地窖，不然就是被地窖搞得疲累不堪。不過這個夏天我有了一雙芭蕾軟鞋，因為科貝里安送給我半個汽車輪胎。留聲機行李箱也能上鎖了，保羅．迦斯特替我打了一把鑰匙，有三顆精細的小鼻子，像鼠牙。木工也替我造了一個附有螺紋鎖的新木箱。我有新衣服當行頭。縐膠鞋在地窖這裡根本派不上用場，Favoriten也長它自己的，或許很適合徒爾．普里庫力奇。我覺得那眞夠做作的。

儘管如此，這時候是該想像一下，在其他什麼地方和貝雅．查克爾或徒爾．普里庫力奇平等相遇，就說在一處車站吧，那裡有鑄鐵壁柱和垂吊的牽牛花，就像在一處療養地。比方說我上了車，徒爾．普里庫力奇也坐同一個車廂。我簡短打了個招呼，坐到他斜對面去，如此而已。我會做得像如此而已，因為我會看到他的婚戒，卻不會去問他是否娶了貝雅．查克爾。我把我三明治拿出來，擱在摺疊小桌上。

白麵包塗上厚厚的奶油，夾著粉紅色的熟火腿。吃起來不怎麼樣，不過我不會讓人家覺得它吃起來不怎麼樣。或者我會遇到齊特琴洛姆。他和女歌手羅妮・米希一起出現。我會看到她的甲狀腺腫又變大了。他們兩個人想帶我去雅典娜宮③聽音樂會。我會用假嗓子說抱歉，讓他們離開。然後我又變成雅典娜宮的剪票員和帶位員，在入口處迎接他們兩位，伸出食指說：麻煩出示一下你們的門票，這裡單號和雙號是分開的，你們的座位是一一三和一一四，所以兩位分開坐。等我笑開了之後，他們才會認出我來。不過也許我根本就不會笑。

我又想過，我會和徒爾・普里庫力奇在一個美國大城市二度相遇。他手指上不再戴著婚戒，卻挽著齊麗中的一位從台階走上來。齊麗沒認出我，但他卻像艾德溫叔叔說「我又要掉根睫毛了」那樣眨了一下眼睛。而我繼續走我的，如此而已。

也許我從營裡出去時，還算得上年輕，就像常言說的，黃金歲月，就像羅妮・米希抖著甲狀腺腫，以詠嘆調唱出來的**我才要滿三十歲**④。也許，我還會第三次、第四次遇到徒爾・普里庫力奇，而且會在第三、第四、第六甚至第八個未來中，經常遇到他。有那麼一次，我會從旅館三樓的窗口向街上望去，外面下著雨。底下有個人正在撐開雨傘。他花了不少時間，全身都濕透了，因爲雨傘卡住了。我看到那是徒爾的手，不過他不會知道。我想，他要是知道了，就不會花那麼多時間開傘，或者先戴上手套，或者根本就不會到這條街上來。如果他不是徒爾・普里庫力奇，而只是擁有他的手，我就會從窗口對他喊：快到對街去，去遮棚底下你就不會弄濕了。他抬頭一看，或許會說：您怎麼對我你來你去的。我就回說：我沒看到您的臉啊，我只是用你來稱呼您的手。

我想像有一天，我會來到優雅的鋪石路上，住在這裡跟住在我所出生小城是不一樣的。那條優雅的鋪石路是一條黑海邊的步道。海水打著白浪，我從未見過這般的晃盪。霓虹燈管照亮步道，有人在吹薩克斯風。我會遇到貝雅・查克爾並認出她來，她的眼睛依然帶著那種遲疑的轉動，流盼的目光。我沒有臉，因爲她沒認出我。她還是頂著沉重的頭髮，不過沒編起來，顫巍巍地垂在兩側太陽穴，染了粉白，彷彿海鷗的翅膀。她的顴骨依然高聳，底下兩塊凌厲的陰影，就像是正午時分的兩塊街角。我會想到那個直角，想到營區後方的聚落。

去年秋天，一個新的俄人聚落在營區後方大興土木。那些成排的房子是用芬蘭來的木材組件蓋起來的，叫芬蘭屋。卡里・哈爾門告訴我，那些木材組件切割精準，還附上詳細的組裝圖。不過卸貨時一團亂，搞得沒人知道什麼東西該安在什麼位置。拼裝時災難一場，組件不是少了就是多了，要不然就是錯了。這些年來，只有那位營造師肯把勞役犯當成是文明之邦來的，在這些國家裡，直角是九十度的。他認爲我們這些被遣送來此的人是會思考的人，因此我也才意識到這一點。有次哈煙休息，他發表了一席工地談話，大談社會主義立意之良善及其無能。他的演說讓人了解到：俄國人知道什麼叫直角，只是做不出來。

我想像有那麼一天，誰知道在第幾年和平哪一個未來，我會來到山巒的國度，那個我夢裡騎著白豬凌空降落的地方，那個人家說是我故鄉的地方。

營區這裡還流傳著一種歸鄉的情形，就是當我們回到家裡時，我們的黃金歲月也已經過去了。我們的下場就跟第一次世界大戰之後的戰俘一樣——踏上了歸鄉之路，卻一走走了十年。西西特凡紐諾夫會下令要我們做最後一次、也是最短的一次集合，然後宣布：

我在此解散勞役營。滾吧。

於是每個人自求多福，越走越往東邊去，完全相反的方向，因爲西行的所有通路都封起來了。我們越過烏拉山，橫越整片西伯利亞、阿拉斯加、美國，然後經由直布羅陀進入地中海。二十五年之後，我們終於從東方經由西方回到家鄉，如果那還是我們的家鄉，還沒成爲俄羅斯領土的話。或者另外一種情況：我們根本沒離開這裡，因爲被拘留得如此之久，勞役營也變成一個沒有看守塔的村落，儘管我們在這裡仍然不是俄國人或烏克蘭人，卻早已適應成了居民。或者我們得待在這裡，一直待到不想離開，因爲我們深信，家裡不再有人等著我們回去，那裡老早就換人住了，所有人都被趕了出去，誰知道去了哪裡，他們自己也失去了家鄉。還有另一種情況就是說，我們最後會想要留下來，因爲我們對家鄉不知所措，家鄉對我們也不知所措。

人要是久久沒聽到來自老家的消息，他就會問自己，是否眞的想回家，又該對那裡抱著什麼樣的期待。在營裡，期待被剝奪了。人既不必也不想決定任何事情。儘管他想回家，卻將這種願望留給了向後看的回憶，他不敢向前盼望。他以爲，回憶已經是盼望。如果腦中永遠是同樣的東西在打轉，如果世界對他來說消逝得如此徹底，以至於他根本不覺得失落的話，那麼回憶和盼望又有什麼差別呢。

我回到家裡又會變成什麼樣子呢？我想像自己是個歸鄉客，在山巒間的谷地四處浪蕩，前面響著**喊—喊—喊**的聲音，像火車。我上了自己的圈套，跌入最恐怖的熟悉之中。那才是我的家呀，我會這樣說，我指的是營裡的夥伴。我母親會說，我該成爲圖書館員，人待在那裡頭就不必出來掃寒風了。而且你一向喜歡看書啊，她會這樣說的。我祖父則會說，我該考慮成爲旅行業務員。因爲你一向就想旅行啊，他會這樣說。我母親也許會這樣說，我祖父也許會那樣說，而我們這裡已到了第四年和平，我卻除了新的替代弟弟之外，根本不知道他們是不是還健在。營區這裡，像旅行業務員這一類的職業，對腦中幸福來說頗有好處，人起碼有話可聊。

有一次在地窖的沉默板凳上，我跟艾伯特．吉翁說起這些事情，甚至還讓他打破緘默開了金口。也許我以後會去當個旅行業務員哦，我說，箱子裡塞滿了各種雜貨，絲綢手帕呀、鉛筆、彩色粉筆、藥膏，還有去污水。有一次，我祖父帶了一個夏威夷貝殼給我祖母，有留聲機喇叭那麼大，裡面一顆淡藍色的珍珠。也許我也會成爲營造師，曬圖營造師，我在地窖裡的沉默板凳上這樣說，氨薰曬圖營造師。然後我會有自己的事務所。幫有錢人蓋房子，其中一棟是圓形的，像這個鐵籠子。我會先在防油紙上畫出設計圖。正中央是螺旋梯的中心柱，從地窖一直爬上圓頂。每個房間都像圓形蛋糕的四等分、六等分或八等分切塊。把防油紙貼放在氨薰曬圖紙上，邊邊對齊，在太陽下曬個五到十分鐘。然後把曬圖紙捲進氯化銨蒸氣的滾筒，一會兒設計圖就漂漂亮亮滾出來了。曬圖完成了，粉紅、艷紫、肉桂棕。

艾伯特．吉翁聽了之後說：氨薰曬圖，你還沒被薰夠噢，我看你是累過頭了。爲什麼我們會在地窖這裡，就因爲我們沒一技之長嘛。一技之長在這裡是像理髮師啊，鞋匠啊裁縫的。這才是好職業，在營裡肯定是最好的。不過職業是從老家帶過來的，不然就永遠不會是。這叫命運職業。要是知道有一天會來營裡，人就會學著當理髮師、當鞋匠或當裁縫。但絕不會是旅行業務員或什麼營造師曬圖師的啦。

艾伯特．吉翁說得有道理。搬運砂漿是種職業嗎。人要是經年累月地運砂漿或搬渣磚或鏟煤塊或手挖土裡馬鈴薯或清地窖，他會知道該怎麼做，但他還是沒職業。是最粗重的工作，但不是職業。我們只是被叫去做工，而不是執業。我們永遠都在打零工，零工不是職業。

我們不再有狂野的餓，然而榆錢菠菜依然長得銀銀綠綠，馬上就要變韌變火紅了。只因爲我們見識過飢餓，所以我們沒去拔它，而去市集買油滋滋的吃食，吃得不省人事地多。現在，舊鄉愁被倉促長出來的新肉灌餵得臃腫不堪。然而我還是得說服長了新肉的自己去相信舊鄉愁：有一天，我會來到優雅的鋪石路上。即使是我。

譯註：

① Krepp，「縐紗」或「縐布」。

② 烏法（UFA，即 Universum Film Aktiengesellschaft 的首字縮寫，寰宇影片股份公司），德國歷史最悠久的製片公司，一九一七年創立，二戰期間爲納粹宣傳主力。

③ 雅典娜宮（Athenäum），位於布加勒斯特的音樂廳，由法國建築師阿勒貝爾．迦勒隆（Albert Galleron）設計，建築主體於一八八八年落成，爲布加勒斯特的地標之一。

④ 二戰時期德軍進行曲〈舊軍服〉（Der alte Mantel）的第一句歌詞，不過原詞爲「你才要滿三十歲」。該曲原爲一八二八年劇作《蕾諾兒》（*Lenore*）中的〈大衣之歌〉（Mantellied），由該劇作者卡爾．馮．何爾泰（Karl von Holtei，1798-1880）作詞，卡爾．艾伯外（Carl Eberwein，1786-1868）作曲。

和死寂一樣徹底

經歷過皮包骨時期和求救互換之後——眼前有了芭蕾軟鞋、現金、食物，皮下長了新肉，又有新箱子新衣服，出人意料的釋放就來了。整整五年的勞役生涯，我今天只能說五件事：

鏟1鍬＝1克麵包。

零點是不可說的東西。

求救互換是彼岸的來客。

勞役營——我們，是一個單數概念。

廣度會成爲深度。

不過這五項有一個共通的性質：

它們就和死寂一樣徹底，是它們之間的死寂，不是見證人目擊的死寂。

不動明王

一九五〇年一月初，我從勞役營回到家裡。現在我又坐在客廳裡了，坐在白色天頂紋飾下這個深陷的四方形空間裡，彷彿深埋雪中。我父親在畫喀爾巴阡山，每隔幾天就有一張水彩畫，稜齒般的灰色山峰，雪中模糊的冷杉，幾乎每張都是同樣的構圖。山腳下是成排的杉樹，山坡上是杉木林，山脊上是幾棵冷杉或獨立杉，其間點綴著零星的樺樹，宛如白色的鹿角。最難畫的顯然是雲，在每張圖上看來都像沙發靠墊。每張水彩畫裡的喀爾巴阡山都昏昏欲睡。

祖父死了。祖母坐在他的絲絨沙發上塡字謎。她不時會問個字：東方的沙發叫什麼，鞋子上有什麼東西是Z開頭的，馬的品種，帆布屋頂。

母親在爲她的替代兒子羅伯特織羊毛襪，一雙接著一雙。第一雙是綠的，第二雙是白的。接著是棕的、酒紅斑點的、藍的、灰的。從白色那雙開始，幻覺出現了——母親織的是[illegible]塊。從此以後，每隻襪子都讓我看到寮房間的針織花園，拂曉中的毛衣尖。我躺在長沙發上，毛線球躺在母親椅邊的白鐵盆裡，比我還要生氣勃勃。毛線往上爬，懸在半空，又掉了下來。兩團拳頭大小的毛線球可以織出一隻襪子，至於實際的長度則無法估算。如果把所有襪子的毛線連起來，也許差不多是沙發到火車站的距離。

我避免經過火車站那一帶。我現在兩腳暖了，只是腳背上的凍瘡疤會癢，那裡也是套腳布最容易凍黏著皮膚的地方。冬日四點左右，天就已經灰了。祖母拈開燈。燈罩是一朵淺藍色的漏斗，圈了深藍色的流蘇邊。天花板上了一點光，灰泥紋飾依然灰淡，開始溶化。隔天又變白了。我想像每晚我們在其他房間睡覺，灰泥紋飾會重新結凍，就像齊柏林後方荒地上的冰刺繡。時鐘在櫃子旁邊滴滴答答。鐘擺晃蕩，在家具之間鏟著我們的時間，從櫃子到窗口，從桌子到長沙發，從火爐到絨墊沙發椅，從白天到黑夜。牆上的滴答是我的呼吸鞦韆，胸中的滴答是我的心鍬。我非常懷念它。

到了一月底，我叔叔艾德溫一大清早就來接我，要帶我去見他在木箱工廠的師傅。到了外面的學校巷，一屋之隔的卡爾普先生家的窗子裡，立著一張臉。脖子以下被冰花圖案切掉了。額頭盤著一條冰髮辮子，鼻根旁邊一隻流盼的淡綠色眼睛——我看到貝雅·查克爾身穿白花晨袍，拖著一條沉甸甸的灰白髮辮。卡爾普先生的貓和每天一樣坐在窗檯上，可是我爲貝雅難過，她竟然老得那麼快。我知道那隻貓只能是一隻貓，電線桿也不是步哨，積雪的白色反光也不是營區大道，而是學校巷。我知道老家這裡的一切不會不一樣，因爲一切依舊。一切，除了我之外。躋身在這些滿是家鄉的人群之中，我自由得頭暈目眩。我的心緒反覆無常，混雜著墜落和犬奴般的恐懼，我的大腦只能屈服。我看到貝雅·查克爾在窗子裡等我，她也一定看到我走過去。我大可以打個招呼，至少點個頭或揮個手。但我太晚想到了，我們現在又已經過了兩棟房子。

到了學校巷的盡頭要拐彎時，我叔叔用手勾著我。他顯然感覺到了，我緊緊跟在他身邊，可是人卻在其他地方。也許他勾住的根本不是我，而是穿在我身上的他的舊大衣。他的肺呼出氣來。我覺得他在冗長沉默後說出來的這番話，他根本不想講。而是他的肺葉在強迫他，於是他發出雙重聲音說：希望人家工廠會要你。我看你們家供了個災星。他指的是不動明王①。

毛皮帽子壓住他左耳的那塊地方，耳輪的皮褶平滑攤開，就跟我的耳朵一樣。我得再看一下他右耳。就換邊走在他的右方。比起左耳來，他的右耳更是我的耳朵。平滑的耳緣要更往下面才開始，更長也更寬，像熨斗燙過的。

木箱工廠錄用了我。我每天從不動明王之中走出來，下班後再鑽回去。每當我回到家裡，祖母都會問：

你回來啦。

我就說：我回來啦。

當我離開家，她每次都會問：

你要走啦。

我就說：我走啦。

問的時候，她總會上前一步，難以置信似地捂著額頭。她的手是透明的，只有皮膚裹著血管和骨頭，像兩把絲扇子。當她這樣問時，我很想撲過去摟著祖母。不動明王把我擋了下來。

這些每日必問小羅伯特都聽見了。他一想到了，就學著祖母上前一步，用手捂著額頭，一句問完：

你回來啦，你要走啦。

每次他捂著自己的額頭，我就會看到他手腕處的脂肪褶。每當替代弟弟這麼問時，我都想掐他脖子。不動明王把我擋了下來。

有一天，我下班回家，看到縫紉機蓋子底下露出一角白色的蕾絲。另外一天，廚房門把上掛了一支雨傘，桌上一個摔破的盤子，平均的兩半像從中間切割開來似的。母親的拇指用一條手帕綁了起來。再另外一天，父親的褲吊帶掛在收音機上，祖母的眼鏡卻跑到我的鞋子裡。又另外一天，羅伯特的充塡狗狗莫皮被我的鞋帶綁在茶壺把手上。我的帽子裡還有一塊麵包皮。也許他們趁著我不在，把不動明王清掉了。也許他們又振奮了起來。家中這裡出現的狀況，就跟營裡有飢餓天使一樣。完全搞不清楚，是我們所有人共享一尊不動明王呢，還是每個人有他自己的不動明王。

我不在的時候，他們大概在那裡笑。他們大概在可憐我或罵我。他們大概在吻小羅伯特。他們大概會說，對我要有耐心，因爲他們愛我，或者只是默默這樣想，手上卻照忙不誤。大概。當我到回到家裡時，也許我該大笑。也許我該可憐他們或罵他們。也許我該吻一下小羅伯特。也許我該說，我對他們要有耐心，因爲我愛他們。只是，我怎麼說得出口呢，如果我根本無法默默地這樣想的話。

回到家裡的第一個月，我讓房間的燈徹夜亮著，因爲少了勤務燈我會怕。我想，人只有白天操勞而疲憊時，夜裡才會作夢。直到我去木箱工廠上班，我的睡眠才又有了第一次的夢。

祖母和我一起坐在絨墊沙發裡，羅伯特坐在旁邊的椅子上。我跟羅伯特一樣小，羅伯特跟我一樣大。羅伯特爬上他的椅子，越過時鐘去抓天花板的灰泥花飾。他把花飾像圍巾那樣兜在我和祖母的脖子上。父親拿著他的萊卡相機，跪在我們前面的地毯上，母親說：你們笑一個嘛，這是她死前最後一張照片了。我的雙腿才勉強長到椅盤之外。我這個姿勢，父親只能拍到我鞋子的底部，鞋底正對著大門。父親對我這雙短腿根本無計可施，就算他不情不願。我扯掉肩膀上的花飾。祖母抱著我，又把花飾按回我的脖子上。她用她透明的手緊緊按著它。母親用一根織針指揮父親，直到他開始倒數——三、二、一的時候按下快門。接著母親把織針斜斜插入髮髻，拿開我們肩上的花飾。羅伯特帶著花飾爬上他的椅子，又把它貼回高高的牆上去。

譯註：

①「不動明王」此處作Nichtrührer，是作者自造的新詞，直譯爲「不動者」或「麻木者」，主人翁以此諷喻自己失魂落魄的狀態。中譯在此借用「不動明王」一詞，以突顯主人翁的自嘲與無奈。

你在維也納有個小孩嗎

我已經回到家裡幾個月了，家中沒有人知道我見過什麼。也沒人問起過。只有當人成爲別人所談論的那個人時，他才可能談論事情。我很高興沒人多問，不過私底下這也讓我不舒服。祖父就一定會問東問西。他死了兩年了。第三次和平日之後的夏天，他死於腎衰竭，爾後就留在死人那邊了，跟我不一樣。

有天晚上，鄰居卡爾普先生來我們家還他借去的水平尺。他一看到我，就只能結結巴巴。我謝謝他送我的黃色皮綁腿，撒謊說它們讓我在勞役營裡很暖和。此外還說它們爲我帶來好運，有一次還讓我在市集裡發現十盧布呢。卡爾普先生興奮得兩顆瞳孔像櫻桃核一般，在眼睛裡滑來滑去。他雙手交抱，拇指撫摸著兩臂，晃著身體說：你祖父一直在等你呢。他過世的那一天，山退到雲的後邊去，有很多外來的雲，就像外來的行李，從四面八方集中到城裡來。雲知道你祖父是個遠遊四海的人。其中一朵一定是從你那邊過來的，即使你不知道。五點左右葬禮完了，馬上就下了半小時靜悄悄的雨。我記得那是星期三，我還得去城裡買膠。回來的時候，我看到你們家門口有一隻沒毛的老鼠吔。皺皺的，在那邊發抖，蹲在你們的木門旁邊。我就覺得很奇怪，牠是沒尾巴還是坐在尾巴上啊。我站到牠前面一看，原來是一隻渾身長疣的癩蛤蟆。牠也看著我，腮幫子鼓出兩朵白氣球，要得恐怖死了。我第一時間想拿雨傘撥開牠，不過我不敢。最好不要吧，我心裡想，那是隻癩蛤蟆吔，牠在用那兩粒白氣球打招呼，一定跟雷歐的死有關。人家都以爲你死了。你祖父滿懷希望在等你說，一開始啦。到最後就越來越少了。每個人都以爲你死了。你又沒寫信來，所以你現在還活著。

這兩件事不相干吧，我說。

我的呼吸抖了起來，因爲卡爾普先生在咬他的流蘇八字鬍，要讓我知道他才不信呢。母親斜眼望向廊台窗外的中庭，那裡沒什麼好看的，只有一點天空和庫房屋頂的油毯。卡爾普先生，小心您說的，祖母說。他們那時候不是這樣跟我說的，那時候白氣球是跟我死去的老公有關。那是我死去的先生在打招呼，您那時候是這樣說的。卡爾普先生更像在自言自語地說：像我現在講的才是眞的啊。那時候您先生死了，我不能再跟您提死掉的雷歐啊。

小羅伯特把水平尺放到地上拖，嘴裡發出**喊喊喊**的聲音。他把莫皮放在他的火車車頂上，拉著母親的衣服說：上車，我們要開去文奇。水平尺裡，一隻流盼的綠眼睛在緩緩移動。火車車頂上坐著莫皮，水平尺裡坐著貝雅・查克爾，她透過水平尺的窗子望著卡爾普先生的腳趾。卡爾普先生沒再說些新的，只講了些不合時宜的話。我知道，我劫後歸來，帶來的驚駭要大於驚喜，對家裡來說，這是個毫無喜悅可言的如釋重負。我騙走了他們的哀悼時間，因爲我還活著。

自從我回到家裡之後，所有的東西都長了眼睛。所有的東西都看到了，我的無主鄉愁並沒有離開。縫紉機立在最大的那扇窗子的前面，木蓋下露出該死的船形梭和白色棉線。留聲機又被鎖回我那個用爛的小行李箱，和從前一樣放在角桌上。同樣的綠色和藍色窗帘掛在那裡，同樣的花朵圖案在地毯上交纏，糾結的流蘇依然鑲著地毯的邊，櫃子和房門開關時依然和從前一樣嘰呱一聲，地板也在相同的地方嘎吱作響，廊台樓梯的扶手仍舊在同樣的地方龜裂，每一級階梯都被踩凹了，同樣的花盆在欄杆上的鐵絲筐中搖晃。沒有一樣東西和我有關。我既被關在自己之中，又被甩出自己之外，我既不屬於他們，又缺了我自己。

在我進勞役營之前，我們在一起生活了十七年，一起共用房門、櫥櫃、桌子、地毯這些大東西。還有諸如盤子和杯子、撒鹽罐、肥皂、鑰匙這些小東西。還有燈和窗口的光。如今我卻成了替補的了。我們彼此都清楚，我們不再存在，將來也不可能再成為我們。陌生自然是種負擔，然而在親得不能再親的關係中怕生，卻是過度的負擔。我的頭放在行李箱裡，我用俄羅斯的方式呼吸。我不想離開，但渾身卻散發出遠方的氣味。我不能整天待在家裡。我要找個工作，好離開沉默。我現在二十二歲了，卻沒有學到一技之長。釘箱子是一份職業嗎，我又成了打零工的了。

八月的一個傍晚，我從箱子工廠回到家裡，廊台的桌子上有一封我的信。是修臉師傅歐斯瓦・恩耶特寄來的。父親盯著我讀信，就像吃東西時盯著人家的嘴看。我念道：

親愛的雷歐！希望你又回到故鄉了。我們老家已經沒人了。我搬到奧地利來。我現在住維也納——瑪格瑞登區①，不少從我們家鄉來的人都住在這裡。也許你找個時間來維也納，我再幫你刮鬍子。我在一位老鄉那裡又找了個理髮師的工作。徒爾・普里庫力奇四處跟人家講，他在營裡是修臉師傅，而我才是頭頭。貝雅・查克爾儘管已經跟他分手了，卻也繼續這麼說。她的小孩子取名叫雷雅。這跟雷歐珀德有關嗎？兩個星期前，建築工人在多瑙河的橋墩下發現徒爾·普里庫力奇的屍體。嘴裡塞了他自己的領帶，前額被斧頭從中劈開。斧頭就扔在他的肚子上，兇手杳無蹤影。可惜人不是我殺的。他罪有應得。

我把信摺回去，父親問道：

你在維也納有個小孩嗎。

我說：信你也讀了，裡面沒這樣寫。

他說：人家可不曉得你們在營裡都幹了些什麼來著。

人家是不曉得，我說。

母親牽著我替代弟弟羅伯特的手。羅伯特手上抱著那隻木屑塡充的玩偶狗狗，莫皮。接著母親和他進廚房。出來的時候，她一手牽著羅伯特，一手端著一盤湯。羅伯特把莫皮緊緊攥在胸口，手上拿著吃湯的湯匙。是給我的。

自從我去了箱子工廠，下了班我就在城裡晃蕩。冬天的下午護著我，因爲天色早早就暗了。昏黃的燈光下，商店櫥窗看起來像公車停靠站。新布置過的櫥窗裡有兩三個石膏人在等我。他們緊緊挨在一起，腳尖放著價格牌子，好像他們得小心自己的落腳處似的。好似他們腳前的價格牌是警方的標示，好似就在我來到之前，有個死人才剛被抬走。小一點的陳列品擺在窗口的高度。裡邊滿滿都是瓷器和白鐵餐具。我一路走過去，就像肩上扛著一個個的抽屜。淒清的燈光下，待售的喧鬧商品比買家的生命更爲持久。也許就和山岳一樣持久。我從大圓環轉進了住宅街。窗內是透著光的窗簾。最不一樣的蕾絲繡花和織錦迷宮上，映著裸露樹枝的黑色翦影。房裡的人不知道，他們的窗簾是活的，風一吹，它們的白色織線便和黑色枝枒不斷組合成不一樣的圖案。一直要走到街道的盡頭，天空才又開朗了起來，我看到金星溶溶，於是把自己的臉掛了上去。接著時間也過得差不多了，我也可以確定回到家裡時，大家都已經吃過了。

我已經忘記該怎麼拿刀叉用餐了。抖動的不只是雙手，還有喉嚨的吞嚥。終於有東西吃的時候，我知道如何去延長吃食或狼吞虎嚥。至於該怎麼細嚼慢嚥，吃相斯文，我已經不會了。父親坐在我的對面，桌板看起來大得像半個世界。他眼睛半閉看著我，把他的同情藏起來。眨眼時，他所有的驚愕又都亮了出來，就像他內唇粉紅色的石英黏膜。祖母最知道如何不動聲色地體諒我。濃稠的湯顯然是她煮的，這樣我就不必動刀用叉，吃得狼狽不堪。

八月收到信的那一天，吃的是菜豆湯和小排骨肉。看過信之後我已經不餓了。我切了一塊厚厚的麵包，先吃掉桌上的碎屑，然後開始舀湯。我那替代弟弟跪在地上，拿茶篩當帽子蓋在塡充狗狗的頭上，讓牠跨騎在廊台小櫃子的抽屜邊上。羅伯特所做的一切都教我毛骨悚然。他是一個組裝起來的小孩——他有母親的眼睛，老氣而圓，夜藍色。那雙眼睛會這樣繼續下去，我想。他的上唇得自於祖母，彷彿鼻子底下長出了一副立領。上唇會這樣繼續下去。他拱起來的指甲來自於祖父，它們會這樣繼續下去。他的耳朵像我和艾德溫叔叔，捲起來的褶渦到了耳輪上部翻成平的。六只同樣的耳朵，三種不同的皮膚，那耳朵會這樣繼續下去。但我想他的鼻子不會這樣繼續下去，鼻子長大了會變形。以後也許會像我父親，鼻根處可以看到鼻骨的稜邊。要不然，羅伯特根本沒有得到他的任何部分。那麼父親就沒能給這個替代兒子加上任何東西了。

羅伯特朝著我走到桌邊來，左手抓著戴上茶篩的莫皮，右手抓住我的膝蓋，彷彿我的膝蓋是椅子角似的。從返鄉進門的擁抱之後，八個月來，這個家裡再也沒有人碰過我。對他們來說，我是近不得的，對羅伯特來說，我是家裡的一件新物體。他像抓家具那樣抓著我，好讓自己穩住或往我腿上放東西。這次他把莫皮塞進我的外套口袋，好似我是他的抽屜。我動也不動，好似眞是個抽屜。我儘可以推開他，不動明王把我擋了下來。父親從我外套口袋抽走塡充狗狗和茶篩，說：

拿著你的寶貝。

他和羅伯特走下樓梯去中庭。母親坐在桌邊，和我面對面，看著麵包刀上的蒼蠅。我攪著我的豆子湯，看見自己在歐斯瓦．恩耶特的理容室鏡子前坐著。徒爾．普里庫力奇從門口走進來。我聽到他說：

小寶貝上面的字樣是「我在這裡」。

大一點的寶貝上面的字樣是「你還記得吧」。

但最美的寶貝上面即將出現的字樣卻是「我到過那裡」。

我到過那裡（DA WAR ICH），從他口中念出來像是「托瓦里希其」②。我已經四天沒刮鬍子了。廊台窗子映出歐斯瓦．恩耶特黑毛茸茸的手，拿著刀片揮過白色的泡沫。刀片之後跑出一條橡皮帶似的皮膚，從嘴巴到耳朵。或者，那是我們當時已經被餓出來的長條裂嘴。我父親儘可以跟徒爾．普里庫力奇一樣，一無所知地說著寶貝，因爲他們兩個從來沒有過這樣的飢嘴猴腮。麵包刀上的蒼蠅對廊台就像我對理容室一般熟悉。牠從麵包刀飛到櫃子，從櫃子飛到我那片麵包上，再到盤子邊，再從那裡飛回麵包刀。每次牠都垂直起飛，嗡嗡盤旋，而後無聲無息地降落。牠從來不會停在撒鹽罐打了細孔的黃銅蓋子上。現在我突然懂了，為什麼我回來之後從來沒用過撒鹽罐。它的蓋子上閃爍著徒爾．普里庫力奇的黃銅眼睛。我咂咂地吃著湯，母親聚精會神地聽，彷彿我又把維也納的來信再念一遍。蒼蠅的肚子在麵包刀上閃閃發亮，有時像顆露珠，一轉身又像滴焦油。露珠和焦油，時間一秒拖過一秒，要是狗嘴上方的額頭被斜劈開來的話。哈首危，只不過，一整條領帶怎麼會跑到徒爾的短吻裡頭去呢。

譯註：

①瑪格瑞登區（Margareten），維也納的第五區，戰後盟軍占領期間（1945-1955）為英國勢力範圍。在英國的支援下，瑪格瑞登是維也納第一個清理完畢並展開重建的區域。

②「托瓦里希其」，俄語的「同志」。

手杖

下班之後，我走了相反的回家路，從住宅街的另一端穿過大圓環。我想去三一教堂，看看白色壁龕和披著羔羊當大衣領子的聖人還在不在。

大圓環上有個胖男孩站在那裡，穿著及膝長襪、細格花紋短褲和白色打褶襯衫，像剛從節慶跑過來的。他扯著一束白色大理花餵鴿子。八隻鴿子以爲落在鋪石地面上的是麵包，啄了下白色的大理花，又任花瓣躺在地上。過了幾秒鐘牠們就忘得一乾二淨，頭往前一砸又開始啄，還是同樣的花瓣。大理花瓣變麵包，牠們的飢餓會信多久呢。那男孩子又在想些什麼呢。他到底是狡猾，還是笨得跟鴿子的飢餓一樣呢。我不想再去思考飢餓的騙術。要是男孩子撒的是麵包而不是扯碎的大理花，我根本不會停下來。教堂的時鐘上差十分六點。我趕快穿過廣場，只怕教堂六點要關門。

就在這時候，圖如蒂・佩立岡朝我走過來，這是勞役營之後頭一遭。我們太晚看見彼此了。她拄著手杖走路。因爲無法避開我，於是她把手杖擱在鋪石路面上，彎下腰去綁鞋子。不過鞋帶根本沒鬆開。

我們兩個又回到老家，回到相同的城市，到現在已經超過半年了。爲了彼此好，我們不想相認。這沒有什麼好理解的。我迅速掉頭。但是我多想把她抱在懷裡，說我同意她的做法。我多想說：很抱歉讓妳彎腰了，我不用手杖，下一次我可以爲我們兩個這樣做，如果妳讓我的話。她的手杖磨得亮亮的，底座是一隻生鏽的爪子，上方抓柄是一顆白色的圓球。

我沒去教堂就直接左轉，拐進來時的那條狹長街道。陽光刺著我的背，熱力在我的頭髮底下四處亂竄，彷彿我的頭是光禿禿的鐵皮做的。狂風揚起一條灰塵的地毯，樹冠之間呼嘯著一首歌。接著人行道上起了一陣灰塵漩渦，踉踉蹌蹌穿過我，直至碎滅。當它散落時，鋪石路上就搨了一塊黑印。風呼呼地吹，甩下第一批的雨滴。暴風雨來了。玻璃流蘇沙沙而落，一下子就變成鞭人的水繩。我趕緊逃進了一家文具店。

進門時，我用袖子抹去臉上的雨水。女店家從簾子後面的小門踏出來。她踩著一雙纓穗氈鞋，好像每隻腳的腳背上都長出了一把刷子。她走到櫃台後面去。我待在櫥窗邊，一隻眼睛瞄著她，另一隻看著窗外。現在她右臉頰肥肥腫起一塊。兩隻手放在櫃台上，她的印章戒指對這雙骨感的手來說太重了，是男款戒指。她右臉頰變平了，甚至凹了下去，換左臉頰腫了起來。我聽到有什麼東西在她牙齒之間咔咔響，她在吸吮一顆糖果。她眼睛快速眨巴了幾下，眼皮是紙做的。她說：我茶水在滾。就從小門消失，同時一隻貓從簾子底下鑽出來。牠跑來我這裡，舒舒服服貼在我褲子上，像認得我似的。我把牠抱在手上。牠沒有重量。牠根本不是一隻貓，我告訴自己，那只是灰色條紋的沉悶長出了毛皮，一條狹長街道裡恐懼的耐性。牠聞了一下我濕掉的大衣。鼻子似乎是皮革做的，像腳跟那樣拱起來。當牠把前爪搭在我肩上往我耳朵裡瞧時，完全沒有呼吸。我推開牠的頭，牠就跳到地上去。跳的時候沒有弄出半點聲響，就像一塊布飄落在地。牠裡面是空的。女店家也兩手空空從小門裡走了出來。茶在哪裡呢，她不可能這麼快就喝完了。還有，現在又變成她右臉頰腫了起來。印章戒指刮到了櫃台。

我要了一本筆記簿。

計算簿還是速記簿，她問。

我說：速記簿。

您有零錢嗎，我找不開，她邊說邊吸了一口糖。兩邊臉頰同時凹陷。糖果從她嘴裡滑到櫃台上。那上面有透明的花紋，她又趕緊把它塞回嘴裡。那根本不是什麼糖果，她吸吮的是枝形吊燈上打磨過的玻璃珠。

速記簿

隔天是星期日。我開始在速記簿上寫東西。第一章叫：前言。開篇第一句是：你會了解我嗎，問號。

這個你，我指的是速記簿。有七頁在講一個名字叫做T．P①的男人。還有一個叫A．G②的。還有K．H③和O．E④。又有一個名喚B．Z⑤的女人。我爲圖如蒂．佩立岡取的化名叫天鵝。煉焦化學工廠的俄文名稱Koksochim Zavod，以及運煤車站雅辛諾瓦塔亞，我都寫了出來。科貝里安和値勤卡蒂的名字也是。我也提到了她的小弟弟拉其和她的光明時刻。這一章以一個長句做結束：

早上梳洗完畢，一滴水珠從我頭髮上流下來，彷彿一滴時間沿著鼻子滑入口中，我最好留一個梯形的鬍子，這樣城裡就不會有人認出我來。

接下來的幾周，我把前言加長，足足寫了三本筆記簿。

搭車返鄉時，圖如蒂．佩立岡和我沒約定任何事情，就跳上不同的牲口車廂，這段我沒寫下來。舊的留聲機行李箱我也略去了。不過倒是仔細描寫了新木箱和新衣服：芭蕾軟鞋、鴨舌帽、襯衫、領帶和西裝。我沒提到返鄉途中爆發的啼泣痙攣，那是在抵達第一個羅馬尼亞車站時發生的，在西格圖．馬爾馬且⑥的臨時收容所。隔離檢疫我也沒提，我們在車站軌道盡頭的一間庫房裡待了一星期。我心裡全盤崩潰，害怕被送往自由，這個即將來臨的深淵，讓回家的路途越來越短。我坐在我的新皮肉和新衣服之中，雙手些微腫脹，左右放著留聲機箱和新木箱，就像窩在巢裡。牲口車廂沒封起來。現在車門敞開，列車駛進西格圖．馬爾馬且車站。月台上一層薄雪，我踏上那層糖和鹽。水窪凍成灰色的一攤，結冰碎裂，就像我那個縫在明信片上的弟弟的臉。

羅馬尼亞警察發給我們返鄉通行證時，我手上握著這張勞役營的告別證書，泣不成聲。回家途中必須在巴亞．馬雷⑦和克勞森堡⑧換兩次車，全程最多十個小時。我們的女歌手羅妮．米希倚在律師保羅．迦斯特的身上，眼睛瞅著我，打算說悄悄話。偏偏我卻聽到了每一個字，她說：

瞧，看他哭成那樣，一定有什麼事讓他招架不住。

我經常在想這個句子。隨後將它寫在空白頁上。隔天又把它畫掉。再隔天又寫上去。再畫掉，再寫上去。當那頁塡滿了，我就把它撕下來。這就是回憶。

祖母的句子，**我知道你會再回來**，白色麻紗手帕和健康奶，這些我都沒提，反倒是凱旋告捷似地寫了好幾頁關於自己的麵包和腮麵包。然後是我與天際線和土塵街的求救互換中所獲得的耐力。談到飢餓天使時，我下筆熱情奔放，似乎祂只拯救過我，從未折磨過我。因此我把**前言**畫掉，改題上**後記**。如今我自由自在，無可改變地形隻影單，卻反而成了自己的僞證人，這是內心的大潰敗。

我把三本速記簿藏在我的新木箱裡。從我回來之後，它就放在我的床下當內衣櫃。

譯註：

①T．P，徒爾．普里庫力奇的首字縮寫。

②A．G，艾伯特．吉翁的首字縮寫。

③K．H，卡里．哈爾門的首字縮寫。

④O．E，歐斯瓦．恩耶特的首字縮寫。

⑤B．Z，貝雅．查克爾的首字縮寫。

⑥西格圖．馬爾馬且（Sighetul Marmației），位於羅國北部馬拉穆列什縣的邊境城鎮，與烏克蘭接壤。

⑦巴亞．馬雷（Baia Mare），位於羅國北部馬拉穆列什縣的礦業城市，該縣首府。

⑧克勞森堡（Klausenburg，羅：Cluj-Napoca），「七城」之一，早在羅馬時期便已設市，現爲羅國第四大城，克魯日縣（Cluj）縣治，外西凡尼亞的文化經貿交通中心。一九四四年五、六月間，共有一萬六千多名猶太人由此被送往奧許維茲集中營。

我一直還是鋼琴

我當了一整年的木箱釘工。我可以用嘴唇一次含住十二枚小釘子，同時指間射出十二枚。我可以釘得和呼吸一樣快。師傅說：你有天分，因爲你的手很扁。

不過那不是我的手，而是俄羅斯標準的平扁呼吸。鏟1鍬＝1克麵包，換成了1根釘子＝1克麵包。我腦中想到聾女米奇、彼得・席爾、伊爾瑪・普菲佛、海德倫・迦斯特、可琳娜・馬爾古，一個個赤裸裸地躺在地上。對師傅來說，那些箱子只是奶油箱和茄子箱。對我而言，卻是新鮮松木做成的小棺材。我得讓釘子從我指間穿梭飛過才能完事。我一個鐘頭可以釘上八百根釘子，這沒人學得來。每根小釘子都有它的硬頭，每釘一下，飢餓天使都在一旁監看。

第二年，我去上夜校的混凝土課程。白天我是混凝土專家，在烏察河①邊的一處工地上班。在那裡，我也在吸墨紙上畫了圓形房屋的第一張設計圖。就連窗子也是圓的，所有有角的東西都像牲口車廂。每畫一條線，我都想到梯梯，施工負責人的兒子。

夏末有一次，梯梯和我去艾爾連公園。公園入口有位老農婦站在那裡，帶著一籃野草莓，火紅火紅的，小得像舌尖。每顆草莓的綠領子上還有一節小梗，像最細的鐵絲。上邊不時還有三尖鋸齒小葉。她拿了一顆讓我試吃。我爲梯梯和自己買了兩大漏斗紙袋的野草莓。我們繞著木雕涼亭散步。然後我引他沿著水道一直走，穿過灌木林，直到短草丘的後方。我們吃完野草莓，梯梯把他的漏斗紙袋一揉，打算扔了。我說：給我。他手伸過來，我抓住了就沒放開。他目光冷冷地說：嘿。這再也無法用說說笑笑抹乾淨了。

秋天短短的，很快就把它的葉子染遍了。我避開艾爾連公園。

第二個冬天，才十一月就有了積雪。小城被裹在棉花外套裡。所有的男人都有女人。所有的女人都有小孩。所有的小孩都有雪橇。所有人都胖嘟嘟的，滿是家鄉。他們穿著緊緊的深色大衣走過雪地。我的大衣卻是淺色的，又穿髒了，而且也太大了。它也一樣滿是家鄉，它一直都是我艾德溫叔叔的舊大衣。呼吸的霧氣碎布從每個路人的口中飄蕩而出，透露了一件事情：所有這些滿是家鄉的人在這裡生活，但生活卻從每個人的身上飛走。所有人都盯著它看，所有人的眼睛閃閃發亮，猶如瑪瑙、綠寶石或琥珀胸針。然而總有一天，太多了一滴的幸福也會等到他們的，或早或即或晚。

我犯了鄉愁，懷念起那些清癯的冬天。飢餓天使跟著我四處亂走，而且不假思索。祂領著我走進一條彎曲的街道。一個男的從另外一頭走過來。他沒穿大衣，裹了一件流蘇方格毯子。他沒有女人，只有一台小手推車。手推車裡坐的不是小孩子，而是一隻白頭黑狗。狗頭隨意地點著。當方格毯子靠近時，我看到男人右胸上有一把心鍬的輪廓。小手推車經過我的身邊，心鍬原來是熨斗的燙疤，狗狗其實是一只鐵罐，頸部安了一個上了釉的漏斗。我再回頭看那個人，裝了漏斗的罐子又變成狗狗了。我已經走到了海神浴池。

上方池徽中的天鵝長了三根冰柱玻璃腳。寒風搖晃著天鵝，一隻玻璃腳斷了。砸在地上的冰柱碎裂成粗大的鹽粒，在勞役營裡還得先敲碎。我用鞋跟去踩。踩到細得可以拿來撒時，我才穿過敞開的大鐵門，站到了入口處。想也沒想，就進了入口走到大廳。暗沉的石板地宛如靜靜的水面反映著一切。我看到身上的淺色大衣在我腳下游向售票廂。我要了一張票。

售票小姐問道：一個人還是兩個人。

希望她嘴裡說出來的，是她眼睛的錯覺而不是懷疑。希望她只是看到了兩件大衣，而不是看到我正走回過去的人生。售票小姐是新人。不過整間大廳都認得我，光滑的地板、大廳中柱、售票廂的鑲嵌玻璃、睡蓮圖案的瓷牆。冷冰冰的裝飾有它自己的記憶，這些裝潢並沒有忘記我是誰。我的皮夾插在夾克裡。因此我把手伸進大衣口袋說：

我皮夾忘在家裡了，我身上沒錢。

售票小姐說：沒關係。反正票已經撕了，下次再付吧。我先把你記下來。

我說：不要，絕對不要。

她從售票廂伸出手來想抓住我的大衣。我向後一抽，鼓起腮幫子縮著頭，腳跟朝大門方向倒著走，差不多過了大廳中柱。

她對著我喊：我信得過你啦，我先把你記下來。

這時候我才看見她耳朵後面夾了一枝綠鉛筆。我用背去頂門把，將門頂開一條縫。還必須拉一下，金屬彈簧重得很。我從門縫中溜過去，大門在我身後嘎嗞一聲。我趕緊走出大鐵門到街上去。

天色已經暗了。池徽上的天鵝白白地睡，大氣黑黑地睡。街角的路燈下，墜落著灰羽般的雪。儘管我站在原地不動，腦中卻聽到自己的腳步聲。然後我一開始走，就聽不見了。我嘴裡有氯氣和薰衣草精油的味道。我想到營裡的烘乾室，開始對著一盞盞的路燈講話，在令人暈眩的飛雪中一路講回家。但是那飛雪並不是我走在其中的雪，而是來自遠方餓得要命的雪，它在挨戶兜售時認識了我。

這天晚上，祖母也向前一步，手貼在額頭上，不過卻問道：你這麼晚回來，你有女朋友啦。

隔天我去夜校註冊混凝土課程。在校園中庭那裡認識了艾瑪。她上會計課。她有一雙淺色的眼睛，不是徒爾．普里庫力奇那種銅黃，而是榅桲果皮的顏色。就跟城裡所有人一樣，她也有一件滿是家鄉的深色大衣。四個月之後，我娶了艾瑪。當時艾瑪的父親已經病入膏肓，我們沒有慶祝婚禮。我搬到艾瑪的父母親那裡。帶上我所有的東西，三本速記簿和衣物全都塞進了營裡帶回來的木箱。四天之後，艾瑪的父親過世。她母親搬到客廳，把臥室和雙人床讓給我們用。

我們在艾瑪母親那裡住了半年。然後從赫爾曼城搬去首都，搬到布加勒斯特。我們家的門號是六十八，和營裡的床位一樣。房子在五樓，只有一個房間和一角廚房，盥洗室在走道上。不過房子附近有一個公園，走路過去二十分鐘。當夏日來到大城裡，我就抄一條塵土飛揚的近路。走路只要十五分鐘就到了。在樓梯間等電梯時，兩條發亮的編纜在電梯井的圍籠裡上上下下，彷彿貝雅．查克爾的辮子來來去去。

有天晚上，我和艾瑪去金壺餐廳，坐在樂隊數過來的第二桌。服務生在斟飲料時捂著耳朵說；您也聽到了，我一直跟老闆保證，鋼琴走音了。然後他怎麼辦，他居然把鋼琴師給趕跑了。

艾瑪眼光尖銳地看著我。兩顆黃色小齒輪在她眼裡轉啊轉。齒輪生鏽了，她的眼皮眨動時卡在上面。接著她鼻子抽了一下，小齒輪鬆開，艾瑪眼清目明說：

你看到了吧，他們老是嫌樂手，不會去嫌鋼琴。

她爲什麼會等服務生走開才講這句話呢。我希望她不知道她在講什麼。我那時候在公園裡的化名就叫做**樂手**。

恐懼是不懂抱歉的。我不去那個附近的公園了。又換了個化名。在離家稍遠卻靠近車站的新公園裡，我的化名就叫**鋼琴**。

有個下雨天，艾瑪戴著草帽回到家裡。她下了公車。公車停靠站附近有家叫做外交官的小旅館，遮棚底下站了個男人。艾瑪經過時，他問她可不可以共撐一下傘，讓他走到街角的另一個公車站牌。他戴了一頂草帽。他人比艾瑪高出一個頭，再加上草帽，艾瑪只得把傘舉得高高的。他沒幫忙撐傘，反而把她半個人擠到雨中，手插在口袋裡。他說，水要是起泡了，雨就會下好幾天。他太太過世時，雨也這樣下著。他把葬禮往後延了兩天，但雨還是下個不停。他把花圈移到戶外過夜，讓它們喝水，不過這對那些花一點幫助都沒有，後來還是泡到爛。然後他的聲音變得有點濕滑，含糊不清說了些什麼，最後一句是：我太太嫁了一副棺材。

艾瑪說，結婚到底跟死亡是不一樣的，但他卻認爲，這兩件事情，人都該感到恐懼。當艾瑪問道，怎麼會恐懼呢，他就叫她把皮包交出來。不然我就得上公車偷一個，他說，找個殘弱的戰前老太太下手。皮包裡除了一張她死去老公的相片之外，什麼都沒有。當他跑掉時，草帽飛到一攤水窪裡。艾瑪已經把皮包給了那個男的。他說：別叫，不然它不長眼睛。他手上拿著一把刀。

艾瑪講完了事情的來龍去脈，又加了一句：恐懼是不懂抱歉的。我點點頭。

我和艾瑪常有這類一致的意見。更多的我不會去講，因為只要我一說，我就只是在換個方式把自己包進沉默之中，包進所有公園的祕密以及和艾瑪意見一致的祕密之中。我們的婚姻維持了十一年。艾瑪還是會繼續跟我在一起的，這我知道。但我並不知道爲什麼。

那時候，**布穀鳥**和**小床頭櫃**在公園裡被抓到了。我知道到了警察局，幾乎所有人都會招供，要是他們兩個提到**鋼琴**，那就沒有任何藉口可以救得了我。我申請去奧地利探親。菲妮姑姑的邀請函是我自己寫的，好節省時間。妳下次再去吧，我對艾瑪說。她也同意了，因爲夫妻是不能同時去西方旅行的。我在營裡的這段時間，菲妮姑姑嫁到奧地利去了。她坐**巨蜥號**巴士去歐克拿．貝伊旅行時，遇到了阿洛伊斯，一位來自格拉茨的糕點師傅。我跟艾瑪說過菲妮姑姑的燙髮鉗、髮浪和紗衣底下的蝗蟲，並讓艾瑪相信我想去探望姑姑，順便認識一下她的糕點師傅阿洛伊斯。

這是我直到今日最沉重的罪過，我打扮成要去短期旅行的樣子，拎著一個輕裝行李，就上了火車去格拉茨。我從那裡寫了一張巴掌大的卡片：

親愛的艾瑪，

恐懼是不懂抱歉的。

我不會再回來了。

艾瑪並不知道祖母的這個句子。我們從來沒談過勞役營。我引用了這個句子，但是在卡片上加個不字，好讓它的反義也能派得上用場。

這是三十多年前的事了。

艾瑪又結了婚。

我沒有再婚。只有狂野換伴。

慾望的急迫和幸福的下流，早就是另一個時代的事了，即使我的大腦依然到處受到誘惑。有時候是街上的某種晃蕩，有時候是商店裡的兩隻手。在電車上，那是某種找位子的方式。在火車車廂裡問一句：這裡沒人坐嗎，那種拉長了的遲疑，我的直覺馬上就從某種擺放行李的方式得到了證實。餐廳裡，那是服務生某種說話的方式，不管是什麼樣的聲音說：是的，先生。直到今天，咖啡廳還是最能誘惑我的地方。我坐在桌邊，一一觀察著客人。有一兩個男的會以某種方式呷咖啡。放下咖啡杯的時候，他們下唇的內膜彷彿粉紅石英般閃閃發亮。就一兩個客人會這樣，其他的則不會。

因爲那一兩個客人，我腦中就有了騷動的模式。儘管我知道，這些模式和櫥窗裡的搪瓷娃娃一樣僵硬，卻又故作年輕。儘管它們知道，我並不適合它們，因爲我已被年歲掠奪殆盡。我一度被飢餓掠奪殆盡，不再合適披上我的絲圍巾。出乎意料之外，我得到了新血肉的供養。只不過還是沒人能造出新血肉來抵擋年華逝去的掠奪。我先前以爲，讓自己在夜裡被遣送去第六、第七甚至第八個勞役營，並非全盤徒然。我或許可以奪回被偷走的五年，來延緩老去。然而事與願違，血肉的消退並不是這樣的算法。它內在荒蕪，卻閃爍在外，成爲臉上的眼餓。它說：

你一直還是**鋼琴**啊。

對呀，我說，是鋼琴，不再能彈的鋼琴。

譯註：

①烏察河（Utscha，羅：Ucea），羅國主要河川奧爾特河（Olt）的支流。

關於寶貝

小寶貝上面的字樣是：我在這裡。

大一點的寶貝上面的字樣是：你還記得吧。

但最美的寶貝上面即將出現的字樣卻是：我到過那裡。

我到過那裡，寶貝上應該要有這句話，徒爾．普里庫力奇是這麼認爲的。喉頭在我的下巴之下起起落落，好像吞了手肘似的。修臉師傅說：我們還在這裡呀。第九之後是第五。

當時在理容室我還相信，人要是沒死在這裡，那麼稍後就是**事後**。人會從營裡走出去，自由了，甚至可能重回老家。那麼他就可以說：**我到過那裡**。不過第九之後是第五，人有點亂七八糟，也就是有些亂七八糟的幸福，而且也得交代事情發生在哪裡，又如何發生。可是像徒爾．普里庫力奇那樣的人，回鄉之後，怎麼會自顧自地說他根本不需要幸福呢。

也許那時候在營裡，某個人已經在盤算，出營之後要殺了徒爾．普里庫力奇。當徒爾．普里庫力奇穿著漆皮小皮包似的皮鞋，大搖大擺地走在營區大道上時，飢餓天使卻跟著那個人四處亂跑。皮包骨時期，也許在集合時或在禁閉室裡，某個人已經在腦中演練過千百遍，如何往徒爾．普里庫力奇的額頭正中央劈下去。或者這個人當時正站在雪深及頸的公路旁，或是煤深及頸的煤坑中，或是在採沙場的細沙裡，或是在水泥塔中。或者他躺在床上，在寮房昏黃的勤務燈下輾轉難眠，發誓復仇。也許當徒爾．普里庫力奇在理容室裡目光滑溜地談論寶貝時，他那天就擬好了謀殺計畫。或者就在那一刻，當徒爾在鏡子裡問我：你們在地窖怎樣啊。或許甚至就在那一剎那，當我回說：舒服啊，每班都是件藝術品喏。領帶塞進嘴裡，斧頭丟在肚子上，這樣的謀殺，大概也是一件遲來的藝術品吧。

這之間我也了解到，我的寶貝上都有這麼一句：**我留在那裡**。我知道勞役營放我回家，是爲了製造距離，因爲它需要這個距離才能在我腦中擴大。自從我返鄉之後，我寶貝上的字樣不再是**我在這裡**，也不是**我到過那裡**。我寶貝上的句子是：**我離不開那裡**。勞役營越來越從左邊的太陽穴，擴展到右邊的太陽穴去。因此，我必須將整個頭顱看成一塊地區，一塊營區。人既不能透過沉默，也不能透過敘述來保護自己。因爲人在沉默或敘述時都會誇大，兩者都無法解釋**我到過那裡**。而標準的尺度也不存在。

但寶貝卻是存在的，這點徒爾．普里庫力奇倒是有道理。我的返鄉是一種殘廢的、總是心懷感念的幸福，它是一粒劫餘陀螺，會因爲各種瑣事就開始打轉。它把我抓在手裡，就像我所有的寶貝，那些我既無法承受又丟不掉的寶貝。六十多年來，我利用著我的寶貝。它們既虛弱又糾纏，既貼心又噁心，既健忘又懷恨，既破舊又完好如新。它們是徒爾．普里庫力奇送給我的嫁妝，無法和我區分開來。一旦我開始列舉它們，我就跌跌撞撞。

我驕傲的卑屈。

我難以言表的對恐懼的期待。

我不耐煩的倉促，我從零一下子就跳到全部。

我倔強的忍辱退讓，我承認所有人都有道理，以便拿這點去指責他們。

我踉踉蹌蹌的機會主義。

我客客氣氣的吝嗇。

看到別人非常清楚自己想從生命中得到什麼東西時，我虛弱無力的嚮往羨妒。那種感覺就像阻塞的毛團，冷而亂。

我嚴峻的勺刮殆盡，自從不必挨餓開始，我外在飽受催逼，內在貧乏空虛。

我片面的一覽無遺，我向內心走去，整個人卻分崩離析。

我笨重的午後，時間慢慢地和我一齊在家具之間滑落。

我徹底的背棄。我非常需要親密，但我卻無法將自己交付出去。我深諳畏縮之中那種絲綢般的微笑。飢餓天使之後，我再也不允許任何人占有我。

我最沉重的寶貝是我的勞動強迫症。它是強迫勞動的反面，也是一種求救互換。我體內坐著一位慈悲強迫君，飢餓天使的一位親戚。祂知道如何去馴服所有其他的寶貝。祂爬進我的大腦，將我推入強迫症的魔法之中，因爲我怕自由自在。

我的房間可以看到格拉茨城堡山上面的鐘塔。我的窗邊擺了一張繪圖板。書桌上攤著最近的施工圖，像一張被射爛的桌布。它上面都是灰，和外邊街上的夏天一樣。當我細看它時，它已經不認得我了。春天以來，有個男人每天都會散步經過我家門前，帶著一隻白色的短毛狗和一根極細的黑手杖，把手只是一道黑色彎鉤，像一根變大的香草條。我要是願意的話，很可以跟他打個招呼，告訴他他的狗像隻白豬，從前鄉愁可以騎著牠飛躍天際。其實，我是想跟那隻狗講話。要是牠能夠單獨出現，或跟香草條一起散步，男人不必跟來，那就好了。也許有一天會如此的。反正我會繼續住在這裡，街道也會待在它所在的地方，而且夏天還很長。我有的是時間，我等著。

我最喜歡坐在白色的麗塑板小桌邊，它長一公尺，寬一公尺，正方形。鐘塔兩點半敲鐘時，太陽會照進房間裡來。地板上，小桌子的影子變成一口留聲機箱子。它爲我播放〈瑞香之歌〉或〈衣褶舞動的小白鴿〉。我抱起沙發上的坐墊，在我笨重的午後翩翩起舞。

還有其他的舞伴呢。

我已經和茶壺共舞過了。

和糖罐。

和餅乾盒。

和電話。

和鬧鐘。

和煙灰缸。

和房子鑰匙。

我最小的舞伴是一枚扯掉的大衣鈕釦。

不對。

有一次，麗塑板小白桌下有一顆沾滿灰塵的葡萄乾。我當場跟它跳起舞來。然後把它吃下去。然後我體內就有了一種遠方。

後記

一九四四年夏天，紅軍已經長驅直入羅馬尼亞，法西斯獨裁者安東內斯庫遭到逮捕，稍後處決。羅馬尼亞投降，令人震驚地對向來的盟友納粹德國宣戰。一九四五年一月，蘇聯將軍維諾格拉多夫以史達林之名，要求羅馬尼亞政府遣送境內所有的德國人，前去「重建」被戰火摧毀的蘇聯。所有十七到四十五歲之間的男女，都必須送往蘇聯的勞役營，從事強迫勞役。

我的母親也在勞役營裡待了五年。

因爲這涉及羅馬尼亞的法西斯過去，所以遣送話題是個禁忌。只有在自身也曾被遣送過的家人和近親之間，才會談到勞役營的歲月。而且也只是稍稍提一下而已。這些偷偷摸摸的對話陪伴著我的童年。它們的內容我並不了解，卻感覺得到那種恐懼。

二〇〇一年，我開始記下和我村裡那些曾被遣送過的人的談話。我知道奧斯卡．帕斯提歐爾也是其中之一，於是告訴他我想就此寫些東西。他想提供他的回憶來助我一臂之力。我們定期碰面，他講，我記。不過我們馬上就想合寫這本書。

奧斯卡二〇〇六年突然去世時，我已經記下了四本滿滿的手寫筆記，還有一些章節的草稿。他死後，我幾乎麻木了。筆記裡那些私底下的親密，又讓損失變得更加嚴重。

直到一年之後，我才能夠下定決心告別「我們」，獨力完成這部小說。當然，沒有奧斯卡・帕斯提歐爾提供的勞役營日常細節，我是辦不到的。

二〇〇九年三月

譯後記——
個體的險境

吳克希

在荷塔．慕勒的小說作品中，二〇〇九年的《呼吸鞦韆》無疑是最具異質感的一本。在這之前，她筆下的故事大多直接取材於個人的生命史，於是我們看到她在羅馬尼亞的鄉下童年、遭國安局迫害的經過、在「母語祖國」德國所遇到的隱性歧視……種種經歷就這麼零距離地合盤托出。在精煉卻不動情的敘述之下，字裡行間總是透出一股類似氣壓般的控訴，讓人想到她在散文中對極權與文化霸權毫不妥協的抨擊。

不過《呼吸鞦韆》卻是一次生命史前的考古：慕勒這次潛入一位同志詩人的體內，以第一人稱的口述方式，探索上一代羅馬尼亞德意志人被集體遣送蘇聯勞役營的離奇經驗。這樣的嘗試先天上就具有某種柔軟的幻想質地，原先凌厲的文字也多了一些表情般的起伏。出色的結果不但為她的寫作開拓了更寬闊的視野，或許也正是讓她摘下諾貝爾桂冠的臨門一腳。

這項寫作計畫其實有跡可考。她之前曾多次寫到小時候這塊晦暗的禁區：大人們一提到這段過去時，總是鬼鬼祟祟的，因為那不僅牽涉到羅馬尼亞的「法西斯過去」，還觸及到了這群德語族群的原罪處境。

在第二次世界大戰之前，版圖比今天稍大的羅馬尼亞大約有七十多萬世居在此的德意志人，不過經過戰爭的折損，加上七、八〇年代人口又大量移往西德，近年來的人數已縮減至五萬人不到。其中最大的兩個族群，一是分布在西部邊境巴納特地區的「巴納特施瓦本人」（Banater Schwaben），慕勒就是其中的一位；另一群則是外西凡尼亞一帶的「七城薩克森人」（Siebenbürger Sachsen），也就是本書主人翁的出身背景。

巴納特施瓦本人的出現是歷史上一項計畫移民的結果。大約在十七世紀末，匈牙利一帶在幾次土耳其戰爭的摧殘之下，人煙荒涼，哈布斯堡王室於是召集臣民前往開墾。不少德意志人也就沿著多瑙河向東遷移，原先住在德國西南部多瑙河源頭的「施瓦本人」，久而久之也就成為這群移民的泛稱。

至於七城薩克森人的來歷更可以上溯到十二世紀。根據民間傳說，當時萊茵河中游的日耳曼人在饑荒逼迫下向東遷徙，最終在外西凡尼亞一帶落戶，並建立起以赫爾曼城（Hermannstadt，即今天的錫比烏）為首的七座城市。不過學界一般更傾向於認為：這群日耳曼人極可能是第二次東征的十字軍的後裔。

然而二戰卻將這樣的身世變成一場歷史的玩笑。一九四四年八月，與納粹結盟的羅馬尼亞在紅軍進駐之後倒戈。次年年初，羅馬尼亞的德意志青壯人口——包括十七至四十五歲的男子以及十八到三十歲的女子——悉數被送往蘇聯的勞役營，以苦力為希特勒的暴行贖罪。儘管與納粹結盟的是羅馬尼亞政府，但是蘇方卻只拿德意志人開刀（當然其中也的確不乏納粹的信徒，像慕勒的舅舅就迫不及待加入納粹黨衛軍，後來在前線被地雷炸成碎肉）。他們大部分被送往今天烏克蘭東部的重工業區，一直要等到一九四八年才陸續釋回。

也許納粹集中營的陰影實在太巨大了，以至於大部分的教科書都忘了提一下這段歷史，這次重新得到一般關注，諾貝爾委員們的功勞不小。《呼吸鞦韆》的故事本身並不複雜，全書就是十七歲的主人翁雷歐被遣送勞役營，飽經磨難歸來之後，最後還是不得不走向流亡的全部過程。不過這裡的細節卻充滿張力，勞役營的日常生活尤其教人大開眼界，慕勒也許和我們一樣都是頭一次見識到。雖然書中描述的盡是一些匪夷所思的折磨，但是讀來卻不時讓人想到雪花球裡那種童話般的風景。或許也因爲這並不是作者的親身經驗，所以才能夠成就這樣的距離美感。

這位虛構的「雷歐」也有一位原型本尊，也就是流亡詩人奧斯卡・帕斯提歐爾（Oskar Pastior，1927-2006）。除了寫詩之外，帕斯提歐爾也從事翻譯，同時也是實驗文藝團體「烏立波」（Oulipo，縮寫自法文Ouvroir de littérature potentielle，「潛在文學工坊」）的一員。這個社團最知名的人物，或許就是卡爾維諾。

慕勒原先想與帕斯提歐爾共同完成這本書，兩個人也一同前往烏克蘭探訪勞役營故地。可惜詩人不幸於二〇〇六年十月四日謝世，沒能親自領取十月二十一日頒給他的德語文壇最高榮譽——畢希納文學獎，而《呼吸鞦韆》最後也只能由慕勒獨力完成。小說採用「雷歐」這樣一個虛構人物當主角，顯然也是最妥當的設計，畢竟這個故事在帕斯提歐爾過早去世之後，已經不再可能成爲百分之百的紀實文學。

除了詩人提供的親身經歷之外，慕勒的母親也是當年被遣送的「勞役犯」之一，再加上慕勒本身所遭受到的迫害，一本書等於至少是三個人的經驗合體。

和前作相較之下，《呼吸鞦韆》有種很特殊的「平鋪直敘」，回憶、想像、思辨完全被織成同一張平面，不時穿插的倒敘、跳敘也非常均衡地整合在敘事向量之中，全然不會讓人覺察到換景的突梯。這樣的效果很大一部分要歸功於結構：全書長短不一的六十四個章節，就像是一顆顆的大小漩渦，每次只繞著一件事情打轉，蓄滿了，就流向下一個，絲毫沒有滯塞感。雖然慕勒之前也曾經運用過相同的手法，如一九八二年的處女作《低地》（*Niederungen*）或一九九二年的《狐狸那時已是獵人》（*Der Fuchs war damals schon der Jäger*），不過似乎要到了《呼吸鞦韆》，這種「漩渦敘事」的能量和收放自如的節奏感才真正展現出來。有些漩渦不過是一段冥思，一抹意象，或一個夢；但更多的「渦心」卻是實實在在的物件——在一無所有的情況之下，再普通不過的東西都可能成爲存在的依託，從而昇華成一件喝退虛無的法器。

不過儘管「平鋪直敘」，不少「慕勒特色」在這裡依然發揮得淋漓盡致。比方說她一向熱中的形上詰問。那是面對種種荒謬卻不得其解，只好狡辯地賦予意義，甚至生出一種對痛苦的忠貞，也唯有如此，才足以突顯歷史和極權的無稽。這樣的嚴峻也滲透到句讀上來：全書幾乎只用逗點和句點，避開其他一切標點符號，疑問句驚嘆句都不再成立。整體行文就像是海潮退去之後裸露出來的岩層，散發出一股疏離而自省的氣質。

但是最顯而易見的特色要算是自創新詞了。德文「結合造字」的功能到了她的筆下，就像是一種語言的蟲洞，讓人重新意識到組構世界的無限可能。只是成也語言、敗也語言！在她看來，語言本身就是一種政治。透過用字的選擇，每個人其實都在下意識地展露偏見，進而行使某種文化霸權。至於極權體制或政客對語言的扭曲和操弄，更是不堪入目到了極點。她有一篇文章的標題便將這種人類的處境形容得非常傳神：〈每種語言之中都坐著別的眼睛〉（In jeder Sprache sitzen andere Augen）。

這種創新的傾向，又因爲碰上了帕斯提歐爾這樣的詩人而爆出火花。她曾在訪談中提到，書中像「皮包骨時期」（Hautundknochenzeit）、「飢餓天使」（Hungerengel）、「心鍬」（Herzschaufel）這些尖新的詞彙，事實上都直接摘自帕斯提歐爾平時說話的方式。詩人的世界是萬物有靈的世界，沉默的事物隨時都可能迸出擬人的生命；它們不只是心靈在絕對孤寂中的伴侶，也是自我在被蹂躪殆盡之後不得不投射於外的最後尊嚴。

關於帕斯提歐爾還有一個出乎意料的後續發展。去年（二〇一〇年）九月，《法蘭克福彙報》刊登了一則消息：帕斯提歐爾在六〇年代曾充當羅馬尼亞國安局的線人，而且就在他本人被盯稍盯了四年之後！消息一出，震驚各界，特別是在德國這樣一個對作家操守期待頗高的國家。諷刺的是，慕勒在事發不久之前，才剛在《時代周報》上發表過一篇擲地有聲的〈國安局依然運作中〉，揭發這個組織在西奧塞古被槍決二十年之後，依然在竄改文件、造謠中傷，只不過換了個名義而已。

慕勒聞訊之後表示：「我第一個反應是震驚，還有憤怒。這是一巴掌。」不過「我對線人帕斯提歐爾的第二個反應卻是同情。」當記者問到詩人在她心目中的形象是否有所改變時，她說：「如果他還活著的話，每次去他那裡，我一定會堅持要他看看他自己的檔案，要他就此寫些東西。不過每次我也會在旁邊摟著他。」

慕勒徹頭徹尾的戰鬥姿態和帕斯提歐爾的忍辱屈從，一強一弱，正好映射出我們每個人在和外界周旋時的險境。

本書的翻譯首先要感激胡昌智先生鉅細靡遺的核對和建議，他的砥礪讓這個譯本的標準向上抬了一大截；在俄文方面，也謝謝台北大學應用外語系蔡明興老師的解惑。本書二校之後，鳳凰聯動的陸譯本也問世了，我們也借助余楊、吳文權兩位譯者的譯文再比校過一遍，特此致謝。此外也非常感謝林馨琴總編的支持，以及主編嘉世強、執編黃嬿羽的協助及體諒。當然，所有的可議之處都來自於譯者本身的侷限。賜教信箱：ouksixela@gmail.com。

訪問側記

胡昌智

六月十七日下午兩點，荷塔．慕勒應蔡素芬之約，準時在柏林文學館花園門口出現。蔡素芬與鴻鴻馬上認出了她，趨前問候。在燦爛的陽光下並肩走到文學館咖啡廳，在有玻璃帷幕的陽台上找定了座位。慕勒是這裡的熟客，大家跟著她點了薑味檸檬汁。她戲稱薑味檸檬汁針對正在德國流行的腸病毒有預防特效。

笑語中，蔡素芬首先說明因爲《呼吸鞦韆》在台灣出版中文版，在台北的德國歌德學院特別安排他們與原作者荷塔．慕勒會晤。提到了中文版，慕勒聯想到的是兩岸的中文版。她似乎以局外人的口氣說，大陸出版社一口氣買下所有她的書的翻譯權，也一口氣同時翻譯她所有的作品。她直言不諱表示，在極權國家裡她不知道她的作品會以怎麼樣的面貌出現。會怎麼樣被修改？她也懷疑，以集體及分工的方式翻譯，她不同作品裡一致的精神，以及不同的書裡相互呼應之處，如何能照顧得到？蔡素芬補充說，在台灣翻譯通常是譯者個人獨力完成的工作，再加上必要的編輯審定程序，並且強調，忠於原書是台灣翻譯界最起碼的自我要求。慕勒緊接著問，台灣方面是否有比西方國家更多關於劉曉波與艾未未近況的資訊。她的關心溢於言表。她重述她近期在柏林聲援劉曉波活動講的：極權政體裡只有極少數是出於信念的主導者，很多人是為利益而攀附，更多人是為避禍而噤聲，當然也有很多人是麻木而毫不關心。她就像在諾貝爾獎頒獎儀式上一樣，她跟大家直接點了那些極權國家的名。

蔡素芬知道慕勒親身經歷過羅馬尼亞極權政治的迫害，也知道她對極權政體下的或流亡作家的支持；她問慕勒，在西奧塞古（Ceausescu，或稱喬契斯柯）統治的羅馬尼亞的時候，她當時怎麼樣讀到想讀的書？她的語言文字，甚至包括諾貝爾獎評審委員會，大家都說像詩一般；她怎麼能夠用這樣的語言，描寫極權統治下及勞役營的生活？

在冷戰的一九八〇年代，羅馬尼亞思想管制很嚴，出版品都經過審查，慕勒說，幸好當地有德國的歌德學院。她可以從那裡借書，看到德文出版的自由世界的書。歌德學院的工作人員，後來也知道她想讀什麼書，還主動訂購。歐美一九六八年代社會批判的思潮，她是在歌德學院裡接觸到的。她意有所指的強調，一旦你好好讀了一本書，書裡的精神就屬於你所有。至於文字的美，她澄清，她寫作時並沒有追求美感。她書寫勞役營是嘗試重現眞實的狀況。她相信被淹沒的眞實故事，可以在寫作過程中一步一步重建起來的。當然，重建眞實，一定要擺脫已經用被爛了的詞彙；她強調她在寫作時不斷地尋找新的字詞，而羅馬尼亞富有色彩的語言對她幫助也很大。她說，美的事物本來就蘊含有令人難以消受的壓力。她以新的文字描寫勞役營艱苦的實況，那些難以承受的苦難一旦被表達出來，也許這樣的眞實反而呈現出美感。

談到語言的問題，她意猶未盡補充說：前個月她應執政的保守黨之邀，在「語言（母語）即故鄉」的會議上做專題演講。她在演講中毫不隱諱的指出，語言裡有極多被濫用的情形，她不相信語言本身就能成爲故鄉的化身。語言的濫用尤以政治人物爲最，否則怎麼會有那麼多的流亡作家？她插一句話說，她目前正在推動紀念全世界流亡作家的紀念活動，並且希望能在德國建立常設的紀念那些人的機構。她知道她演講的內容與演講單位舉辦會議的原意格格不合；既然來了，她還是平穩的念完她的講稿。她強調只有講出的語言，以及用語言表達出的精神才有可能成爲心靈的歸宿與故鄉。故鄉絕不是語言本身。在那個會議上，主持的政界人物一而再的以諾貝爾獎得主的頭銜稱呼她，但是完全沒有注意她的思路論點以及她本人代表的精神。她似乎餘氣未消，又說，他們愈如此稱呼她，她愈覺得是個侮辱。

一直插不進話的鴻鴻，這時候問慕勒是否還在以剪報拼字的方式做詩。這個問題又讓慕勒的眼中閃出愉快的光芒。鴻鴻拿出慕勒的剪字拼圖的詩集《手拿磨卡咖啡杯的男士們》，問她創作的過程。慕勒說，文字與她之間，不只是存在著抽象的關係；她把各類印刷品上的文字剪下來，把有各種色彩，各種字體，各種大小的剪字存起來。她可以凝視它們，可以觸摸它們。她與文字之間，因此更有感官的關係。她用這些文字表達她的詩句，有時候也爲了保留一個特殊她喜歡的字，不斷修改她的詩句。這種遊戲她在羅馬尼亞時就早已迷上。她記得，當時某些字在一般的文句裡是犯忌諱的，譬如「旅行皮箱」，因爲政府正要防止流亡潮。那些字因此只能在廣告印刷品上找的到。今天在德國，她還是覺得廣告界發明出很多有創意的字，她珍惜它們，也因爲它們是消費者買了產品之後，被遺棄的部分。這項創作至今令她樂在其中，藝文界也愈來愈注目這類作品。她的剪字台、收藏櫃現在也擴充成整個工作坊。鴻鴻也在這時候介紹台灣類似的創作。《現在詩》的詩人們把報紙上文章裡不需要的文字塗白，讓留下的字句自成詩句。

蔡素芬也把一本慕勒的中譯本《風中綠李》展示出來，稱讚小說裡的人際關係，處理得非常好，同時問到書中的女主角是否有同性戀的傾向。慕勒解釋那本書裡的人物還算是農業社會裡的人，同性之間關係可以比今天更親密，肢體的接觸也沒有那麼多禁忌，但是都不一定是同性戀。同性之間的緊張關係，是現代社會性啓蒙的後果。倒是《呼吸鞦韆》裡的男主角以及對應的眞實人物——知名詩人帕斯提歐爾是同性戀者。她反問在台灣及中國同性戀被接受嗎？她說在回教社會裡同性戀是不許可的，但是有阿拉伯國家出版社也正在翻譯《呼吸鞦韆》。將來回教國家對這本書的反應，她表示，她會很好奇，很想知悉。她說，現任德國柏林市長可以公開表達他是同性戀者，外交部長也帶他的男伴出席正式場合。風氣已經如此，而一般的會議單位，將會議期間替配偶安排的節目，還一直稱做「女士節目」。大家又是一陣莞爾。

訪談逐漸趨近尾聲，「圖窮匕首見」，尖銳的問題終於出現。蔡素芬擷取《呼吸鞦韆》裡的論點：主角離開了勞役營返鄉之後，有關勞役營的夢魘卻一直縈繞著他，那段勞役營的經歷成了他終身需要面對及處理的問題。蔡素芬調轉矛頭問慕勒，她一九八七年逃離故鄉——西奧塞古的羅馬尼亞來到德國柏林，她之後的生活及寫作是不是也一樣擺脫不了那段經歷？慕勒悄然，正襟危坐，愼重的說：寫作時，確實一大半的情況是故事逼著人去動筆，而不是作者去尋找主題。刻骨銘心的經歷，就是那些逼人的故事。蔡素芬繼續追問，她回到先祖世居的德國，得到諾獎後，有報導指她的作品呈現她是這個社會的邊緣人，正統的德國文學界也沒有眞正接納她，不時還有人問，她何時才寫一些眞正與德國相關的作品？蔡素芬問，她今天怎麼看待自己？慕勒似被擊中，神情淡然，聳了聳肩膀，「so what！」她說，德國在近幾十年間連續有過兩度的極權政權，自居主流又如何？停頓了一下，她強調，凡是認爲作家可以隨心所欲選擇寫作題材的人，他們不可能懂什麼是文學。倒是在東歐國家裡，她說，她從一九八七年以來就受到歡迎，尤其是在波蘭，她每出一本新書那裡馬上就有很好的翻譯本出現。波蘭除了有團結工聯長期與共黨政權對抗，有異議精神的傳統之外，波蘭人顯然感觸細膩。很讓她感動的是，有一位自認爲得了癌症的年輕人，費心翻譯她的剪字拼圖詩集，希望生命在終止以前能完成這項工作。她凝視遠方，又看著手錶。「啊，早已超過訪談預定的時間。」

鴻鴻希望她能在今年十一月到台灣當今年詩人節慶活動的貴賓。這時候，他鄭重向慕勒提出邀請。慕勒說她得獎以來這一年半裡，生活失去了常態，她希望不久能恢復昔日作息的規律。她以感謝的口氣跟鴻鴻說，她希望生活稍微正常之後，能應他之邀到台灣，也許明年底。德國漢薩出版社有她的整個年度行程表，她請鴻鴻先跟漢薩出版社聯繫。訪談在爭著付薑味檸檬汁飲料費中結束。慕勒付了錢，說下次在台灣見面，會欣然接受我們請她喝茶。

二〇一一年七月十七日於波鴻（Bochum）

後記：部分訪談三人以英文直接進行，其餘以中文及德文的交談由筆者傳譯。談話全程經蔡素芬徵得慕勒同意，由蔡素芬錄音保存。相片分別有蔡素芬，鴻鴻及筆者拍攝；慕勒說，照相機的閃光燈總讓她想起從前被審訊時的強光。（本文同時刊登於二〇一一年八月號《聯合文學》。）

呼吸鞦韆

作　者—荷塔・慕勒
譯　者—吳克希
審　校—胡昌智
主　編—嘉世強
編　輯—黃嬿羽
美術設計—數位細胞網路科技
責任企畫—張燕宜
校　對—吳克希、黃沛潔
發 行 人—趙政岷
出 版 者—時報文化出版企業股份有限公司
10803台北市和平西路三段二四〇號三樓
發行專線—（〇二）二三〇六—六八四二
讀者服務專線—〇八〇〇—二三一—七〇五
（〇二）二三〇四—七一〇三
讀者服務傳真—（〇二）二三〇四—六八五八
郵撥—一九三四四七二四時報文化出版公司
信箱—台北郵政七九～九九信箱
時報悅讀網—http://www.readingtimes.com.tw
電子郵件信箱—liter@readingtimes.com.tw
法律顧問—理律法律事務所　陳長文律師、李念祖律師
印　刷—盈昌印刷有限公司
初版一刷—二〇一一年八月十九日
初版二刷—二〇一九年三月六日
定　價—新台幣二八〇元

時報文化出版公司成立於一九七五年，
並於一九九九年股票上櫃公開發行，於二〇〇八年脫離中時集團非屬旺中，
以「尊重智慧與創意的文化事業」為信念。

（缺頁或破損的書，請寄回更換）

呼吸鞦韆 / 荷塔・慕勒（Herta Müller）著；吳克希譯. -- 初版. -- 臺北市：時報文化, 2011.08
面；　公分. --（大師名作坊；121）
譯自：Atemschaukel

ISBN 978-957-13-5421-7（平裝）

875.57　　100014504

ISBN 978-957-13-5421-7
Printed in Taiwan